KB131631

어느 보통 독자의 책 읽기

어느 보통 독자의 책 읽기

버지니아 울프 산문선 3

버지니아 울프 지음

최애리 옮김

VIRGINIA WOOLF

SELECTED ESSAYS
by VIRGINIA WOOLF

일러두기

1. 본서에 수록된 울프 에세이들의 번역 저본은 대체로 아래 판본들을 토대로 했으며, 본문 중엔 *Essays I*~*Essays VI*라고만 표기했다. 아래 저본의 글이 아닐 경우엔 따로 판본을 밝혀 두었다.

    The Essays of Virginia Woolf, Vol. 1: 1904-1912, edited by Andrew McNeillie(New York: Harcourt Brace Jovanovich, 1989)

    The Essays of Virginia Woolf, Vol. 2: 1912-1918, edited by Andrew McNeillie(New York: Harcourt Brace Jovanovich, 1989)

    The Essays of Virginia Woolf, Vol. 3: 1919-1924, edited by Andrew McNeillie(New York: Harcourt Brace Jovanovich, 1989)

    The Essays of Virginia Woolf, Vol. 4: 1925-1928, edited by Andrew McNeillie(New York: Harcourt, 2008)

    The Essays of Virginia Woolf, Vol. 5: 1929-1932, edited by Stuart N. Clarke(New York: Houghton Mifflin Harcourt, 2010)

    The Essays of Virginia Woolf, Vol. 6: 1933-1941, edited by Stuart N. Clarke(London: Hogarth Press, 2011)

2. 외래어 표기는 기본적으로 국립국어원의 외래어 표기 원칙을 따르되, 경우에 따라 따르지 않은 것들도 있다.

머리말
버지니아 울프 산문선을 엮어 내며

버지니아 울프는 그녀를 유명하게 한 9편의 소설과 『자기만의 방 *Room of One's Own*』(1929), 『3기니 *Three Guineas*』 (1938) 같은 긴 에세이 외에도 단편소설, 전기, 회고, 서평, 기타 에세이들을 많이 썼고, 다년간의 일기와 편지를 남겼다. 그녀의 사후에 남편 레너드 울프는 그녀가 평소 원했던 대로 일기 가운데 창작과 관련된 부분을 발췌하여 『어느 작가의 일기 *A Writer's Diary*』(1953)로 엮었고, 그 후 수차에 걸쳐 에세이 선집을 펴냈다. 이런 노력은 레너드의 사후 본격화되어, 자전적인 글들을 모은 『존재의 순간들 *Moments of Being*』(1976), 『서한집 *The Letters of Virginia Woolf*』(전6권, 1975~1984), 『일기 *The Diary of Virginia Woolf*』(전5권, 1977~1984), 초년 일기인 『열정적인 도제 *Passionate Apprentice*』(1990) 등이 간행되었고, 1986년부터는 『에세이 전집『The Essays of Virginia Woolf』이 발간되기 시작해 2011년 전6권으로 완성되었다. 이『에세이 전집』에는 — 『자기만의 방』과『3기니』, 그리고『존재의 순간들』을 제외하고 — 여러 지면에 발표했던 글들이 연대순으로 정리되어 있다.

울프는 잡지에 서평을 기고하면서 작가로서 출발했으며, 소설가로 성공한 후에도 〈일로서의 글쓰기와 예술로서의 글쓰기〉를 병행하여 전자의 글쓰기에 〈백만 단어 이상〉을 쏟아부었다. 레너드에 따르면, 울프의 생전에는 소설보다도 에세이가 더 폭넓게 읽혔다고 한다. 하지만 그녀의 사후에는 소설이 부각되고 에세이는 비교적 뒷전으로 밀려나 있었으니,『에세이 전집』이 완간되는 데 사반세기나 걸린 것도 그런 사정과 무관하지 않을 것이다. 그런데 통틀어 〈에세이〉라고는 해도 사실상 다양한 종류의 글이 포함된다.『에세이 전집』에 실린 5백 편가량의 에세이 중에는 울프 생전에『보통 독자The Common Reader』1, 2권(1925, 1932)으로 펴냈던 글들을 위시하여, 이제는 잊힌 신간 도서들에 대한 서평도 있고, 개별 도서에 대한 서평으로 쓰였지만 작가론이나 문학 원론에 좀 더 가까운 글, 문학 외의 예술에 대한 글, 강연이나 대담 원고, 스케치나 리포트, 시사 및 정치 문제에 대한 발언, 여행기나 개인적 에세이, 전기문도 있다. 울프가 문학과 인생과 세계에 대한 시각을 표출하는 언로가 되었던 이런 글들은 그 방대함으로 인해 〈선집〉으로 발간되는 것이 보통이다.

울프의 사후에 레너드는 그 방대한 문건들 가운데서 『보통 독자』에 필적할 만한 글 1백여 편을 골라 『나방의 죽음 외 *The Death of the Moth and Other Essays*』(1942), 『순간 외 *The Moment and Other Essays*』(1947), 『대령의 임종자리 외 *The Captain's Death Bed and Other Essays*』(1950), 『화강암과 무지개 *Granite and Rainbow: Essays*』(1958)라는 4권의 에세이 선집을 펴냈는데, 모두 『보통 독자』의 형식을 그대로 이어받아 울프의 다양한 면모를 보여 줄 수 있도록 여러 갈래의 글을 구색 맞춰 엮은 책들이다. 그 후 『보통 독자』 1, 2권의 글을 보태어 다시 엮은 4권짜리 『에세이 선집 *Collected Essays*』(1966~1967)에서는 어느 정도 분류를 시도한 듯하나, 아주 말끔히 정리하지는 못한 듯 뒤로 가면서 여러 갈래의 글이 섞여 있는 것을 볼 수 있다.

울프의 에세이들은 좀 더 작은 선집들로 거듭 간행되었는데, 영미권은 물론 기타 언어권에서 발간된 에세이 선집들 역시 다양한 글을 한데 엮는 방식을 택하고 있다. 여러 방면의 글을 한자리에서 읽을 수 있다는 것은 장점이지만, 이런 선집들로는 울프 에세이를 전체적으로 파악하는 데 한계가 있다. 간혹 주제를 정해 엮은 선집들이 있기는 하나 여성, 글쓰기, 여행, 런던 산책 등 특정 주제에 국한한 것들이라 역시 전체적인 시각을 얻기 어렵다.

열린책들에서 내는 이 『버지니아 울프 산문선』에는 『에세이 전집』(1986~2011)으로부터 해외의 여러 선집에 자주 실리는 글을 위주로 총 60편을 골라 싣되, 크게 몇 갈래로 분류해 보았다. 즉, 전4권으로 편성하여, 여성 문학론 내지 페미니즘 관련 글을 제1권, 개인적 수필 내지 자서전적인 글을 제4권으로 하고, 그 중간에 문학에 관한 글을 싣기로 한 것이다. 제2권에는 좀 더 원론에 가까운 글, 제3권에는 개별 작가론 및 작품론으로 나누어 보았는데, 실제로 항상 그렇게 명쾌한 구별이 가능하지는 않아서 제2권에 실은 글에도 개별 작가들에 언급한 대목이 적지 않고 제3권에 실은 글에서도 원론적인 생각들을 찾아볼 수 있다. 그 밖에 문학 외의 예술에 관한 글, 시사적인 글을 한 편씩 제3권과 제4권에 포함시켜 울프 에세이의 대강을 파악할 수 있도록 재구성해 보았다. 각 분류 안에서 울프의 생각이 발전해 가는 것을 보여 줄 수 있는 최소한의 글들을 엮었는데도 적지 않은 분량이 되었다. 이런 여러 면모를 통해 버지니아 울프를 여성으로서, 작가로서, 인간으로서 이해하는 새로운 시야가 열리게 되면 좋겠다.

2022년 5월
최애리

차례

몽테뉴[1]

언젠가 바르르뒤크에서 몽테뉴[2]는 시칠리아 왕 르네가 자신을 그린 초상화를 보고 물었다.[3] 〈왜 이런 식으로 모든 사람이 크레용으로 하듯 펜으로 자신을 그리는 것이 허용되지 않을까?〉[4] 대뜸 이렇게 대답할 수도 있을 것이다. 허용될 뿐 아니라 그보다 더 쉬운 일도 없으리라고 말이다. 다른 사람들의 모습은 제대로 파악할 수 없을지 모르지만, 우리 자신의 모습

---

1 1924년 1월 31일 『타임스 리터러리 서플러먼트*Times Literary Supplement*』에 실린 글. 찰스 코튼Charles Cotton(1630~1687)이 번역한 『몽테뉴 에세이*Essays of Montaigne*』(1685~1686 초판;5 vols, Navarre Society, 1923)에 대한 서평으로 쓰였고, 약간 손질하여 『보통 독자』(1925)에 실렸다. 『보통 독자』에 실린 글을 번역했다("Montaigne", *Essays IV*, pp.71~81).

2 Michel Eyquem de Montaigne(1533~1592). 프랑스 사상가. 『에세 *Essais*』의 저자이다.

3 몽테뉴는 프랑스 왕 프랑수아 2세(1544~1560)의 궁정과 함께 1559년 바르 공작령의 수도 바르르뒤크를 방문했는데, 이때 사람들이 선대 바르 공작이었던 시칠리아 왕 르네를 기리는 뜻으로 그의 자화상을 프랑수아 2세에게 바쳤다.

4 이 일화는 『에세』 제2권 제17장 「교만에 대하여De la praesumption」에 나온다.

은 친숙하기 그지없으니까. 어디 한번 시작해 보자. 하지만 착수해 보면 금방 펜을 내려놓게 된다. 그것은 심오하고 신비하고 압도적인 어려움을 내포하는 일이기 때문이다.

따지고 보면, 문학사 전체에 걸쳐 얼마나 많은 사람이 펜으로 자신을 그리는 일에 성공했을까? 기껏해야 몽테뉴, 피프스,[5] 그리고 아마 루소[6] 정도일 것이다. 『의사의 신앙*Religio Medici*』[7]은 질주하는 별들과 기이하고 혼란스러운 영혼이 어렴풋이 비쳐 보이는 채색 유리와도 흡사하다. 보즈웰[8]이 쓴 유명한 전기에서는 다른 사람들의 어깨 사이로 언뜻언뜻 내다보는 그의 얼굴이 잘 닦인 거울 속에 비치는 것만 같다. 하지만 자기 기분에 따라 자신에 대해 이야기하는 것, 자기 영혼의 무게와 빛깔과 둘레를 그 혼돈과 다양성과 불완전함 가운데 전부 펼쳐 보이는 것은 기술이 필요한 일이며, 그 기술을 온전히 구사하는 이는 오직 한 사람 몽테뉴뿐이다. 수세기가 지나는 동안 그 그림 앞에는 항상 사람들이 모여들어, 그 깊이를 응시하고 그 안에 비친 자신들의 얼굴을 알아보며, 보면 볼수록 자신들이 보는 것이 무엇인지 잘라 말할

5 Samuel Pepys(1633~1703). 영국의 행정관이며 정치인이었지만, 그런 공적 경력보다는 1660~1669년의 약 10년에 걸쳐 쓴 일기로 유명하다.

6 Jean-Jacques Rousseau(1712~1778). 스위스 출신 철학자, 작가. 자서전 『고백록*Les Confession*』으로 유명하다.

7 영국의 의사이자 작가인 토머스 브라운Thomas Browne(1605~1682)의 첫 저서.

8 James Boswell(1740~1795). 스코틀랜드의 전기 작가. 『새뮤얼 존슨의 생애*Life of Samuel Johnson*』로 유명하다.

수 없게 된다. 새로운 판본들이 거듭 나오는 것은 이런 꾸준한 매력을 입증해 준다. 최근 영국의 나바르 소사이어티에서는 코튼 번역본을 멋진 다섯 권짜리 전집으로 재발간하고 있으며, 프랑스의 루이 코나르사에서는 아르맹고 박사가 평생의 연구를 바친, 다양한 이문(異文)을 참조하게 한 비평판 몽테뉴 전집을 내고 있다.[9]

자기 자신에 대해 진실을 말하고 친숙함 가운데 자신을 발견하는 것은 쉬운 일이 아니다. 몽테뉴는 이렇게 말한다.

앞서 이 길을 갔던 예로는 고대인 두어 사람에 대해서밖에 들어 보지 못했다. 그 후로는 아무도 그 길을 걷지 않았다. 그것은 거친 길이고, 보기보다 더욱 그러하다. 영혼의 제멋대로 쏘다니는 걸음을 뒤따라가며, 그 복잡한 속내의 깊은 어둠을 뚫고 들어가, 그 무수히 자잘한 움직임을 골라 포착하는 일이니 말이다. 그것은 새롭고 독특한 작업으로, 우리를 세상의 공통된 관심사에서 멀어지게 한다.[10]

우선 표현의 어려움이 있다. 우리 모두는 생각하기라는 이상하고도 재미난 과정에 즐겨 빠져들지만, 무슨 생각을 하는지 맞은편 사람에게 말해 보라고 하면 제대로 전달할 수

---

9 코튼 번역본에 대해서는 주1 참조. 아르맹고 비평판은 *Oeuvres complètes de Montaigne*, éd Arthur Armaingaud(Paris: Conard, 1924).

10 『에세』제2권 제6장「훈련에 대하여De l'exercitation」.

있는 것이 얼마나 적은가! 마치 유령이 정신을 휙 스쳐 지나가 미처 그 꼬리에 소금을 뿌릴 틈도 없이 창밖으로 나가 버리는 것만 같다. 또는 떠도는 빛처럼 깊은 어둠을 잠시 비추고는 천천히 가라앉아 다시 어둠 속으로 돌아가 버리는 것도 같다. 그래도 말로 할 때는 얼굴과 목소리, 말투가 부족한 점을 채워 주기도 한다. 하지만 펜이란 유연성이 없는 도구이다. 펜으로 말할 수 있는 것은 아주 적으며, 또 펜에는 그 나름의 습관과 격식이 있다. 펜은 독재자처럼 군림하여 보통 사람들을 예언자로 만드는가 하면, 통상 머뭇거리게 마련인 인간의 언어를 엄숙하고 당당한 행진으로 바꿔 놓는다. 몽테뉴가 뭇 망자들의 무리 가운데서 단연 생생하게 두드러지는 것은 이런 이유들 때문이다. 그의 책이 그 사람 자신이라는 것을 우리는 단 한 순간도 의심할 수 없다. 그는 가르치기를 거부했고 설교하기를 거부했다. 그는 자신이 다른 사람들과 똑같다고 거듭 말한다. 그의 모든 노력은 자기 자신을 글로 쓰고 전달하고 진실을 말하려는 것이었으며, 바로 그것이 〈보기보다 거친 길〉이다.

자신을 전달한다는 어려움 너머에는 자기 자신으로 존재한다는 더 큰 어려움이 있기 때문이다. 우리 안의 이 영혼 내지 생명은 결코 우리 바깥의 삶과 일치하지 않는다. 영혼에게 무슨 생각을 하고 있느냐고 감히 물으면, 항상 다른 사람들이 말하는 것과는 정반대의 대답을 한다. 가령 늙고 병약한 신사들은 집에 머물면서 금슬 좋은 부부로 주위 사람들에게 교훈을 주어야 한다는 것이 예로부터의 일반적인 견해이다. 반대로, 몽테뉴의 영혼은 노년에야말로 여행을 해야 하며, 결혼이란 사랑에 기반을 둔 것일 때가 거의 없으므로 인생의 종말에 이르면 파기해 버리는 것이 나은 형식적인 유대가 되기 쉽다고 말한다. 또한 정치에 있어서도, 정치가들은 항상 제국의 위대함을 칭송하며 야만인을 교화시켜야 한다는 도덕적 의무를 논하지만, 멕시코의 스페인 사람들을 보고 몽테뉴는 분노하여 외쳤다. 〈그토록 많은 도시들이 초토화되고, 그토록 많은 족속들이 멸절되었으며 (……) 세계의 가장 풍요롭고 아름다운 지역이 진주와 후추를 실어 내기 위해 뒤집히고 말았다! 기계적인 승리에 불과하다!〉[11] 농부들이 그를 찾아와 길에서 부상을 입고 죽어 가는 사람을 보았는데 자기들이 누명을 쓸까 봐 도망쳤다는 말을 하자, 몽테뉴는 이렇게 묻는다.

내가 그들에게 무슨 말을 할 수 있었겠는가? 인도적인 행위를 했다가는 그들이 곤경에 빠졌을 것이 분명하다. (……) 법률만큼 그렇게 심각하고 광범하게, 그리고 예사롭게 결함투성이인 것도 드물다.[12]

11 『에세』제3권 제6장「역마차에 대하여Des coches」.
12 『에세』제3권 제13장「경험에 대하여De l'expérience」.

여기서 영혼은 가만있지 못하고 몽테뉴의 주된 강박 관념의 좀 더 구체적인 형식들인 관습과 예식을 향해 채찍질을 가한다. 하지만 본채와 떨어져 있으되 온 영지가 내다보이는 탑 속의 방에서 난로의 불길을 바라보며 생각에 잠겨 있는 그 영혼을 그려 보라. 실로 그 영혼은 세상에서 가장 신기한 존재이니, 영웅적인 것과는 거리가 멀고, 바람개비 수탉처럼 변덕스러우며, 〈부끄럼 타면서도 뻔뻔하고, 정숙하면서도 음탕하고, 수다스러우면서도 조용하고, 장황하면서도 섬세하고, 재치 있으면서도 둔중하고, 울적하면서도 명랑하고, 거짓되면서도 진실하고, 다 알면서도 무지하고, 자유분방하고, 탐욕스럽고, 방탕하다〉.[13] 한마디로 너무나 복잡하고 불분명하며 다른 사람들 앞에 드러나는 모습과 너무나 일치하지 않으므로, 사람은 그저 영혼을 뒤쫓느라 애쓰다가 평생을 보낼 수도 있을 것이다. 그것을 뒤쫓는 즐거움은 그로 인해 우리의 세속적인 야심이 입을 수 있는 어떤 손해보다도 큰 보답을 준다. 자신을 아는 사람은 한층 독립적이 되며 결코 따분해하지 않는다. 삶이 너무나 짧을 뿐, 그는 깊고 차분한 행복에 속속들이 젖어든다. 그만이 삶을 살아가며, 다른 사람들은 의례의 노예가 된 채 삶이 꿈처럼 덧없이 지나가도록 내버려 둔다. 일단 순응하여 남들이 하는 것을 그저 그들이

---

13 『에세』 제2권 제1장 「우리 행동의 줏대 없음에 대하여De l'inconstance de nos actions」.

한다는 이유로 따라 하기 시작하면, 모든 섬세한 신경들과 영혼의 능력들이 무기력에 빠져들게 된다. 영혼은 그저 겉으로 보이는 것이 전부가 된 채 내적으로는 공허해진다. 둔하고 무감각하고 무심해진다.

그러니 만일 이 삶의 기술을 터득한 대가에게 그 비결을 좀 알려 달라고 청한다면, 그는 우리에게 우리 탑의 내실에 들어앉아 책장을 넘기며 굴뚝을 통해 앞서거니 뒤서거니 빠져나가는 상념들을 뒤쫓으라고, 세상을 다스리는 일일랑 다른 사람들에게 내맡기라고 조언해 줄 것이다. 은둔과 명상 — 이것이 그가 내리는 주된 처방일 터이다. 하지만 아니, 몽테뉴는 결코 그렇게 간단명료하지 않다. 그 미묘한, 반쯤 미소하며 반쯤 우수에 잠긴 표정, 눈꺼풀이 묵직하고 꿈꾸는 듯 골똘한 표정을 한 사람으로부터 명확한 대답을 이끌어 내기란 불가능하다. 진실인즉슨, 시골에서 책과 채마밭과 꽃들에 둘러싸여 사는 삶이란 종종 아주 지루하다는 것이다. 그는 자신의 완두콩이 다른 사람들의 것보다 훨씬 낫다는 사실도 알 수가 없었다. 파리는 그가 온 세상에서 가장 사랑하는, 〈그 사마귀와 잡티까지도〉[14] 사랑하는 곳이었다. 독서로 말하자면 그는 어떤 책도 한꺼번에 한 시간 이상 읽는 일이 드물었고, 기억력이 어찌나 나쁜지 생각하던 것을 한 방에서 다른 방으로 가는 사이에 잊어버리곤 했다. 책을 통해 배우

14 『에세』 제3권 제9장 「허영에 대하여De la vanité」.

는 것은 자랑할 만한 일이 아니었으니, 학문적 성취에 무슨 유익이 있겠는가? 그는 항상 똑똑한 사람들과 어울렸고, 그의 아버지는 그런 사람들에게 존경심을 품고 있었다. 그러나 그는 그들이 나름 빛나는 순간이 있고 열렬히 비전을 제시할 때도 있지만, 가장 똑똑한 이들도 자칫 어리석음에 빠질 수 있음을 목격했다. 당신 자신을 관찰해 보라. 한순간 기세가 오르지만 다음 순간 유리가 깨진 것만으로도 신경이 곤두서고 만다. 모든 극단이 위험하다. 길에서는 아무리 진창이더라도 바퀴 자국이 패인 복판으로 가는 것이 최상이다. 글을 쓸 때는 평범한 단어를 고르고 비약이나 웅변은 피할 일이다. 하지만 물론 시는 감미롭다. 최상의 산문은 시로 가득 차 있다.

그러니 우리는 민주적 소박함을 지향해야 할 것으로 보인다. 우리는 탑 속의 아늑한 방, 벽에는 벽화가 그려져 있고 널찍한 책장이 있는 방을 누릴 수 있겠지만, 저 아래 정원에서는 오늘 아침 아버지의 상(喪)을 치른 남자가 흙을 파고 있으니, 진짜 삶을 살고 진짜 언어를 말하는 것은 그런 사람들이다. 거기에는 확실히 일말의 진실이 있다. 세상사에 대한 이야기는 식탁의 말석에서 훨씬 훌륭하게 이루어지는 법이다. 유식한 이들보다 무식한 이들 사이에서 중요한 것이 진짜 더 중요한 것일 터이다. 하지만 또 한편 하층민들이란 얼마나 비루하며 〈무지와 불의와 지조 없음의 온상인가! 현자의 삶이 바보들의 판단에 의존해야 한다는 것이 타당한 일인가?〉[15] 그들의 정신은 나약하고 휘둘리기 쉬우며 버티는 힘이 없다. 그들에게는 알면 편리할 것만 말해 주어야 한다. 있는 그대로의 사실을 직면하는 것은 그들의 몫이 아니다. 진리는 〈좋은 가문에서 태어난 영혼〉[16]만이 알 수 있다. 그렇다면 누가 그런 영혼, 몽테뉴가 우리에게 좀 더 명확히 알려 주기만 한다면 기꺼이 모방하고 싶을 영혼들인가?

하지만 아니, 〈나는 결코 가르치지 않는다. 이야기할 따름이다〉.[17] 따지고 보면 그가 어떻게 다른 사람들의 영혼을 설명할 수 있겠는가? 자신의 영혼도 나날이 점점 더 모호해져서, 〈단순하고 견실하게, 혼돈이나 착종 없이 한마디로〉[18]는 아무것도 말할 수 없는 터에? 어떤 특질이나 원리는 있겠지만 규범화해서는 안 될 것이다. 가령 에티엔 드 라 보에시[19]처럼, 기꺼이 닮고 싶은 영혼들은 항상 가장 유순한 이들이다. 〈필요에 의해 어느 한 길에 묶여 있는 것은 그저 존재할

15 『에세』 제2권 제16장 「영예에 대하여De la gloire」.
16 『에세』 제3권 제3장 「세 가지 사귐에 대하여De trois commerces」, 제3권 8장 「논변의 기술에 대하여De l'art de conférer」 등에 나온 이 표현을, 울프는 프랑스어로(l'âme bien née) 인용하고 있으며, 이하 인용문을 대부분 그렇게 하고 있다.
17 『에세』 제3권 제2장 「후회에 대하여Du repentir」.
18 『에세』 제2권 제1장 「우리 행동의 줏대 없음에 대하여」.
19 Etienne de la Boétie(1530~1563). 프랑스 인문주의자로, 『자발적 복종Discours de la servitude volontaire』을 썼다. 이 책에 크게 감명받은 몽테뉴가 저자를 수소문하여 두 사람의 우정이 시작되었으며, 몽테뉴는 늘 그를 이상형으로 여겼다.

뿐 사는 것이 아니다.)[20] 법이란 다양하고 혼잡한 인간의 충동들과 전혀 발맞추지 못하는 관습에 불과하다. 습관이나 관습은 자신의 영혼이 자유롭게 뻗어 나가도록 내버려 둘 용기가 없는 소심한 성품을 지탱하기 위한 방편이다. 하지만 내적인 삶이 있고 그것을 자신이 가진 가장 소중한 보물로 여기는 우리에게는 짐짓 꾸미는 태도만큼 의심적은 것이 없다. 저항하고 점잔을 빼며 법칙을 정하기 시작하는 순간 우리는 망한다. 자기 자신이 아니라 남을 위해 살게 된다. 우리는 공직에 봉사하는 이들을 존경하고 명예를 부여해야 하며 그들이 어쩔 수 없이 타협을 허용할 때는 민망히 여겨야 하지만, 우리 자신은 일체의 명성이나 명예, 다른 사람에게 매이게 될 직무들을 피하기로 하자. 우리 자신의 속을 알 수 없는 가마솥, 매혹적인 혼란과 뒤죽박죽인 충동들과 끊임없는 기적으로 들끓는 솥을 들여다보기로 하자. 영혼은 매 순간 경이로운 것들을 솟구쳐 내니 말이다. 운동과 변화는 우리 존재의 본질이며, 경직은 죽음이다. 순응은 죽음이다. 그러니 머릿속에 떠오르는 것을 말하고, 했던 말을 또 하고, 자가당착을 범하고, 황당한 헛소리를 쏟아 내자. 세상이 뭐라 생각하든 말하든 개의치 말고 기발한 생각들을 밀고 나가자. 사는 것 말고는 달리 중요한 게 없기 때문이다. 그리고 물론 질서도 필요하다.

20 『에세』 제3권 제3장 「세 가지 사귐에 대하여」.

그렇다면 우리 존재의 본질인 이 자유는 통제되어야 한다. 하지만 어떤 권력에 도움을 청해야 할지 알기 어려운 것이, 사적인 견해든 공적인 법이든 우리를 구속하는 것은 조롱의 대상이 되어 왔기 때문이다. 몽테뉴는 인간 본성의 비참과 나약함과 허영에 대한 경멸을 그치지 않는다. 아마도 종교에 의탁하여 인도를 구해 봐도 좋지 않을까? 〈아마도〉라는 것은 그가 좋아하는 표현 중 하나이다. 〈아마도〉와 〈나는 생각한다〉, 그리고 인간의 무지에서 나오는 경솔한 단정을 완화하는 말들을 그는 좋아한다. 그런 말들은 되는대로 내뱉으면 현명하지 못할 견해들을 침묵시키는 데 도움이 된다. 모든 것을 다 말하지는 않는 법이니 말이다. 지금 당장은 그저 암시만 하는 것이 바람직한 일들도 있다. 우리가 글을 쓰는 것은 이해할 수 있는 극소수의 사람들을 위해서이다. 물론 어떻게 해서든 신적인 인도를 구해야 하지만, 내적인 삶을 사는 자들에게는 또 다른 감독자, 〈마음속의 모범〉[21]이라고나 할 눈에 보이지 않는 검열자가 있다. 이 감독자의 비난은 다른 어떤 비난보다도 두려워해야 하는 것이, 그는 진실을 알기 때문이다. 또한 그의 승인보다 더 감미로운 것도 없다. 그는 우리가 굴복해야 할 심판자이며, 우리가 〈좋은 가문에서 태어난 영혼〉의 은총이라 할 질서를 획득하도록 도와주는 검열자이다. 〈사적인 데서까지 질서를 유지하는 삶이 최상

---

21 『에세』제3권 제2장「후회에 대하여」.

의 삶)[22]이기 때문이다. 하지만 그는 자신의 빛에 따라 인도되며, 모종의 내적 균형감으로 항시 변하는 미묘한 평형을 유지한다. 그는 그렇게 조정하고 제어하면서도 영혼이 자유로이 탐험하고 실험하는 것을 방해하지 않는다. 다른 인도자가 없고 전례도 없으므로, 사적인 삶을 잘 살기는 공적인 삶을 잘 살기보다 훨씬 더 어렵다. 그것은 각자 배워야 하는 기술이다. 어쩌면 고대인 중에 호메로스나 알렉산드로스 대왕, 에파미논다스[23] 같은 두세 사람, 그리고 근대인 중에는 에티엔 드 라 보에시 같은 사람들의 본보기가 우리에게 도움이 될 수도 있을 것이다. 하지만 그것은 기술이니, 그것이 작용하는 재료 자체가 다양하고 복잡하며 무한히 신비롭다. 즉, 인간 본성이다. 우리는 인간 본성을 가까이 해야 한다. 즉 〈산 자들 사이에서 살아야 한다〉.[24] 우리는 우리를 동료 인간들로부터 단절시키는 어떤 기벽이나 세련도 피해야 한다. 이웃들과 허물없이 자신이 즐기는 일이나 집 짓는 일, 말다툼 등에 대해 잡담을 나누고, 목수나 정원사와의 대화를 진심으로 즐기는 이들은 복이 있다. 사람들과 소통하는 것이 우리의 주된 활동이요, 사교와 우정이 주된 기쁨이다. 그러니 독서는 지식을 얻거나 생계를 꾸리기 위한 것이 아니라 우리 시대와 고장 너머까지 교제 범위를 확대하기 위한 것이다.

22 상동.
23 Epaminondas(B.C. 418~B.C. 362). 테바이의 장군, 정치가.
24 『에세』 제3권 제8장 「논변의 기술에 대하여」.

세상에는 전설의 바닷새 알키오네라든가 아직 발견되지 않은 땅이라든가 개의 머리가 달리고 가슴팍에 눈이 있는 인간 같은 경이로운 것들이 있고, 우리네 것보다 훨씬 우월한 법률과 관습도 있을 수 있다. 어쩌면 우리는 이 세상에서 잠들어 있는지도 모르고, 또 어쩌면 지금 우리에게는 없는 감각을 가진 존재들만이 알 수 있는 다른 세상이 있는지도 모른다.

그렇다면 여기, 모든 모순과 제약에도 불구하고, 확실한 무엇이 있다. 이 에세이들은 영혼과 소통하려는 시도이다. 적어도 이 점에서 그의 뜻은 명백하다. 그가 원하는 것은 명성이 아니며, 장차 사람들에게 널리 회자되는 것도 아니다. 그는 장터에 조각상을 세우려는 것이 아니라, 단지 자신의 영혼을 다른 사람들과 소통하기를 바랄 뿐이다. 소통이 건강이며, 소통이 진실이고, 소통이 행복이다. 함께 나누는 것이 우리의 의무이고, 가장 병들어 있는 은밀한 생각들에까지 내려가 그것들을 빛 가운데 드러내는 것, 아무것도 숨기지 않고 아무것도 위장하지 않는 것이 중요하다. 만일 우리가 무지하다면 그렇다고 말하는 것, 벗들을 사랑한다면 그들에게 그것을 알게 하는 것이다.

왜냐하면 내가 확실한 경험으로 아는 바, 우리가 벗들을 잃을 때 가장 위로가 되는 것은, 우리가 잊고서 그들에

게 말하지 않은 것이 없으며 그들과 완벽하고 온전한 소통을 누렸다는 사실을 아는 것이다.[25]

여행을 할 때 침묵과 의심으로 꽁꽁 싸매고서 〈미지의 공기에 오염될까 봐 자신을 방어하는〉[26] 사람들이 있다. 그들은 식사를 할 때도 집에서 먹던 것과 똑같은 음식을 먹어야 한다. 자기 마을 것과 비슷하지 않은 모든 풍경과 관습을 흠잡는다. 그들은 오직 돌아가기 위해 여행한다. 그것은 길을 떠나는 완전히 잘못된 방식이다. 우리는 어디서 밤을 보낼지, 언제 돌아올지 미리 정하지 말고 출발해야 한다. 중요한 것은 여정 그 자체이다. 무엇보다도 필요하지만 드문 행운은, 출발 전에 우리 자신과 마음이 맞는 사람, 머릿속에 생각나는 대로 말할 수 있는 사람을 동행으로 얻는 일이다. 기쁨은 나누지 않으면 아무 맛이 없기 때문이다. 위험으로 말하자면 — 감기에 걸린다거나 두통이 난다거나 하는 — 즐거움을 위해 약간의 질병이라는 위험은 감수할 만하다. 〈즐거움은 가장 중요한 종류의 소득에 속한다.〉[27] 게다가 우리가 좋아하는 일을 한다면, 우리에게 좋은 일도 되기 마련이다. 의사들과 현자들은 반대할지도 모르지만, 의사들과 현자들

---

25 『에세』제2권 제8장 「아이들에 대한 아버지의 애정에 대하여De l'affection des prèes aux enfants」.

26 『에세』제3권 제9장 「허영에 대하여」.

27 『에세』제3권 제13장 「경험에 대하여」.

일랑 그들의 암울한 철학에 내맡겨 두기로 하자. 보통 남녀인 우리는 자연이 우리에게 준 모든 감각을 사용함으로써 자연의 너그러움에 감사를 돌리자. 가능한 한 온갖 기분을 다 맛보고, 온기를 찾아 이쪽으로 또 저쪽으로 몸을 돌리자. 그리고 해가 지기 전에 젊음의 키스를 마음껏 즐기고 카툴루스를 노래하는 아름다운 음성의 메아리를 즐기자.[28] 모든 계절이, 궂은 날이나 화창한 날, 적포도주와 백포도주, 사람들과 어울리는 것이나 혼자 있는 것, 모든 것이 좋아할 만하다. 삶의 기쁨에 제동을 거는 잠조차도 꿈으로 가득 차 있다. 걷기, 말하기, 자기만의 뜨락에서 홀로 있기처럼 극히 평범한 행동도 정신이 뻗어 나갈 때면 고양되고 조명된다. 아름다움은 어디에나 있으며, 아름다움은 선함과 멀리 떨어져 있지 않다. 그러니 건강과 맑은 정신의 이름으로, 여행의 끝에 대해서는 길게 생각하지 말자. 죽음일랑 우리가 배추를 심는 동안이나 말을 타고 가는 동안 찾아오게 하자. 아니면 어느 시골집으로 달아나 낯선 이들이 우리 눈을 감겨 주게 하자. 누가 흐느껴 울거나 손길 닿는 것이 우리를 못 견디게 할 테니 말이다. 무엇보다도 바라기는, 죽음이 우리가 평상

---

28 『에세』 제2권 제12장 「레몽 스봉의 변호Apologie de Raimond Sebond」에 이런 구절이 있다. 〈나로서는 젊고 어여쁜 입이 풍부한 음성으로 노래하는 호라티우스나 카툴루스의 시구를 차분한 느낌으로 듣고 있을 만큼 나 자신이 강하다고 생각되지 않는다.〉 카툴루스Catullus(B.C. 84?~B.C. 54?)는 로마 시인이다.

시처럼 하던 일을 하는 중에, 아무런 항의도 애곡도 하지 않는 소녀들이나 선량한 벗들 가운데로 찾아오게 하자. 그가 우리를 〈노름, 잔치, 농담, 범상하고 속된 이야기와 음악과 사랑 노래 가운데〉[29] 찾아오게 하자. 하지만 죽는 얘기는 그만. 중요한 것은 삶이다.

이 에세이들이 그 마지막에 이를 때, 아니 힘껏 달려 절정에 이를 때에 점점 더 분명히 떠오르는 것은 삶이다. 죽음이 다가올수록 삶은 점점 더 매혹적으로 느껴진다. 자신의 자아와 영혼과 삶의 모든 측면이 더 소중해진다. 여름과 겨울에 비단 양말을 신는 것, 포도주에 물을 섞는 것, 저녁 식사 후에 머리를 손질하는 것, 물 마실 유리잔을 갖는 것, 평생 안경을 쓰지 않아도 되는 것, 큰 소리로 말하는 것, 한 손에 휘추리를 들고 다니는 것, 혀를 깨무는 것, 발을 가만두지 못하는 것, 툭하면 귀를 긁는 것, 숙성시킨 고기를 좋아하는 것, 냅킨으로 이를 닦는 것(감사하게도 이빨이 튼튼한 것!), 침대에는 커튼을 달아야 하는 것, 기묘하게도 순무를 좋아했다가 싫어하고 또다시 좋아하게 되는 것. 어떤 사실도 손가락 사이로 빠져나가게 내버려 둘 만큼 사소하지 않다. 또한 사실들 자체의 흥미로움 외에도 우리에게는 상상력으로 사실들을 변모시키는 신기한 힘이 있다. 영혼이 어떻게 항상 자신의 빛과 그림자를 드리우는지 관찰해 보라. 어떻게 실질적

29 『에세』 제3권 제9장 「허영에 대하여」.

인 것을 텅 빈 것으로, 연약한 것을 실질적인 것으로 만드는
가를, 백주 대낮을 꿈으로 채우는가를, 현실뿐 아니라 환영
(幻影)에도 설레는가를, 죽음의 순간에도 사소한 일로 웃을
수 있는가를. 또한 그 이중성과 복잡성을 관찰해 보라. 영혼
은 친구의 부음을 듣고 깊이 애도하지만, 그러면서도 다른
사람들의 슬픔에서 심술궂은 기쁨의 달콤 쌉쌀함을 느낀다.
영혼은 믿지만, 동시에 믿지 않는다. 온갖 인상들에 대한 그
놀라운 민감성을, 특히 젊은 날의 민감성을 관찰해 보라. 부
유한 남자가 도둑질을 하는 것은 소년 시절에 아버지가 돈을
넉넉히 주지 않았기 때문이다. 이 벽을 짓는 것은 자신을 위
해서가 아니라 그의 아버지가 집짓기를 좋아했기 때문이다.
요컨대 영혼은 그 모든 행동에 영향을 주는 신경과 공감 들
로 짜여 있다. 하지만 1580년[30] 당시에도 영혼이 무엇이며
어떻게 작동하는지는 아무도 분명히 알지 못한다. 우리는 너
무나 겁쟁이이고 관습적인 방식에 안주하기를 좋아하니 말
이다. 영혼이 모든 것 가운데 가장 신비로운 것이고, 우리의
자아가 세상에서 사장 큰 괴물이요 기적이라는 것밖에는 모
른다. 〈내가 나를 들여다보고 알아보고 하면 할수록, 내 기형
적인 꼴에 놀라며 나 자신을 알 수 없어진다.〉[31] 관찰하라, 끊
임없이 관찰하라. 그리고 잉크와 종이가 존재하는 한 〈끊임

---

30 몽테뉴가 『에세』를 출간한 시기.
31 『에세』 제3권 제11장 「절름발이에 대하여Des boyteux」.

없이, 그리고 애쓰지 않고)[32] 몽테뉴는 글을 쓸 것이다.

하지만 한 가지 마지막 질문이 남는다. 만일 우리가 그를 그 골똘한 글쓰기에서 고개 들게 할 수 있다면, 이 삶의 기술을 터득한 대가에게 묻고 싶다. 이 짧고 단편적인, 길고 박학한, 논리적이고 모순된 진술들을 모은 책에서, 시간이 지날수록 투명하도록 고와지는 베일 너머에서, 우리는 날마다 해마다 영혼의 맥박과 리듬이 고동치는 소리를 들었다. 여기, 살아간다는 위태로운 과업에 성공한 한 사람이 있다. 자신의 조국에 봉사하고 은퇴한 삶을 살았던, 영주요 남편이요 아버지였던, 왕들을 대접하고 여자들을 사랑하고 홀로 오래된 책들과 함께 오래 생각에 잠겼던 이가 있다. 그는 극히 미묘한 것들을 끊임없이 실험하고 관찰함으로써 마침내 인간의 영혼을 이루는 모든 부조화한 부분들을 기적적으로 짜 맞추기에 이르렀다. 그는 세상의 아름다움을 움켜쥐었다. 그는 행복을 성취했다. 만일 다시 살아야 한다면 똑같은 삶을 다시 살리라고 그는 말했다. 하지만, 우리 눈 아래서 한 영혼이 내적인 삶을 펼쳐 가는 매혹적인 광경을 흥미롭게 지켜보면서, 우리는 묻지 않을 수 없다. 결국 즐거움이 모든 것의 궁극인가? 그렇다면 영혼의 본질에 대한 이 압도적인 관심은 어디서 오는 것인가? 다른 사람들과 소통하려는 이 욕망은? 이 세상의 아름다움으로 족한가? 아니면 이 신비에 대한 어떤

32 『에세』 제3권 제9장 「허영에 대하여」.

설명이 다른 곳에 있는가? 이런 질문에 대해 어떤 대답이 있을 수 있을까? 없다. 단지 질문이 한 가지 더 있을 뿐이다. *Que sais-je*(나는 무엇을 아는가)?[33]

---

33 『에세』제2권 제12장「레몽 스봉의 변호」중에 나오는, 몽테뉴의 유명한 질문.

디포[1]

누군가 또는 뭔가의 1백 주년을 기념하는 사람은 자신이 사라져 가는 유령을 평가하게 되는 것은 아닌가, 그 다가오는 해체를 예견해야 하는 것은 아닌가 하는 두려움에 맞닥뜨리기 마련이다. 하지만 『로빈슨 크루소』의 경우에는 그런 두려움이 존재하지 않을 뿐 아니라 그런 생각을 한다는 것 자체가 우스꽝스러운 일이다. 1919년 4월 25일에 『로빈슨 크루소』가 2백 주년을 맞이한다는 사실은 아직도 그 작품을 읽는가 또 계속 읽을 것인가 하는 통상적인 논의가 아니라, 오히려 영구 불멸의 『로빈슨 크루소』가 나온 지 그렇게 짧은 시간밖에 지나지 않았다는 데 대한 놀라움을 불러일으키니 말이다. 이 책은 한 개인의 노력의 산물이라기보다 종족 전

---

1 1919년 4월 24일 『타임스 리터러리 서플러먼트』에 『로빈슨 크루소 *Robinson Crusoe*』 출간 2백 주년을 기념하여 〈디포의 소설들The Novels of Defoe〉이라는 제목으로 게재. 『보통 독자』(1925)에 〈디포〉라는 제목으로 수록되었다("Defoe", *Essays IV*, pp. 98~107).

체가 만들어 낸 익명의 소산 중 하나로 보인다. 그 2백 주년
을 기념하는 것은 스톤헨지의 세월을 기념하는 것이나 마찬
가지로 느껴진다. 우리의 이런 반응에는 아마 다들 어린 시
절에 어른들이 읽어 주는 『로빈슨 크루소』를 들었고, 그래서
디포[2]나 그의 이야기에 대해 마치 그리스인들이 호메로스에
대해 갖고 있는 것과 비슷한 마음이 든다는 사실도 한몫했을
것이다. 디포라는 사람이 있었다고는 생각도 해본 적이 없으
며, 그래서 『로빈슨 크루소』가 손에 펜을 든 어떤 사람의 작
품이라는 말을 들으면 기분이 언짢아지든가 아니면 그게 무
슨 말인가 싶어지는 것이다. 어린 시절의 인상이야말로 가장
깊이 새겨져 가장 오래 남는 것이니 말이다. 대니얼 디포라
는 이름은 『로빈슨 크루소』의 표지에 나올 자격이 영 없어
보인다. 그러니 이 책의 2백 주년을 기린다는 것은 — 마치
스톤헨지가 아직 있다고 말하는 것처럼 — 그것이 여전히
건재함을 불필요하게 상기시키는 일이 될 터이다.

이 책의 크나큰 명성은 작가에게 오히려 불리하게 작용했
다고 할 수 있다. 왜냐하면 그것은 그에게 일종의 익명의 영
광을 안겨 주는 대신 그가 다른 작품들 — 물론 이 작품들은
아이들에게 소리 내어 읽어 주는 책은 되지 않았다는 사실을
명백히 하는 편이 안심될 것이다 — 도 썼다는 사실을 가려
버렸기 때문이다. 그래서 1870년 『크리스천 월드Christian

2 Daniel Defoe(1660~1731). 영국 소설가. 『로빈슨 크루소』의 저자.

World』의 편집자가 〈영국의 소년 소녀들〉에게 디포의 무덤에 벼락 맞아 망가진 비석을 다시 세우자고 호소했을 때, 그 대리석에는 『로빈슨 크루소』의 저자를 기린다는 말만 새겨졌다. 『몰 플랜더스*Moll Flanders*』에 대해서는 아무 언급이 없었다. 이 책을 비롯해 『록사나*Roxana: The Fortunate Mistress*』, 『싱글턴 선장*Captain Singleton*』, 『잭 대령*Colonel Jack*』 같은 작품들[3]에서 다루어진 주제들을 감안할 때, 우리는 그 언급이 빠진 것에 대해 분개할지언정 놀랄 필요가 없다. 우리는 디포의 전기[4]를 쓴 라이트 씨가 이런 소설들은 〈응접실 테이블용 작품이 아니다〉라고 말한 것에 동의해도 좋을 것이다. 하지만 그 유용한 가구를 취향의 최종 심판자로 삼는 데 동의하지 않는 한, 우리는 이 작품들이 겉보기의 조야함이나 『로빈슨 크루소』의 보편적 인기로 인해 마땅히 누려야 할 명성을 제대로 누리지 못하고 있음을 통탄해 마땅하다. 제대로 된 기념비를 세우려 한다면 적어도 『몰 플랜더스』와 『록사나』의 이름은 디포의 이름만큼이나 깊이 새겨야 한다. 이것들은 이론의 여지없이 위대하다고 부를 수 있는 몇 안 되는 영국 소설에 속하는 작품들이다. 같은 작가의 더 유명한 작품의 2백 주년을 맞이하면서, 우리는 이 작품들의 위대함이 어디에 있는지 생각해 보아도 좋을 것이다.

3 모두 디포의 소설들이다.
4 토머스 라이트Thomas Wright(1859~1936)의 『대니얼 디포의 생애 *The Life of Daniel Defoe*』.

디포는 소설가가 되었을 때 이미 나이가 꽤 들어 리처드슨[5]이나 필딩[6]보다 여러 해 연장자였으며, 소설이라는 것의 모양을 갖추어 출범시킨 최초의 작가들 중 한 사람이었다. 하지만 그의 선구적 역할을 강조할 필요는 없으며, 단지 그가 소설을 쓴 최초의 작가들 중 한 사람으로서 소설이라는 예술에 대한 특정한 개념을 가지고 소설 쓰기에 임했다는 사실만 말해 두면 될 것이다. 즉, 소설은 실제로 있었던 이야기를 하고 덕이 되는 교훈을 말함으로써 그 존재를 정당화해야만 했다. 〈이야기를 지어내는 것은 분명 수치스러운 범죄〉라고 그는 썼다. 〈그것은 마음속에 큰 구멍을 내는 일종의 거짓말이다. 그 구멍 안으로 조금씩 거짓말하는 버릇이 들어오는 것이다.〉 그러므로 모든 작품의 서문과 본문에서, 그는 자신이 하는 이야기가 결코 지어낸 것이 아니라 엄연한 사실에 근거하고 있음을, 그리고 자신의 목적은 악인을 회심시키고 순진한 자들에게 경고하려는 지극히 고상한 소망에 있음을 굳이 강조하고 있다. 다행히도 이런 원칙들은 그의 타고난 기질이나 재능에 부합하는 것이었다. 그는 60년간 운명의 부침을 겪으며 사실들을 체험한 끝에 그 경험을 소설로 옮길 수 있었다. 〈나는 얼마 전에 내 인생의 장면들을 이런 2행시로 요약했다〉라고 그는 썼다.

---

5 Samuel Richardson(1689~1761). 영국 소설가.
6 Henry Fielding(1707~1754). 영국 소설가.

어떤 인간도 나보다 더 파란만장하게 살지 않았으리.

열세 번이나 부자가 되었다가 가난뱅이가 되었다네.

그는 뉴게이트 감옥에서 18개월을 지내며 도둑, 해적, 강도, 사전꾼들과 어울린 끝에 『몰 플랜더스』를 썼다. 하지만 살면서 우연찮게 사실들을 떠안게 되는 것과 그것들을 탐욕스럽게 집어 삼키고 그 지워지지 않는 흔적들을 간직한다는 것은 별개의 문제이다. 디포는 가난의 괴로움을 몸소 체험했고 그 희생자들과 이야기를 나누었을 뿐 아니라, 그렇듯 역경에 던져져 혼자 힘으로 헤쳐 나갈 수밖에 없는 무방비한 인생들에서 상상력에 자극을 받아 그것을 자기 작품의 소재로 삼았다. 그의 위대한 소설들은 모두 그 첫 페이지에서부터 남녀 주인공을 의지할 데 없는 비참 속으로 몰아넣어, 그들의 삶이 끊임없는 투쟁이 되고 살아남는다는 것 자체가 행운과 분투 덕분이 되게 한다. 몰 플랜더스는 뉴게이트에 수감된 범죄자 어머니에게서 태어났다. 싱글턴 선장은 아기 때 납치당해 집시에게 팔렸으며, 잭 대령은 〈신사로 태어났지만 소매치기의 도제로 들여〉졌고, 록사나는 좀 더 나은 처지에서 시작하지만 열다섯 살 때 결혼하여 남편이 파산하고 다섯 아이와 함께 〈말로 다 표현할 수 없는 비참한 처지〉에 놓이게 된다.

그렇듯 이 남녀 인물들에게는 저마다 혼자 힘으로 시작해야 할 삶과 혼자 싸워야 할 싸움이 있다. 이런 상황은 그야말로 디포의 구미에 맞는 것이었다. 그들 중에서도 가장 눈에 띄는 인물인 몰 플랜더스는 태어나면서부터, 또는 기껏해야 반년의 유예 기간이 지나고부터 〈가난이라는 저 가장 지독한 악마〉에게 내몰리고, 바느질을 할 수 있게 되자마자 이곳 저곳을 떠돌아다니며 생계를 꾸려야 한다. 그녀는 자신의 창조주에게 그가 줄 수 없는 안락하고 가정적인 분위기를 구하는 대신 낯선 사람들과 관습에 대해 그가 아는 모든 것을 얻어 낸다. 애초부터 자신이 살아갈 권리를 입증하는 것은 그녀 자신의 몫이다. 그녀는 전적으로 자신의 지혜와 판단에 의지해야 하며, 모든 비상 상황을 자기 머릿속에서 만들어 낸 주먹구구식 도덕 기준으로 해결해야 한다. 이야기에 활기가 도는 이유 중 하나는 그녀가 아주 이른 나이에 기존의 법률을 어긴 터라 이후로는 추방된 자의 자유와도 같은 것을 누리게 되었다는 사실에 있다. 유일하게 불가능해 보이는 일은 그녀가 안락하고 안전하게 정착하는 것이다. 그러나 처음부터 작가의 독특한 재능이 발휘되어, 모험 소설의 뻔한 위험을 모면한다. 그는 우리에게 몰 플랜더스가 독자적인 한몫의 인물이며 그저 이어지는 우여곡절의 노리개가 아님을 주지시킨다. 이 점을 증명하려는 듯 그녀는, 록사나와 마찬가지로, 일단 열정적이고 불운한 사랑에 빠지는 데서부터 시작한다. 그녀가 정신을 차리고 다른 사람과 결혼해 자신의 이

해타산과 장래를 꼼꼼히 챙겨야만 한다는 것은 그녀의 정열에 대한 모욕이라기보다 그녀의 출생 탓으로 돌려야 한다. 디포의 모든 여성들이 그렇듯이 그녀도 굳건한 상식이 있는 인물이다. 자신의 목적에 맞기만 하다면 거짓말도 불사하기 때문에, 그녀가 진실을 말할 때는 결코 부정할 수 없는 무엇이 있다. 그녀는 섬세한 개인적 감정 따위에 낭비할 시간이 없다. 한 방울의 눈물, 한순간의 절망이 허용될 뿐, 〈이야기는 계속된다〉. 그녀는 폭풍우에 기꺼이 맞설 용기가 있으며, 자신의 힘을 발휘하기를 즐긴다. 자기가 버지니아에서 결혼한 남자가 친오빠라는 사실을 발견하고 진저리 치며 막무가내로 그를 떠나지만, 브리스톨에 발을 딛자마자 〈기분 전환삼아 바스로 갔다. 나는 아직 늙으려면 멀었고, 항상 명랑했던 내 기질이 여전히 극을 달렸던 것이다〉라고 말한다. 그렇다고 그녀는 무정하지는 않으며, 경박하다고 비난할 수도 없다. 다만 그녀는 사는 것이 즐거울 뿐이며, 그렇듯 살아가는 여주인공은 우리 모두를 거느리고 다닌다. 게다가 그녀의 야망에는 고상한 정열의 범주에 속하는 한 가닥 상상력도 들어 있다. 형편상 어쩔 수 없이 교활하고 현실적이기는 하지만, 그녀는 여전히 로맨스와 자기가 생각하기에 남자를 신사로 만드는 어떤 품성에 대한 열망에 사로잡혀 있다. 〈그는 진정 용맹하고 정중한 사람이었기에 나는 한층 더 서글펐다. 무뢰한에게 당하기보다 신사에게 당하는 편이 그래도 위로가 된다〉라고 그녀는 한 노상강도에게 자기 재산 정도에 대해 거짓말을 한 후에 쓴다. 그녀가 마지막 파트너와 농장에 도착했을 때 그가 일하기를 거부하고 사냥을 더 좋아한다는 사실을 자랑스럽게 여기는 것이나, 〈그가 원래 그랬던 것처럼 훌륭한 신사로 보이게 하려고〉 그에게 가발과 은제 손잡이 달린 검을 사주면서 기뻐하는 것은 이런 기질에 어울리는 일이다. 더운 날씨를 좋아하는 것, 자기 아들이 밟고 지나간 땅에 입 맞추는 것, 어떤 과오라 할지라도 〈높은 자리에 있을 때는 제멋대로이고 잔인하고 가혹하며, 낮은 자리에 있을 때는 비굴하고 풀이 죽는, 완전히 비열한 정신〉에서 나온 것이 아닌 한 고결하게 용서하는 것도 모두 같은 기질에서이다. 그 밖의 세상사에 대해 그녀는 오로지 선의를 갖고 있을 뿐이다.

이 닳고 닳은 늙은 죄인의 자질과 품성의 목록은 끝이 없을 터이므로, 우리는 보로가 말하는 런던 브리지 위의 사과 장수 여자가 어떻게 그녀를 〈복되신 마리아〉라 부르며 그녀의 책을 자기 가게의 모든 사과보다 더 귀하게 여겼는지, 왜 보로 자신이 책을 가게 안쪽으로 가져가 눈이 아플 때까지 읽었는지 이해할 수 있다.[7] 하지만 우리가 이런 품성의 표지들을 길게 늘어놓는 것은 몰 플랜더스를 만들어 낸 저자가

---

7 조지 보로George Borrow(1803~1881)의 소설적 회고록 『라벵그로 *Lavengro*』에 나오는 일화. 우리말 번역으로는 〈복되신 마리아〉지만, 원문에서 사과 장수 여자는 자기가 아끼는 그 책의 주인공이 〈복되신 메리 플랜더스 *blessed Mary Flanders*〉라고 말한다.

— 종종 비난받는 것과는 달리 — 인간 심리에 대한 이해 없이 사실들만을 문자 그대로 기록한 일개 저널리스트가 아님을 입증하기 위해서이다. 그의 인물들이 마치 작가의 뜻은 아랑곳없다는 듯 그의 구미에는 썩 맞지 않을 것 같은 제 나름의 모습과 본성을 지니고 있는 것은 사실이다. 그는 결코 섬세함이나 비감함을 오래 끌거나 강조하는 법이 없으며, 마치 그런 것들이 그가 알지 못하는 사이에 나타나기나 한 것처럼 매몰차게 밀고 나간다. 아들의 요람 곁에 앉은 대공을 묘사하며 록사나가 〈그는 특히 아기가 잠들었을 때 들여다보기를 좋아했다〉라고 말하는 대목에서와 같은 상상력의 터치는 작가보다 우리에게 더 많은 의미를 갖는 듯하다. 뉴게이트 감옥의 도둑처럼 잠결에 중요한 일을 발설하지 않도록 다른 사람과 소통해야 할 필요에 대해 신기할 만큼 현대적인 논지를 편 후에, 그는 이야기가 곁길로 샜던 것에 대해 사과한다. 그는 자신의 인물들을 너무나 깊이 마음속으로 끌고 들어간 나머지, 뚜렷이 의식하지 못한 채 그들의 삶을 살았던 것만 같다. 그리고 모든 무의식적 예술가들이 그렇듯이, 그도 자기 세대가 길어 낼 수 있는 이상의 금(金)을 자신의 작품 속에 남겼다.

그러므로 우리가 그의 인물들에 붙이는 해석은 그를 당황케 할 수도 있다. 그가 자신의 눈에서도 감추려 했던 의미들을 우리는 스스로 찾아낸다. 그리하여 우리는 몰 플랜더스를 비

난하는 이상으로 그녀에 대해 탄복하기도 한다. 우리는 디포
가 그녀의 정확한 죄과에 대해 판단을 내렸다고는 믿을 수 없
다. 또한 그가 버림받은 자들의 삶을 검토하면서 많은 심오한
문제들을 제기하고, 비록 입 밖에 내지는 않았어도 자신이 표
방하는 가치관에 어긋나는 대답들을 암시하고 있다는 사실을
의식하지 못했을 것 같지도 않다. 〈여성의 교육〉에 관한 그의
에세이에 드러난 증거들로 볼 때, 우리는 그가 깊이 생각했고
자기 시대보다 앞서 여성의 능력을 매우 높이 평가했으며, 여
성들에 대한 부당한 대접을 가혹하다고 여겼음을 알 수 있다.

　　나는 종종 우리가 여성들에게 교육의 유익을 주지 않는
다는 것이야말로, 우리가 문명국이요 그리스도교 국가임을
감안할 때, 세상에서 가장 야만적인 관습 중 하나라고 생각
해 왔다. 우리는 여성이 어리석고 주제넘다고 날마다 비난
하는데, 만일 여성도 우리와 대등한 교육의 유익을 누린다
면 그들은 우리보다 잘못을 덜 저지르리라고 확신한다.[8]

　　여성의 권익을 주장하는 이들은 몰 플랜더스와 록사나를
자신들의 수호 성녀 가운데 받아들이고 싶어 하지 않을 것이
다. 하지만 디포는 그녀들이 그 문제에 대해 아주 현대적인
주장을 말하게끔 하고 있을 뿐 아니라, 그녀들이 겪는 곤경

　8　디포, 「여성의 교육The Education of Women」

이 우리의 동정심을 자아내게끔 상황을 만들어 간다. 몰 플랜더스는 용기야말로 여성에게 필요한 것이며 〈제 발로 서는〉 능력이라고 말하며, 대번에 그로 인해 얻어질 이익들을 실제적으로 늘어놓는다. 동종 직업에 종사하는 록사나는 결혼의 예속에 대해 좀 더 은근하게 논박한다. 그녀는 〈세상에서 새로운 일을 시작했다〉고 상인은 그녀에게 말한다. 〈그건 일반적 관습에 반대되는 방식의 주장〉이라는 것이다. 하지만 디포는 결코 노골적인 설교를 할 작가가 아니다. 록사나가 우리의 관심을 끄는 것은 자신이 어떤 좋은 의미로도 여성의 귀감이 될 수 있다고는 꿈에도 생각지 않고 있으며, 그래서 그녀가 자신의 주장의 일부가 〈처음에는 전혀 내 생각속에 없었던 고상한 것〉이었다고 자유롭게 고백할 수 있기 때문이다. 그녀가 자신의 약점을 깨닫고 그 깨달음에 따라 자신의 동기들을 정직하게 묻는 것은 그녀를 참신하고 인간적이게 만드는 반면, 그토록 많은 문제 소설들의 순교자와 선구자들은 졸아들어 저마다 내세우던 신조의 보잘것없는 허수아비가 되고 만다.

하지만 디포가 우리의 감탄을 불러일으키는 까닭은 그가 메러디스[9]의 몇몇 시각을 예고했다거나 입센[10]의 연극에 어울릴 법한 장면들을 썼기 때문이 아니다. 여성의 지위에 대

---

9 George Meredith(1828~1909). 영국 소설가, 시인.
10 Henrik Ibsen(1828~1906). 노르웨이 극작가.

한 그의 생각이 어떠하든 간에, 그것은 그의 주된 미덕의 부수적인 파생 효과일 뿐이다. 그의 주된 미덕이란 그가 사물의 덧없고 사소한 면이 아니라 중요하고 항구적인 면을 다룬다는 점이다. 그는 종종 지루하다. 그의 필치는 과학적 여행자의 사무적인 정확성과도 같은 데가 있어서, 그 무미건조함을 상쇄하기 위해 그의 펜과 머리가 진실이라는 핑계조차 갖지 못한 것을 생각해 내고 또 끼적인 것이 아닐까 하는 의문마저 든다. 그는 자연 전체와 인간 본성의 상당 부분을 배제한다. 우리는 이 모든 것을 용인할 수 있다. 위대하다고 칭하는 다른 많은 작가들에게서도 마찬가지로 심각한 결점을 용인해야 하니 말이다. 그렇다고 해서 나머지 다른 것의 독특한 장점이 훼손되지는 않는다. 그는 처음부터 자신의 범위를 한정하고 야망에 제동을 걸었기 때문에 통찰의 진실성을 획득하는데, 이것이 그가 자신의 목표라고 공언하는 사실의 진실성보다 오히려 더 값지고 더 지속적이다. 몰 플랜더스와 그녀의 친구들이 디포에게 호소력을 가졌던 것은 이른바 〈근사하기〉 때문도 아니고, 그가 주장했듯이 그릇된 삶의 본보기로서 대중에게 유익을 끼칠 수 있기 때문도 아니다. 그의 흥미를 불러일으킨 것은 그녀들이 고생스러운 삶을 살아가는 동안 얻어진 자연스러운 진실성이다. 그녀들에게는 변명의 여지가 없었으니, 어떤 친절한 피난처도 그녀들의 동기를 숨겨 주지 않았으며, 가난이 그녀들의 작업반장이었다.

디포는 그녀들의 실패에 대해 지나는 말로밖에는 심판 하지 않았다. 오히려 그녀들의 용기와 재치와 강인함이 그를 기쁘게 했다. 그는 그녀들에게서 유쾌한 이야기와 상호 신뢰, 그리고 자연스럽고 소박한 도덕성을 발견했다. 그녀들의 운명에는 그가 감탄하고 즐기고 자신의 삶 가운데서 경이롭게 바라본 무한한 다양성이 있었다. 이 남녀 인물들은 태초 부터 인간 남녀를 움직여 온 정열과 욕망들에 대해 자유롭게 공개적으로 말했으며, 지금도 그들의 활력은 전혀 줄어들지 않았다. 숨김없이 바라다본 모든 것에는 위엄이 있다. 그들의 이야기에서 그토록 큰 비중을 차지하는 돈이라는 지저분한 주제조차도, 안락과 권세가 아니라 명예와 정직성과 인생 그 자체를 위한 것일 때는 지저분하기보다 비장한 것이 된다. 디포가 따분하다고 불평할 수는 있겠지만, 그가 하찮은 것들에 골몰해 있다고는 결코 말할 수 없다.

그는 실로 있는 그대로의 인생을 그리는 위대한 작가에 속한다. 그의 작품은 인간 본성의 가장 매혹적인 면이 아니라 가장 지속적인 면에 대한 앎에 기초해 있다. 헝거퍼드 브리지[11]에서 바라보는 런던, 잿빛에, 심각하고, 육중하고, 오가는 차량과 장사하는 이들의 가라앉은 소음으로 가득한, 배들의 돛과 도시의 탑과 돔들만 아니라면 산문적이었을 풍경

11 템스강에 놓인 열차용 철교. 북단의 채링크로스역, 남단의 워털루역을 연결하며, 일명 채링크로스 브리지라고도 한다. 오늘날은 철교 양 옆에 골든 주빌리 브리지가 놓여 있다.

이 그를 떠올리게 한다. 길모퉁이에서 제비꽃 다발을 파는 누더기 걸친 소녀들, 다리의 아치 아래 성냥이니 신발끈이니 하는 것들을 참을성 있게 늘어놓는 풍상에 찌든 노파들은 그의 책에서 빠져나온 인물들 같다. 그는 크랩[12]과 기싱[13]의 유파에 속하지만, 그저 엄격한 배움의 장소에 함께 앉은 동학이 아니라 그 유파의 창시자이며 스승이다.

12 George Crabbe(1754~1832). 영국 시인. 전원 생활을 감상성 없이 솔직하게 그린 작품을 썼다.
13 George Gissing(1857~1903). 영국 소설가. 사실주의 소설을 썼다.

『데이비드 코퍼필드』[1]

    딸기가 익고 사과가 영그는 것 같은 다른 모든 자연의 과정들처럼, 디킨스[2]의 새로운 판본들이 싸고 보기 좋고 인쇄도 잘된 책으로 세상에 나왔지만, 제철에 나온 자두나 딸기 이상으로 관심을 끌지 못하고 있다. 산뜻한 녹색 장정을 한 이 걸작 중 어느 한 권이 불현듯『데이비드 코퍼필드』를 다시 한번 읽어 봐야겠다는 엉뚱하고도 쉽지 않은 결심을 불러일으킬 때를 제외하고는 말이다. 아마도『데이비드 코퍼필드』를 처음 읽었던 때를 기억하는 사람은 거의 없을 것이다.『로빈슨 크루소』나 그림 형제의『동화집』, 웨이벌리 연작 소설[3] 등과 마찬

---

1 1925년 8월 22일『네이션 앤드 애시니엄*Nation and Athenaeum*』에 게재("David Copperfield", *Essays IV*, pp. 284~289).
2 Charles Dickens(1812~1870). 영국 작가. 가난한 사람들에게 동정을 느끼고 사회악을 고발하는 소설을 많이 썼다.『데이비드 코퍼필드*David Copperfield*』는 그의 여덟 번째 작품이다.
3 월터 스콧Walter Scott(1771~1832)의『웨이벌리*Waverley*』로 시작되는 일련의 소설들.

가지로, 『피크윅』[4]이나 『데이비드 코퍼필드』는 책이라기보다 입말로 전해진 이야기로 여겨진다. 사실과 허구가 뒤섞이는 어린 시절에 들은 그런 이야기들은 심미적 경험보다 추억과 신화의 영역에 자리 잡는다. 그것을 그 아련한 분위기 속에서 끄집어내어 엄연히 인쇄되고 제본된 한 권의 소설책으로 간주할 때, 『데이비드 코퍼필드』는 우리에게 어떤 인상을 줄까? 페거티와 바키스, 장기말과 세인트폴 대성당 그림이 있는 반짇고리, 해골을 즐겨 그리는 트래들즈, 풀밭에 들어오던 당나귀들, 딕 씨와 기념관, 벳시 트로트우드와 집Jip, 도라와 애그니스와 힙스 부부와 미코버 부부 등이 그들의 모든 특징과 부속물들을 거느리고 생생히 되살아날 때, 그들은 예전의 매력을 여전히 지니고 있을까? 아니면 그 사이에 책들의 특징을 바꾸고 변모시키는 저 뜨겁고 메마른 바람의 공격을 받았을까? 우리가 책을 읽지 않을 때도, 잠자는 동안에도, 그 바람은 책들에 불어닥치는 것이다. 디킨스에 관한 오늘날의 세평은 이렇다. 그의 감성은 역겹고 그의 문체는 진부하며 그를 읽는 동안에는 일체의 교양을 감추고 감수성은 유리장 안에 넣어 두어야 하지만, 이렇게 경계하고 거리를 두더라도 그는 역시 셰익스피어에 버금가며 스콧처럼 타고난 창조자요 발자크[5]처럼 엄청난 다작가라는 것이다. 하지

---

4 디킨스의 소설 『픽윅 클럽의 문서들*The Pickwick Papers*』을 말한다.
5 Honore de Balzac(1799~1850). 프랑스 소설가.

만 세평은 또 이렇게 덧붙인다. 사람들은 셰익스피어도 읽고 스콧도 읽지만, 디킨스를 읽기에 마침맞은 순간은 좀처럼 오지 않는다고 말이다.

이 마지막 평가는 아마 이렇게 해석해야 할 터이다. 그는 자기만의 매력이나 개성이 부족하여 만인의 작가이기는 해도 특별히 누군가의 작가는 아니니, 말하자면 영국 소설의 터줏대감이요 기념비요 무수한 발길에 밟히는 먼지투성이 네거리라고 말이다. 이런 평가는 대체로 디킨스가 모든 위대한 작가 중에 개인적인 매력이 가장 덜하며 작품 속에 개인적인 색채가 가장 적다는 사실에서 비롯된다. 아무도 셰익스피어나 스콧을 좋아하듯 디킨스를 좋아하지는 않는다. 삶에서나 작품에서나 그가 주는 인상은 동일하다. 그는 전통적으로 남성들의 몫으로 간주되는 미덕들을 완벽하게 갖추고 있다. 즉, 자기주장이 강하고 자립적이며 자신감에 차 있고 극도로 에너지가 넘친다. 그가 이야기라는 베일을 헤치고 직접 걸어 나와 하는 말은 평이하고 당위적이다. 가령 〈잠자코 열심히 일하는 것〉, 시간 엄수, 질서, 근면성, 자기 앞에 놓인 일에 최선을 다하는 것 등의 가치를 설파하는 것이다. 설령 그가 더없는 격정에 동요되고, 분노에 휩싸이고, 특이한 인물들을 숱하게 만들어 내고, 밤이면 머릿속에서 쏟아져 나오는 꿈을 미처 따라잡지 못한다 해도, 우리가 읽는 디킨스는 약점과 기벽과 매력을 지닌 천재와는 거리가 멀다. 한 전기 작가가 묘사했듯이 그는 〈잘나가는 선장처럼〉 건장하고 온갖 풍상을 이겨 낸 자신만만한 모습으로, 나약한 것과 비효율적인 것, 사내답지 못한 것에 대한 경멸을 잔뜩 지닌 채 우리 앞에 나타난다. 그의 공감 능력은 실로 분명한 한계를 지닌다. 대체로 말해 남자든 여자든 연수 2천 파운드 이상이거나 대학을 다녔거나 3대 이상 조상을 말할 수 있는 사람을 만날 때면 그의 공감 능력은 정지하고 만다. 좀 더 성숙한 감정을 다루어야 할 때나 — 가령 에밀리를 유혹하는 대목이나 도라가 죽는 대목처럼 — 계속 움직이면서 창조하는 것이 불가능할 때, 멈춰 서서 사물을 살피고 그 깊은 내면을 천착해야 할 때도 마찬가지이다. 그럴 때면 그는 실로 기이하게 실패해 버린다. 흔히 인간사의 절정이요 정점으로 여겨지는 내용, 가령 스트롱 부인에 대한 설명이나 스티어포스 부인의 절망, 햄의 고뇌를 묘사하는 대목은 뭐라 말할 수 없을 만큼 비현실적이다. 그 불편한 표정이라니, 만일 현실에서 디킨스가 그렇게 말하는 것을 듣는다면 우리는 머리카락 뿌리까지 붉어지거나 아니면 웃음을 참으려고 방에서 뛰쳐나가야 할 것이다. 〈그럼 그에게 말해 줘요.〉 에밀리는 말한다. 〈밤에 바람이 부는 소리를 들을 때면, 나는 마치 바람이 그와 삼촌을 보고 화가 나서 하느님께 나를 나쁘게 말하러 가는 듯한 느낌이 든다고요.〉 다틀 양은 썩은 고기나 오염, 지렁이, 쓸모없는 스팽글, 망가진 장난감 같은 것들에 핏대를 올리며, 어떻게 에밀리를 〈공공연히 망신 줄 것인지〉에 대해 기염을 토한다. 이런 실패는 생각의 깊이나 묘사의 아름다움에서의 실패와도 일맥상통한다. 완벽한 소설가를 만들어 내기 위해 그의 모자 밑에서 사이 좋게 살아야 하는 수많은 사람 중 두 사람, 즉 시인과 철학자는 디킨스가 그들을 부를 때 오지 못한 것이다.

창조자가 위대할수록 그의 힘이 미치지 못하는 영역들은 더욱더 황량하기 마련이다. 그들의 비옥한 땅 주위는 온통 풀 한 포기 나지 않는 황무지이며, 진창 속에 발이 빠지는 습지이다. 그럼에도 불구하고 우리가 그들의 마력 아래 있을 때면 이 위대한 천재들은 우리로 하여금 세상을 그들이 원하는 모양으로 보게 만든다. 디킨스를 읽을 때면 우리의 심리적 지형이 완전히 달라진다. 고독의 즐거움을 느꼈던 일이나 친구의 복잡한 심경을 경이롭게 지켜봤던 일, 자연의 아름다움에 깊이 빠져들었던 일은 깨끗이 망각된다. 우리가 기억하는 것은 열정과 흥분, 유머, 사람들 성격의 독특함, 런던의 냄새와 맛과 검댕, 전혀 동떨어진 인생들을 낚아채 한데 모으는 믿을 수 없는 우연들, 도시, 법정, 이 남자의 코, 저 남자의 절뚝거리는 걸음걸이, 아치가 있는 도로 아래나 대로 위에서의 장면, 그리고 무엇보다 거대하고 지배적인 어떤 인물이다. 이 인물은 너무나 삶으로 가득 채워지고 부풀려져서 혼자서 외로이 존재할 수 없으며, 자신의 존재를 실현시키기 위해 수많은 다른 사람들을 필요로 하고, 자신을 완성하기 위해 단절된 다른 부분들을 존재케 해야 하므로, 어디에 가든 여흥과 즐거움과 잔칫상의 중심이 된다. 그리하여 방은 사람들로 가득 차고, 조명은 밝고, 거기서 미코버 부인과 쌍둥이, 트래들즈, 벳시 트로트우드 등이 한창 활약 중이다.

이것은 그 효과가 사라지거나 줄어들지 않는 힘이다. 분석하거나 해석하는 것이 아니라 생산하는 힘, 깊은 생각이나 노력 없이, 스토리에 미칠 효과를 계산하지 않고 인물들을 생산해 내는 힘이다. 그의 인물들은 세부들 속에 정확하게 존재하는 것이 아니라 거칠지만 기막히게 자신을 표현하는 말, 창조자가 입김을 불어넣음에 따라 거품처럼 겹겹이 쌓여 가는 말 속에 존재한다. 이들의 풍요로움과 생각 없음은 이상한 효과를 가져온다. 우리를 단지 독자나 구경꾼이 아니라 창조자로 만드는 것이다. 미코버 씨가 자기 얘기를 쏟아 낼 때나 놀라운 상상의 새로운 비상을 끊임없이 시도할 때, 우리는 그의 영혼의 깊은 속을 들여다보게 된다. 우리는 장황하게 떠벌리는 미코버를 보며 〈얼마나 기막히게 미코버다운지!〉라고 디킨스가 말한 것을 그대로 따라하게 된다. 그렇다면 감정과 심리 분석이 기대되는 장면이 우리를 완전히 실망시킨다 한들 대수겠는가? 섬세함과 복잡함은 우리가 그것들을 어디서 찾아야 할지 알기만 한다면, 또 이런 문제에 대해 다른 관습을 갖고 있는 우리가 엉뚱한 장소에서 그것들을 찾을 때 느끼는 놀라움을 극복할 수만 있다면, 이미 거기 있다. 인물을 만들어 낼 때 디킨스의 특이한 점은 그가 눈길이 머무는 어디에서나 창조한다는 데 있다. 그는 시각화하는 힘이 대단하다. 그의 인물들은 독자인 우리가 그들이 말하는 것을 들어 보기도 전에 디킨스가 보는 대로 우리의 시야에 각인된다. 마치 그의 생각을 움직이게 하는 것은 시각인 듯하다. 그는 유라이어 히프가 〈망아지의 코에 숨을 불어넣고는 즉시 손으로 그것을 덮는 것을 본다〉. 그는 데이비드 코퍼필드가 어머니의 죽음 후에 자기 눈이 얼마나 충혈되었는지 보려고 거울을 들여다보는 것을 본다. 그는 기묘한 점들과 흠집들, 몸짓들과 사건들, 흉터, 눈썹, 방 안에 있는 모든 것을 한눈에 알아본다. 그의 눈은 감당하기 벅찰 만큼 풍성한 수확을 가져오고 그에게 초연함과 무정함을 선사해서, 그의 감상주의도 대중에게 양보한 것인 양 비치게 하고, 그대로 둔다면 뼛속까지도 꿰뚫어 볼 것 같은 그의 예리한 눈길에 베일을 덮어 버리고 만다. 그런 힘을 마음껏 발휘하여 디킨스는 자기 책을 타오르게 한다. 플롯을 탄탄하게 하거나 기지를 더 날카롭게 함으로써가 아니라, 다른 한 줌의 인물들을 불에 던져 넣음으로써 말이다. 흥미가 줄어들 성싶어지자, 그는 마우처 양을 무슨 큰 역할이나 맡을 것처럼 살아 있는 듯이 상세하게 그려 나간다. 그러나 일단 그녀의 도움으로 지루한 구간을 지나고 나면 그녀는 사라지고 만다. 더 이상 필요 없는 것이다. 그러므로 디킨스의 소설은 느슨하게, 대개는 극히 자의적인 방식으로 한데 묶인 개별적인 인물들의 집적이 되어 버리기 쉽다. 인물들은 뿔뿔이 흩어지면서 우리의 주의를 사방팔방 흩어 놓기 때문에 우리는 절망에 빠진 나머지 책을 떨어뜨리기 십상이다. 그러나 『데이비드 코퍼필드』에서는 이런 위험이 극복되었다. 거기서는 비록 수많은 인물들이 모여들고 삶이 온갖 구석과 틈바구니로 흘러들지만, 젊음과 유쾌함과 희망이라는 일관된 감정이 그 소란을 감싸고 흩어진 부분들을 그러모으며, 디킨스의 소설 가운데 가장 완벽한 작품에 아름다운 분위기를 더해 준다.

소설 다시 읽기[1]

제인 오스틴[2]과 브론테 자매[3]와 조지 메러디스의 새로운 판본들이 곧 나올 모양이다. 오래된 책들은 기차간이나 하숙집에 버려지거나 손에 닳아 너덜너덜해졌으니, 제 할 몫을 다한 셈이다. 새 집에 새로 드는 사람들을 위해서는 새로운 판본과 새로운 독서와 새로운 친구들이 필요할 것이다. 조지 시대[4] 사람들로서는 잘하는 일이고, 빅토리아 시대[5] 사람들의

---

1 1922년 7월 20일 『타임스 리터러리 서플러먼트』에 게재. 글. 『제인 오스틴의 소설들*The Novels of Jane Austen*』(전5권, 1922), 『샬럿, 에밀리, 앤 브론테의 소설들*The Novels of Charlotte, Emily and Anne Brontë*』(전6권, 1922), 『조지 메러디스 전작집*The Works of George Meredith*』(전19권, 1922) 등의 출간에 기하여 쓰인 글이다. 퍼시 러복Percy Lubbock(1879~1965)의 『소설의 기예*The Craft of Fiction*』(1921)를 참조하면서 그에 대한 반론을 펴고 있다. 울프가 날짜를 명기하지 않은 개정본이 있어, 레너드 울프가 저자 사후 에세이 선집에 이를 실었다. 개정본을 옮긴다("On Re-reading Novels", *Essays VI*, 423~432).

2 Jane Austen(1775~1817). 영국 소설가.

3 영국 소설가인 샬럿 브론테Charlotte Brontë(1816~1855), 에밀리 브론테Emily Brontë(1818~1848), 앤 브론테Anne Brontë(1820~1849) 자매.

4 조지 시대란 하노버 왕가의 조지 1, 2, 3, 4세가 다스렸던 1714~1837년을 말하지만, 20세기에는 조지 5세의 치세(1910~1936)를 비공식적

낮도 서는 일이다. 말썽쟁이들이 있기는 하지만 손자 세대는 조부 세대와 썩 잘 지내는 듯하고, 이들의 화합은 어쩔 수 없이 그 이후의 세대 간 단절을 부각시킨다. 이 단절은 한층 더 심하고 중대한 것 같다. 에드워드 시대[6]의 실패는 상대적이지만 참담한 것이었으니, 그것은 논해 볼 만한 문제이다. 어찌하여 1860년이 빈 요람 같은 해였는지, 어찌하여 에드워드 7세의 치세에는 시인도 소설가도 비평가도 나오지 못했는지, 뒤이어 조지 시대 사람들은 번역으로 러시아 소설들을 읽으며 어떻게 유익을 얻는 동시에 손해를 입었는지, 만일 숭배하고 타파할 만한 살아 있는 영웅들이 있었더라면 오늘 우리는 얼마나 다른 이야기를 하고 있을지 — 옛 책들의 새로운 판본을 기다리면서 우리는 이 모든 문제를 떠올리게 된다. 조지 시대 사람들은 살아 있는 부모가 아니라 세상을 떠난 조부모에게서 위로와 인도를 구해야 한다는 기묘한 곤경에 처해 있는 듯하다. 그러니 필시 우리는 조만간 메러디스를 처음 읽는 젊은이를 만나게 될 것이다.[7] 하지만 그에게 자극을 받아 우리도 『해리 리치먼드』[8]를 다시 읽는다는 위험한

으로 〈조지 시대〉라 일컬었다.
    5   빅토리아 여왕이 다스렸던 시대(1837~1901).
    6   에드워드 7세의 치세인 1901~1910년, 또는 제1차 세계 대전 직전인 1914년까지를 일컫는다.
    7   조지 메러디스는 빅토리아 시대 작가이다.
    8   메러디스의 소설 『해리 리치먼드의 모험The Adventures of Harry Richmond』을 말한다.

실험을 하기에 앞서, 빅토리아 시대의 긴 소설을 읽는다 할 때 다시금 생각하게 되는 몇 가지 문제를 검토해 보기로 하자.

우선, 지루하다. 우리 국민의 독서 습관은 연극에서 시작된 것인데, 연극은 인간이라는 존재가 다섯 시간 이상 계속 무대 앞에 앉아 있을 수 없다는 사실을 언제나 인정해 왔다. 『해리 리치먼드』를 다섯 시간 동안 내리 읽어 봤자 빙산의 일각일 것이다. 여러 날을 더 읽어야 할 것이고, 그러다 보면 전체 줄거리도 희미해지고 책은 맛이 가시며 결국 자책만이 남아 급기야는 작가를 비난하게 된다. 그보다 더 짜증스럽고 힘 빠지는 일도 없다. 그것이 극복해야 할 첫 번째 장애물이다. 다음으로, 우리는 기질로나 전통으로나 시적이라는 사실을 의심할 수 없다. 우리 가운데는 아직도 시야말로 문학의 윗길이라는 믿음이 은연중에 퍼져 있다. 만일 한 시간쯤 책을 읽을 여유가 생긴다면, 매콜리[9]보다는 키츠[10]를 읽는 편이 낫다는 느낌이 드는 것이다. 하물며 소설은 장황하고 그리 유려하지도 못하며 케케묵은 가정사를 다루기 일쑤이다. 날이면 날마다 아침에 일어나 저녁에 눕기까지 무엇을 하는지 — 요는 삶에 대한 것인데 — 그런 얘기라면 굳이 소설로 읽지 않더라도 우리 자신이 살아가는 일만으로도 벅차지 않

9   Thomas Babington Macaulay(1800~1859). 영국 정치인, 역사가, 수필가.
10   John Keats(1795~1821). 영국 시인.

은가. 그것이 또 다른 장애물이다.

하지만 (나이가 들어 가면서) 듣게 되고 또 말하게 되는 이런 상투적인 불만을 전혀 누그러뜨리지 않은 채, 우리는 톨스토이, 플로베르,[11] 하디[12] 등에게 헤아릴 수 없을 만큼 큰 빚을 지고 있음을 인정하지 않을 수 없다. 좀 더 행복한 시간을 떠올린다면 콘래드[13]나 헨리 제임스[14]를 읽던 시간이 될 것이다. 메러디스를 통째로 집어삼키는 젊은이를 보면, 그의 수많은 작품들을 처음 읽던 때가 생각나서 다시금 읽어 볼 태세가 되는 것이다. 문제는 우리가 『허영의 시장*Vanity Fair*』[15]이나 『데이비드 코퍼필드』 같은 책들, 『해리 리치먼드』 같은 책들을 다시 읽기로 한다면, 처음 읽을 때 우리를 그토록 뿌듯하게 했던 무방비한 희열과는 좀 다른 형태의 즐거움을 누릴 수 있을까 하는 데 있다. 우리가 이제 구하게 될 즐거움은 그렇게 명백한 표면에 있지 않을 것이며, 우리는 현대 생활에 관한 이 긴 산문 작품들을 정당화할 만한 어떤 항구적인 요소 — 만일 그런 것이 있다면 — 가 무엇인가를 파악하는 데 노력을 기울이게 될 것이다.

몇 달 전에 퍼시 러복 씨가 낸 『소설의 기예』는 이런 문제

11 Gustave Flaubert(1821~1880). 프랑스 소설가.
12 Thomas Hardy(1840~1928). 영국 소설가.
13 Joseph Conrad(1857~1924). 영국 소설가.
14 Henry James(1843~1916). 미국 소설가.
15 윌리엄 새커리William Thakery(1811~1863)의 소설.

중 몇 가지에 대답하고자 한 책이다. 이 책은 독자들에게 상당한 영향을 미칠 것으로 보이며, 나아가 비평가들과 작가들에게도 그러할 것이다. 주제가 광범한 데 비해 책은 짧지만, 이 책을 읽고도 전처럼 소설에 대해 막연하게 말한다면 그것은 러복 씨가 아니라 우리 자신의 잘못일 것이다. 가령, 우리는 『해리 리치먼드』를 두 번 읽을 수 없다고 하는가? 러복 씨에 따르면 잘못된 것은 우리의 첫 번째 독서이다. 강하지만 막연한 감정과 두세 명의 인물, 예닐곱 개 정도의 장면들이 『해리 리치먼드』에 대한 우리 기억의 전부라면, 잘못은 메러디스가 아니라 우리에게 있는 것이다. 우리는 작가가 의도한 대로 작품을 읽었는가? 아니면 우리 자신의 무능함 때문에 그것을 혼돈스러운 무엇으로 만들어 버렸는가? 소설은 다른 어떤 책보다도 유혹들로 가득 차 있음을 그는 우리에게 상기시킨다. 우리는 이 인물 또는 저 인물을 자신과 동일시한다. 마음에 드는 인물이나 장면에만 매달리며, 한 곳에서 다른 곳으로 변덕스럽게 상상력을 널뛰게 한다. 우리는 허구의 세계를 현실 세계와 비교하고 똑같은 표준으로 그것을 판단한다. 이 모든 것을 하면서 쉬운 변명을 찾아낸다. 〈소설은 책이라는 물건 안에 갇혀 있고, 우리 독자의 눈길은 너무나 재빨리 그 위를 스쳐 가므로 그 형태를 오래 기억할 수가 없다〉고 말이다. 바로 그 점이다. 무엇인가 항구적인 것을 우리는 알 수 있고, 견고한 무엇을 짚어 낼 수 있다. 러복 씨는 책 그 자체라고 할 만한 것이 있다고 주장한다. 그것을 파악하기 위해 우리는 앞서 말했듯이 우리를 산만하게 하는 것들에서 다소 물러나 책을 읽어야 한다. 인상들을 받기는 하되 그것들을 작가가 의도한 대로 서로 연결시켜야 한다. 우리의 인상들을 작가가 의도한 대로의 형태로 만들었을 때, 우리는 형식 그 자체를 알아볼 위치에 있게 된다. 바로 이것이 항구적인 것, 기분이나 유행이 달라져도 남는 것이다. 러복 씨 자신의 말로는 이렇다.

> 하지만 이렇듯 윤곽이 뚜렷하게 확정된 형태shape의 책에서, 그 형식form은 그것이 실제로 무엇인지 — 수많은 가능한 속성 중 하나, 그중 가장 중요한 하나가 아니라 — 책 그 자체를 보여 준다. 조각상의 형식이 조각상 그 자체이듯이.[16]

그러나 러복 씨가 개탄하듯 소설 비평은 아직 유아기에 있으며, 그 언어는 외마디 소리는 아니라 할지라도 아직 혀 짧은 말이다. 물론 이 〈형식〉이라는 말은 시각 예술에서 온 것으로, 우리로서는 그가 굳이 그런 용어를 쓰지 말고 자신의 논지를 펼쳤더라면 싶다. 혼동이 되니 말이다. 소설의 형

16 바로 뒤에서 울프도 지적하듯이 미술에서의 form이라는 말을 문학에 가져다 쓰려니, 우리말 역어로는 〈형태〉와 〈형식〉 중 어느 한쪽으로 통일하기 어렵다.

식은 연극의 형식과 또 다른 것이 사실이고, 우리는 마음의 눈으로 그 차이를 볼 수 있다. 하지만 『에고이스트*Egoist*』[17]의 형식이 『허영의 시장』의 형식과 다른 것도 볼 수 있는가? 우리는 소설 비평처럼 대부분의 용어가 잠정적이고 많은 것이 은유적이며 어떤 것은 시험 삼아 처음으로 써보는 것인 영역에서, 까탈스레 정확성을 요구하느라 문제를 제기하는 것이 아니다. 문제는 용어만이 아니다. 문제는 더 깊은 곳, 독서의 과정에 있다. 여기서 러복 씨는 책 그 자체가 형식과 등가적이라고 말하며, 소설가들이 자기 작품의 최종적이고 지속적인 구조를 축조하는 방법을 감탄할 만한 섬세함과 명료함으로 추적해 낸다. 하지만 책의 형식이라는 이미지가 그렇게 맞아떨어지게 말해질 수 있다는 사실 자체가 우리로 하여금 그것이 정말로 그렇게 딱 맞는 것일까 하는 의구심을 갖게 한다. 이런 상황에서는 이미지를 떨쳐 버리고 구체적인 대상을 가지고 다시 생각해 보는 것이 최상이다. 이야기를 한 편 읽으면서 우리의 인상들을 적어 보기로 하자. 그러면 아마도 러복 씨가 형식이라는 말을 사용하는 것이 거슬리는 이유를 발견할 수 있을 것이다. 그런 목적을 위해서는 플로베르보다 더 적당한 작가도 없을 것이다. 그리고 지면이 한정되어 있으니 단편인 「순박한 마음Un Coeur simple」을 골라 보자. 마침 그것은 우리가 사실상 다 잊어버린 이야기이

17　메러디스의 소설.

니 말이다.

제목이 일단 방향을 잡아 준다. 처음 몇 단어에서 우리는 마담 오뱅의 충실한 하녀 펠리시테에게 주목하게 된다. 이제 인상들이 쌓이기 시작한다. 마담의 성격, 그녀가 사는 집의 모양, 펠리시테의 생김새, 테오도르와의 연애 사건, 마담의 자녀들, 방문객들, 그리고 성난 황소. 우리는 그것들을 받아들이지만 아직 사용하지는 않는다. 그저 쌓아 둘 뿐이다. 우리의 주의는 이쪽저쪽으로 왔다 갔다 한다. 인상들이 계속 축적되지만, 그 각각의 특징을 거의 무시한 채 우리는 계속 읽어 나간다. 연민과 아이러니에 주목하면서, 몇몇 관계와 대조 들에 잠시 유념하지만 아무것도 특별히 강조하지는 않으면서, 여전히 마지막 신호를 기다린다. 그러다 문득 그것이 나타난다. 부인과 하녀가 죽은 아이의 옷을 들추자, 〈옷장에서 나비들이 날아올랐다〉. 부인은 처음으로 하녀에게 키스한다. 〈펠리시테는 마치 은혜라도 입은 듯 그녀에게 감사했고, 이후로 그녀를 동물적인 헌신과 종교적인 경외심으로 섬겼다.〉 문장의 갑작스러운 강도, 이유가 맞건 틀리든 간에 웅변적이라고 느껴지는 무엇인가가 퍼뜩 우리의 이해 속에 들어온다. 우리는 이제야 이 이야기가 왜 쓰였는지 알게 된다. 나중에 같은 방식으로 우리는 전혀 다른 의도의 한 문장에 눈이 뜨인다. 〈펠리시테는 그 그림을 보며 기도했지만, 이따금 새를 향해 고개를 돌렸다.〉 또다시 우리는 이야기가 왜 쓰였는지 알겠다는 동일한 확신이 든다. 그러고는 끝난다. 따로 모아 둔 모든 관찰이 이제 우리가 받은 지침에 따라 재배열된다. 어떤 것은 유의미하고 어떤 것은 그렇지 않다. 두 번째로 읽으면서 우리는 그런 관찰들을 처음부터 사용할 수 있게 되며, 좀 더 확실해진다. 하지만 그것들은 여전히 이 이해의 순간들에 달려 있다.

그러므로 〈책 그 자체〉는 당신이 보는 형식이 아니라 당신이 느끼는 감정emotion이며, 작가의 느낌feeling이 강렬할수록 그것은 더 정확하고 실수 없이 말로 표현된다. 러복 씨가 형식에 대해 말할 때마다, 마치 우리와 우리가 아는 작품 사이에 무엇인가가 끼어드는 것만 같다. 무엇인가 이질적인 것이 우리가 자연스럽게 느끼는 감정 위에 얹히며 시각화되기를 요구하는 듯하다. 우리는 자연스럽게 느끼고, 단순하게 이름 짓고, 그것들을 상호 간에 느껴지는 관계를 바탕으로 재배열한다. 말하자면, 감정으로부터 바깥쪽으로 작업하여 「순박한 마음」에 대한 우리의 이해에 도달하는 것이다. 그렇게 해서 읽기가 끝나면, 무엇이 보인다기보다 모든 것이 느껴진다. 감정이 약하고 그것을 표현하는 솜씨가 탁월할 때에만 우리는 감정을 표현으로부터 구별할 수 있으니, 가령 『에스터 워터스Esther Waters』[18]는 『제인 에어』에 비해 얼마나 탁월한 형식을 지니고 있는가. 하지만 『클레브 공녀Princess

18 조지 무어George Moore(1852~1933)의 소설.

de Clèves』[19]를 살펴보자. 거기에도 비전이 있고 표현이 있다. 하지만 그 두 가지는 너무나 완벽하게 섞여 있어서, 러복 씨가 우리에게 직접 눈으로 형식을 찾아보라고 하면 도무지 아무것도 보이지 않는다. 하지만 우리는 느낌에서 독특한 만족감을 얻으며, 그 모든 느낌이 조화를 이루어 하나의 전체를 만들어 내고, 그 전체가 우리 마음속에 작품 자체로 남는 것이다. 이 점을 강조하는 것은 그저 하나의 용어를 다른 용어로 바꾸기 위해서가 아니라, 방법에 관한 이 모든 논의 가운데서 글쓰기에서나 읽기에서나 우선시되어야 하는 것이 감정임을 주장하기 위해서이다.

그래 봐야 우리는 겨우 시작했을 뿐이며, 그것도 아주 위태로운 시작이다. 어떤 감정을 포착하여 거기 탐닉한 나머지 싫증이 나서 팽개치는 것은 삶에서나 문학에서나 낭비적인 일이다. 하지만 가장 주도면밀한 작가인 플로베르에게서 이 즐거움을 짜낼 수 있다면, 메러디스와 디킨스와 도스토옙스키와 스콧과 샬럿 브론테가 불러일으키는 도취에는 한계가 없다. 또는 한계가 있기는 하되, 극도의 포만감과 환멸 속에서나 발견된다. 그것들을 다시 읽고자 한다면, 어떤 식으로든 비판적인 정신을 발휘해야 한다. 감정이 우리의 재료이다. 하지만 우리는 감정에 어떤 가치를 두는가? 한 편의 단편소설에는 얼마나 많은 다양한 감정들이; 얼마나 많은 다양한

19 마담 드 라파예트Madame de LaFayette(1634~1693)의 소설.

요소로 이루어진, 얼마나 많은 특질들이 있는가? 그러므로 자기가 직접 감정을 얻어야 한다는 것은 첫걸음일 뿐이다. 우리는 계속 나아가 그것을 시험하고 질문을 제기해 보아야 한다. 만일 아무것도 남지 않는다면, 잘된 일이다. 휴지통에 던져 버리고 끝내라. 만일 무엇인가가 남는다면, 그것을 세상의 보물 가운데 두라. 감정 너머에 무엇인가 있지 않은가? 감정에 의해 고취되기는 했으나, 그것을 가라앉히고 질서를 부여하는 무엇이? 러복 씨가 형식이라 부르고 우리가 편의상 예술이라 부르는 것이? 우리는 빅토리아 시대 소설의 소용돌이 속에서도 무엇인가 제약을, 가장 왕성한 소설가라도 자기 소재에 부과하여 그것을 균형 잡히게 하는 어떤 제약을 발견할 수 있지 않은가? 극작가에 대해서는 그처럼 단순한 질문을 할 필요조차 없을 것이다. 연극 구경을 가는 사람이라면 아무리 조잡한 연극이라 해도 관습을 따른다는 것을 누구나 대번에 알아차릴 것이다. 그리고 지난 수백 년 동안 힘을 발휘하고 인정받아 온 극적인 기법의 좀 더 섬세한 예를 떠올릴 수 있을 것이다. 가령 『맥베스Macbeth』에서, 비평가들은 대대로 문지기가 등장하는 장면에서 비극이 희극으로 바뀌는 효과를 지적해 왔다. 소포클레스의 『안티고네Antigone』에서는, 전령이 어떻게 이야기를 손질하여 안티고네의 죽음을 발견하는 게 장례식보다 먼저가 아니라 나중이 되게 하는가를 보게 된다.

그러나 연극은 소설보다 수백 년이나 앞서 있다. 소설가는 우리에게 자신의 세계가 현실이며 자기 인물들이 살아 있다고 설득하기에 앞서, 인물들의 애환으로 우리를 감동시키기에 앞서, 몇 가지 문제를 풀고 모종의 기술을 얻어야 한다. 하지만 지금껏 우리는 눈을 감은 채 소설을 삼켜 왔다. 우리는 각각의 소설을 존재하게 하는 가장 간단한 장치들에도 이름을 붙이지 않았고, 따라서 알아보지 못했다. 우리는 우리 이야기꾼이 어떤 방법을 사용할지 결정하는 것을 지켜보는 수고를 하지 않았으며, 그의 선택에 박수를 보내거나 그의 판단력 결여를 개탄하거나 그가 몇몇 위태로운 새로운 장비들을, 그의 작업을 완벽하게 만들거나 몽땅 날려 버리거나 할 장비들을 사용하는 것을 흥미롭게 지켜본 적도 없다.

우리의 부주의함에 대한 변명으로 인정해야 할 사실은, 그 방법들에 이름이 없을 뿐 아니라 어떤 작가도 소설가만큼 많은 방법들을 갖고 있지 않다는 것이다. 소설가는 어떤 시점이든 취할 수 있고, 어느 정도는 여러 시점을 결합시킬 수도 있다. 그는 새커리처럼 몸소 출현할 수도 있고, 플로베르처럼 (아마도 아주 완전히는 아니겠지만) 사라질 수도 있다. 디포처럼 사실들을 말할 수도 있고, 헨리 제임스처럼 객관적 사실 없이 주관적 생각들만을 제시할 수도 있다. 톨스토이처럼 광활한 세계를 보여 줄 수도 있고, 또한 톨스토이처럼 늙은 사과 장수 여인과 그녀의 광주리에 시야를 국한할 수도 있다. 자유가 있는 곳에는 방종이 있다. 소설은 누구나 팔 벌려 맞이하지만, 다른 문학 형식들을 모두 합친 것보다 더 많은 희생자를 낸다. 하지만 승리자들을 바라보자. 우리는 실로 그들을 공간이 허용하는 이상으로 가까이서 많이 들여다보고 싶어진다. 그들이 작업하는 것을 보면 모두 달라 보인다. 새커리는 항상 곤란한 장면을 피하려고 노심초사하고, 디킨스는 (『데이비드 코퍼필드』에서만 빼고) 항상 그런 장면을 찾아다닌다. 톨스토이는 기초도 놓지 않은 채 이야기의 한복판으로 뛰어들며, 발자크는 기초를 어찌나 든든히 놓는지 이야기 자체는 도무지 시작할 것 같지 않다. 하지만 우리는 러복 씨의 비평이 개별 작품들을 읽는 데 적용되면 어떻게 될지 보고 싶은 마음에 제동을 걸어야 한다. 전반적인 시각이 더 볼 만하니, 전반적인 시각에 머물기로 하자.

각각의 이야기를 따로 보지 말고, 이야기하는 방법 전체를, 그것이 세대에서 세대로 발전하는 양상을 살펴보자. 그것이 리처드슨[20]의 손에서 어떠한가를, 새커리가 그것을 적용할 때 어떻게 달라지고 발전하는가를, 디킨스와 톨스토이와 메러디스와 플로베르 등등에게서는 어떠한가를. 그러고서 마침내 더 위대한 천재는 아니라 해도 더 많은 지식과 솜씨를 지닌 헨리 제임스가 『대사들 The Ambassador』에서 어떻게 리처드슨이 『클래리사 Clarissa』에서 당혹스러워했던

20 Samuel Richardson(1689~1761). 영국 소설가.

문제를 극복하는가를 살펴보자. 관점이 어렵고 조명도 좋지 않다. 그 모든 대목에서 누군가가 일어나 항의한다. 소설은 자발적 영감의 소산이며, 헨리 제임스는 예술에 대한 헌신 때문에 얻은 만큼 잃기도 했다고 말이다. 우리는 그런 항의를 묵살하지 않을 것이다. 왜냐하면 그것은 독서에서 생겨난 즉각적인 즐거움의 목소리이기 때문이다. 이런 즐거움 없이는 두 번째 독서가 불가능하며, 따라서 처음도 없을 것이다. 그렇지만 결론은 부인할 수 없을 것 같다. 헨리 제임스는 리처드슨이 시도했던 것을 성취했다. 〈예술에서 유일한 진짜 학자〉가 아마추어들을 이겼다. 나중에 온 사람이 선배들을 능가했다. 우리가 말하고자 시도할 수 있는 이상의 것이 함축되었다.

소설이라는 예술은 그 유리한 지점에서 바라보면 명확하게는 아니라도 새로운 비율로 보인다. 우리는 소설의 유아기, 청소년기, 장년기를 말할 수 있을 것이다. 스콧은 어린이요, 그에 비해 플로베르는 어른이라고 할 수도 있다. 계속하여 젊은이의 원기와 광휘가 성숙기의 좀 더 신중한 미덕들을 거의 능가한다고 말해도 좋을 것이다. 이 〈거의〉의 의미를 숙고해 보면, 어쩌면 빅토리아 작가들을 두 번 읽기 싫은 데에는 그런 이유도 있지 않을까 싶기도 하다. 거대하고 질질 끄는 책들은 여전히 그것을 만든 이들의 기지개와 탄식을 반영하는 것만 같다. 성(城)을 짓고 프로필을 스케치하고 시를 분출하는 것, 작업장을 개조하거나 감옥을 허무는 것이 그 작가들에게 좀 더 성에 차는 일이다. 책상 앞에 매여서 단순 무식한 대중을 위해 소설을 끼적이는 것보다 낫다. 빅토리아 시대 소설의 천재성은 근본적으로 시원찮은 일에서 최선을 이끌어 낸 데 있는 듯하다. 하지만 헨리 제임스에 대해 그가 시시한 일에서 최선을 이룩했다고 말하기는 불가능하다. 『비둘기 날개 *The Wings of the Dove*』나 『대사들』에는 지겨워하거나 은근히 내려다보는 기미라고는 없다. 소설이 그의 직업이다. 그것은 그가 말하고자 하는 바에 적합한 형식이다. 이런 사실로부터 그것은 아름다움을, 전에 지니지 못했던 섬세하고 고귀한 아름다움을 획득한다. 그리고 이제 마침내 그것은 자신을 해방하고 비슷한 무리로부터 구분되었다. 그것은 다른 사람들의 유물에 걸리적거리지 않고, 자기가 가장 잘 할 수 있는 말을 골라 말할 것이다. 플로베르는 늙은 하녀와 박제한 앵무새를 주제로 삼을 것이다. 헨리 제임스는 응접실 테이블 주위에서 필요한 모든 것을 발견할 것이다. 나이팅게일과 장미꽃은 추방되었다. 아니, 적어도 나이팅게일은 교통 소음을 배경으로 해서는 전과 다른 소리를 내며, 장미꽃도 아크등 불빛 아래서는 그다지 붉지 않다. 오래된 재료들의 새로운 결합이 있으며, 소설은 그 약점들을 위해서가 아니라 그 장점들을 위해 쓰일 때 영원한 이야기의 참신한 면모를 강화한다.

러복 씨는 신중하게도 자신의 탐사를 헨리 제임스 이후의 소설까지 밀고 나가지는 않는다. 하지만 이미 세월이 쌓였다. 우리는 복잡다단한 시대의 힘찬 정신들이 소설을 탐험하고 변화시키고 발전시키리라 기대할 수 있다. 프루스트[21] 씨만 하더라도, 그에게서 우리가 무엇인들 기대하지 못하겠는가? 하지만 러복 씨의 말대로, 보통 독자는 더 이상 수동적인 기대로 입 벌린 채 앉아 있기를 거부해야 한다. 그것은 야바위꾼에게 우리를 놀라게 해보라고, 사기꾼에게 트릭을 걸어보라고 격려하는 일이다.

이 모든 것으로부터 몇 가지 결론이 나오는 듯하다. 첫째, 형식에 대해 말할 때, 그것은 특정한 감정들이 옳은 상호 관계에 놓였음을 의미한다. 소설가는 자신이 계승한 방법, 자기 목적에 맞게 구부리고 새로운 모양으로 만들고 심지어 직접 발명하기도 한 방법을 통해 감정들을 배열함으로써 그것들이 말하게 한다. 나아가, 독자는 그런 장치들을 알아볼 수 있으며, 그럼으로써 작품에 대한 이해를 심화시킬 수 있다. 그러는 한편 소설가는 기법을 탐구하고 세련시킬 것이고, 그럴수록 소설은 혼돈에서 벗어나 점점 더 모양새를 갖출 것이다. 그리고 끝으로, 아마도, 독자의 무심함과 맹신에 대한 공격이 시작된 듯하다. 그가 소설가를 바짝 추격하여, 기민하게 뒤따르고 기민하게 이해하며 영향을 미치게 하라. 그의

21 Marcel Proust(1871~1922). 프랑스 소설가.

서재까지 가서라도, 그에게 종이 뭉치와 그의 고독의 산물을 받아들일 태세가 되어 있는 출판업자를 들이밀며 매섭고 건전한 압박을 가하라. 극작가는 이미 배우들과 관객들, 그리고 여러 세대에 걸쳐 연극에 가는 기술을 훈련해 온 대중으로부터 그런 압박을 받아 온 터이다.

러시아인의 관점[1]

우리는 프랑스인이나 미국인이 우리와 공통점이 많다고는 해도 영국 문학을 제대로 이해할 수 있을지 종종 의아해한다. 그렇다면 영국인들이 러시아 문학에 아무리 열광한다 해도 그것을 제대로 이해할 수 있을지에 대해서는 더 심각한 의구심을 갖지 않을 수 없다. 물론 〈이해한다〉는 말이 무슨 뜻인지에 대한 논의가 마냥 길어질 수도 있다. 특히 영국 문학과 영국인들에 대해 고도의 안목을 가지고 글을 써온 미국 작가들의 예를 누구나 떠올릴 수 있을 것이다. 그들은 평생 우리 사이에서 살았으며 마침내 조지 왕의 신민이 되기 위한 법적 수속까지 밟은 터이다.[2] 그럼에도 불구하고, 그들은 진정 우리를

---

1 『보통 독자』에 실은 글. 1918년 5월 16일 『타임스 리터러리 서플러먼트』에 실은 「체호프가 던지는 물음들Tchehov's Questions」과, 1918년 12월 19일 『타임스 리터러리 서플러먼트』에 실은 「러시아인의 시각A Russian View」을 바탕으로 하여 다시 쓴 것이다("The Russian Point of View", *Essays IV*, pp. 181~189).
2 조지프 콘래드는 1886년, 헨리 제임스는 1915년 영국인으로 귀화했다.

이해했을까? 죽는 날까지 외국인으로 남은 것은 아닐까? 헨리 제임스의 소설들이 그가 묘사하는 사회에서 성장한 사람에 의해 쓰인 것이라고, 또는 영국 작가들에 대한 그의 비평이 셰익스피어를 읽을 때 그의 문명과 우리 문명을 가르는 대서양이나 2, 3백년의 거리를 느끼지 못했던 사람에 의해 쓰인 것이라고 누가 믿을 수 있겠는가? 외국인은 종종 각별한 예리함과 초연함을, 날카로운 시각을 가질 수 있지만, 자의식 없이 편안한 동지 의식과 공통된 가치관 가운데서 허물없는 교제의 친밀함과 단순함, 긴 말이 필요 없는 소통에 이르기는 어렵다.

러시아 문학과 우리 사이에는 이 모든 요인 외에 훨씬 더 심각한 장애물이 있으니, 즉 언어 장벽이다. 지난 20년 동안 톨스토이, 도스토옙스키, 체호프[3]를 탐독한 이들 중에서 러시아어로 그 작품들을 읽을 수 있었던 이는 몇 안 될 것이다. 그 작품들에 대한 우리의 평가는 러시아어라고는 단 한마디도 하지 못하고 러시아를 본 적도 없으며 심지어 원어민이 말하는 그 언어를 들어 본 적도 없는, 그래서 번역가들의 작업에 맹목적으로, 무조건적으로 의존해야 했던 비평가들에 의해 형성되어 왔다.

다시 말해 우리는 러시아 문학 전체를 그 문체와 떼어 놓고 판단해 온 것이다. 한 문장의 모든 단어를 러시아어에서

〈조지 왕의 신민〉이라니 후자를 가리킬 터이다.
3　Anton Chekhov(1860~1904). 러시아 소설가, 극작가.

영어로 바꿔 놓으면, 그리고 그럼으로써 의미도 좀 달라질 뿐 아니라 단어들이 상호 관계 속에서 갖는 소리와 무게와 효과까지 달라지면, 대략적으로 전달되는 의미밖에는 남지 않게 된다. 그런 식으로 취급되면, 위대한 러시아 작가들은 마치 지진이나 철도 사고로 옷뿐 아니라 그보다 훨씬 더 미묘하고 중요한 것, 그러니까 성품의 독특함이나 행동 방식까지 잃어버린 사람들처럼 되어 버린다. 그러고도 무엇인가 아주 강력하고 인상적인 것이 남는다는 사실은 영국인들의 열광적인 반응을 통해 입증되는 바이지만, 그런 손실들을 감안한다면 우리가 그들을 왜곡하여 엉뚱한 데 강조점을 두며 읽지 않는다고 확신하기 어렵다.

그들은 뭔가 큰 재난에서 옷을 잃어버린 셈이라고 했거니와, 그런 이미지는 번역 때문이든 다른 어떤 심오한 원인 때문이든 러시아 문학이 우리에게 주는 인상, 즉 본능을 감추거나 위장하려는 일체의 노력을 떨쳐 버린 단순성이나 인간미와도 일치한다. 우리는 러시아 문학의 도처에서, 위대한 작가들에게서나 그만 못한 작가들에게서나 이런 특질들을 발견한다. 〈너 자신이 민중과 닮도록 하라. 그들에게 없어서는 안 될 사람이 되라는 말도 덧붙이고 싶다. 하지만 이런 공감이 머리에서가 아니라 — 머리로 하는 공감은 쉽다 — 마음에서, 그들을 향한 사랑에서 우러나게 하라.〉[4] 어디서든

---

4 옐레나 밀리트시나의 단편소설 「마을 사제」에 나오는 말.

이런 인용을 만나면 〈러시아 사람이 한 말이구나〉라고 대번에 알 수 있을 것이다. 단순성, 인위적인 노력의 부재, 그리고 비참으로 넘쳐나는 세상에서 우리의 주된 사명이 고통당하는 동료를 이해하되 〈머리가 아니라 마음〉으로 이해하는 것이리라는 생각은 러시아 문학 전체 위에 감도는 구름과도 같다. 그것은 우리를 건조한 지성과 메마른 대로에서 끌어내어 그 그늘 아래 들어가게 하는데, 그 결과는 물론 낭패스럽다. 우리는 거북하고 자의식적이 되며, 우리 자신의 특질들을 부인하고 짐짓 선량함과 단순성을 가지고 글을 쓰게 된다. 급기야는 멀미가 날 정도로 착하고 단순하게 말이다. 우리는 그들처럼 단순한 확신을 가지고서 〈형제여〉라고 말하지 못한다. 골즈워디 씨의 어느 단편[5]에서는 등장인물 중 한 사람이 다른 사람에게 그런 식으로 말을 거는데(둘 다 몹시 불행한 처지이다), 그러자 대번에 모든 것이 경직되고 부자연스러워진다. 〈형제brother〉에 걸맞은 영어 단어는 〈친우mate〉 정도일 것이다. 하지만 이것은 전혀 다른 말이고 약간 냉소적인 기미와 뭐라고 말하기 어려운 유머도 담겨 있다. 아무리 깊은 불행 가운데서 만났다 해도 두 영국 남자가 그렇게 서로 다가간다면, 단언컨대 그들은 곧 일자리를 찾고 돈을 벌어서 풍족한 말년을 보낸 후에 불쌍한 사람들이 템스

5   존 골즈워디John Galsworthy(1867~1933)의 단편소설 「처음 된 자와 나중 된 자The First and Last」.

강 변에서 서로 〈형제여〉라고 부르지 않게끔 약간의 돈을 남길 것이다. 하지만 형제애라는 감정을 낳는 것은 공통된 행복이나 노력이나 욕망이 아니라 공통된 고통이다. 해그버그 라이트 박사[6]는 러시아 문학을 만들어 낸 러시아 민족의 전형적인 감정이 바로 〈깊은 슬픔〉임을 발견했다.[7]

물론 이런 식의 일반화는 러시아 문학 전체에 적용될 때 어느 정도 진실이기는 하겠지만, 천재적인 작가가 작업에 착수하면 크게 달라질 것이다. 대번에 다른 질문들이 떠오른다. 〈태도〉라는 것이 단순치 않으며 극히 복잡하다는 사실이 드러난다. 철도 사고를 당해 외투뿐 아니라 예의범절까지 잃어버린 사람들은, 사고 탓에 생겨난 체념과 단순성 때문이라 하더라도, 거친 말, 잔인한 말, 불유쾌하고 하기 힘든 말을 내뱉기 마련이다. 체호프에게서 드는 우리의 첫 느낌은 단순함이라기보다 당혹감이다. 도대체 요점이 뭔가, 왜 그런 이야기를 들려주는 것인가? 우리는 그의 단편들을 한 편씩 읽어 나가면서 줄곧 자문하게 된다. 한 사람이 결혼한 여자와 사랑에 빠진다. 헤어졌다가 다시 만나지만, 결국 자신들의 처지에 대해, 그리고 어떻게 하면 〈이 참을 수 없는 속박〉에서 풀려날 수 있을지 이야기하는 데서 끝난다.

《어떻게? 어떻게?》라고 그는 머리를 움켜쥐며 물었다.

---

6 Charles Hagberg Wright(1862~1940). 런던 도서관 사서, 관장.
7 밀리트시나와 살티코프가 엮은 단편집 『마을 사제 외』의 서문에 실린 글.

(······) 그리고 조금만 지나면 해결책이 발견되고 새롭고 찬란한 삶이 시작될 것처럼 보였다.〉 그것이 결말이다.[8] 또는 한 우편배달부가 학생을 역까지 태워다 주는데, 가는 길 내내 학생은 그에게 말을 시키려 해보지만 그는 끝내 말이 없다. 그러다 불쑥 우편배달부가 말한다. 〈사람과 우편물을 함께 싣고 가는 건 규칙 위반이라오.〉 그러고는 노여운 얼굴로 플랫폼을 서성인다. 〈그는 누구에게 화가 난 걸까? 사람들에게? 가난에게? 가을밤에게?〉 이 이야기도 여기서 끝난다.[9]

하지만 그게 정말 결말일까? 우리는 뭔가 신호를 지나쳐 버렸다는 느낌이 든다. 마치 음악이 종지부 화음 없이 뚝 그쳐 버린 것 같기도 하다. 〈어째 이야기에 결말이 없네〉라고 말하면서 우리는 단편소설이란 모름지기 독자가 알아볼 수 있는 방식으로 끝을 맺어야 한다는 전제 하에 비평을 구상해 보기도 한다. 그러면서 우리는 자신이 독자로서 적합한가 하는 의문이 든다. 빅토리아 시대의 소설들에서 대개 그렇듯 친숙한 곡조에 확실한 결말 — 연인들은 결합하고 악당들은 패배하며 음모들은 폭로되는 — 을 만나게 되면 우리는 거의 틀리지 않지만, 체호프의 작품들이 그렇듯 곡조가 전혀 친숙하지 않고 결말이 의문 부호라거나 아니면 〈이야기를 계속했다〉라는 식이 되면 우리는 그 곡조를 듣기 위해, 특히

---

8 체호프의 단편소설 「개를 데리고 있는 여인」의 내용.
9 체호프의 단편소설 「우편」의 내용.

화성을 완결 짓는 그 마지막 음들을 가려내기 위해 문학에 대한 아주 과감하고 기민한 감각이 필요해진다. 아마도 그런 작품들을 아주 많이 읽어야 감이 생길지도 모르겠다. 부분들이 통합된다는 느낌, 체호프가 뜬금없는 말들을 늘어놓은 게 아니라 이번에는 이 음(音), 다음번에는 저 음을 확실한 의도를 가지고서 짚어 가며 말하고자 하는 바를 완성하고 있다는 느낌이야말로 우리가 독자로서 만족하는 데 필수적인 것이다.

이 이상한 이야기들에서 진짜 강조점이 어디에 놓이는지 발견하기 위해서는 사방을 두루 뒤져 보아야 한다. 체호프 자신의 다음과 같은 말이 길잡이가 되어 준다. 〈우리 사이의 그런 대화는 우리 부모님들이라면 생각할 수도 없는 것이었을 터이다. 밤이면 그들은 아무 말 없이 푹 잔다. 우리 세대는 잠을 설치고 뒤치락대며 항상 우리가 옳은지 아닌지를 놓고 골머리를 썩인다.〉[10] 우리 문학에서도 사회 풍자와 심리 해부는 그런 불편한 잠, 그런 부단한 대화에서 나왔다. 하지만 체호프와 헨리 제임스, 체호프와 버나드 쇼[11] 사이에 엄청난 차이가 있다는 것은 명백하다. 그 차이는 어디서 생겨나는 것일까? 체호프 역시 사회악이나 불의를 인식하고 있으며, 농부들이 처한 상태에 경악한다. 하지만 개혁가의 열성

10 체호프의 단편소설 「어느 의사의 방문」.
11 George Bernard Shaw(1856~1950). 영국의 극작가, 소설가, 비평가.

은 그의 몫이 아니니, 우리가 멈춰 서야 하는 곳은 그 지점이 아니다. 그는 사람들의 마음에 관심이 많고, 인간관계에 대한 아주 미묘하고 섬세한 분석가이기도 하다. 하지만 그것도 그의 목표는 아니다. 그의 주된 관심은 영혼이 다른 영혼들과 맺는 관계가 아니라 영혼이 건강과 맺는 관계, 선함과 맺는 관계인 것일까? 이런 이야기들은 항상 가식과 허위, 불성실을 보여 준다. 어떤 여자는 거짓된 관계에 빠지며, 어떤 남자는 비인간적인 상황 때문에 타락한다. 영혼은 병이 들고 치유되거나 치유되지 못하거나 한다. 그런 것이 그의 이야기에서 강조되는 점들이다.

일단 그런 미묘한 음영에 눈이 익숙해지면, 소설이 통상 요구하는 〈결말〉의 절반은 증발하듯 사라져 버린다. 그것은 빛에 비쳐 보이는 슬라이드처럼 번드레하고 피상적인 것이 되어 버린다. 일반적으로 마지막 장을 마무리하는 결혼, 죽음, 낭랑하게 공표되고 묵직하게 강조되는 가치들에 대한 언명 따위가 극히 초보적인 수법이 되고 마는 것이다. 아무것도 해결되지 않았다고 우리는 느낀다. 아무것도 제대로 짜맞추어지지 않았다고 말이다. 반면, 처음에는 그토록 허술하고 우유부단하고 사소한 것들에만 정신이 팔려 있는 듯했던 방법이 이제는 절묘하게 독창적이고 까다로운 취향의 결과임이 드러난다. 대담하게 선택하고 완벽하게 배열하는, 러시아 작가들에게서 말고는 달리 유례를 찾아볼 수 없는 정직성으로 다스려지는 취향 말이다. 이런 질문들에 대해서는 답이 없을 수도 있지만, 동시에 우리는 무엇인가 우리의 허영심에 들어맞는 그럴싸한 것을 만들어 내느라 명백한 사실들을 왜곡하지는 말기로 하자. 이것은 대중의 이목을 끌기에 적합한 방법은 아닐 테니, 그들은 필시 더 시끄러운 음악, 더 강경한 조치에 익숙해져 있을 것이다. 하지만 그는 자신에게 들리는 곡조대로 썼을 뿐이다. 결과적으로 이 아무것도 아닌 일에 대한 단편소설들을 읽을 때, 우리의 지평선은 확대되고 영혼은 놀라운 해방감을 맛본다.

체호프를 읽을 때면 우리는 〈영혼〉이라는 말을 되뇌게 된다. 〈영혼〉이라는 말이 그의 책 곳곳을 누비고 있다. 늙은 주정뱅이들도 아무렇지 않게 그 말을 쓴다. 〈너는 군대에서 아주 높아져서 아무도 감히 건드리지 못하게 됐지만, 네게는 진짜 영혼이 없어. (……) 네 영혼에는 아무 힘도 없어.〉[12] 정말이지 러시아 소설에서 주된 등장인물은 영혼이다. 체호프에게 있어 영혼은 섬세하고 미묘하며 무수한 기질과 장애에 달려 있는 반면, 도스토옙스키에게서 영혼은 한층 깊이 있고 풍부한 것이 되며 격심한 질병과 신열을 불러일으키지만 여전히 주된 관심사이다. 아마도 영국 독자가 『카라마조프 씨네 형제들』이나 『악령』을 재차 읽을 때 그토록 노력이 필요한 것도 그 때문일 것이다. 〈영혼〉이라는 것이 그에게 낯설

12 체호프의 단편소설 「아내」.

기 때문이다. 심지어 반감을 일으키기도 한다. 거기에는 유머 감각이라고는 없으며 희극적인 구석도 없다. 영혼이란 형태가 없다. 지성과도 별로 관계가 없다. 그것은 혼란스럽고 산만하고 소란스럽고 논리의 통제나 시의 규율에 전혀 굴복하지 못하는 성싶다. 도스토옙스키의 소설들은 절절 끓는 소용돌이, 휘몰아치는 모래 폭풍, 맹렬하게 맴돌며 우리를 끌어들이는 용오름이다. 그것들은 순전히, 그리고 전적으로 영혼이라는 재료로만 되어 있다. 우리는 원치 않게 끌려들어 휘돌아 가며 눈이 멀고 숨이 막히고 그러면서도 현기증 나는 희열로 충만해진다. 셰익스피어를 읽을 때를 제외하고는 그보다 더 흥분된 독서는 없다. 문을 열면 러시아 장군들과 러시아 장군들의 가정 교사들과 그들의 의붓딸들과 사촌들, 그밖에 잡다한 사람들로 가득한 방에 들어서게 된다. 이들 모두가 목청 높여 제각기 극히 사적인 일들에 대해 떠들고 있다. 대관절 우리는 어디 있는 것일까? 우리가 있는 곳이 호텔인지 아파트인지 셋집인지 말해 주는 것은 확실히 소설가의 몫이다. 그런데 아무도 설명할 생각을 하지 않는다. 우리는 영혼들, 고통당하는 불행한 영혼들이니, 이들의 유일한 일은 말하고 까발리고 고백하고 우리 존재의 밑바닥에서 모래 위를 기어다니는 게처럼 껄끄러운 죄악들을 육체와 신경이 찢어지든 말든 끄집어내는 것이다. 하지만 귀 기울여 듣노라면 마음의 혼란이 차츰 가라앉는다. 동아줄이 던져지고 뭔가 독백의 실마리를 붙들게 된다. 이를 악물고 물살을 헤치며 악착같이 사납게 밀고 나간다. 때로는 물살에 잠기기도 하고, 때로는 통찰의 순간에 전에 이해했던 것보다 좀 더 이해하기도 하면서, 인생의 극심한 압박으로부터가 아니고는 얻을 것 같지 않은 계시들을 얻으면서, 그렇게 날듯이 나아가다 보면 우리는 그 모든 것을 — 사람들의 이름과, 관계와, 그들이 룰레텐부르크의 호텔에 묵고 있으며 폴리나는 그리외 후작의 음모에 연루되었다는 사실을[13] — 알게 되지만, 그런 것은 영혼에 비하면 얼마나 하찮은 일들인지! 중요한 것은 영혼과 그 정열과 혼란, 그 아름다움과 사악함의 놀라운 조합이다. 그 새된 웃음소리 속에 문득 우리 자신의 소리가 끼어든다면, 우리도 격렬한 흐느낌으로 몸을 떨게 된다면, 그보다 자연스러운 일이 어디 있겠는가? 말할 필요도 없는 일이다. 살아가는 속도가 워낙 엄청나므로, 바퀴에서 불꽃이 튀기 마련이다. 게다가 그렇게 속도를 내어 영혼의 요소들이 — 우리 영국인의 느릿한 정신이 알아볼 수 있도록 유머의 장면들과 정열의 장면들로 나누어서가 아니라 — 온통 뒤섞여서 나눌 수 없이 뒤얽힌 채 눈에 보이게 되면, 인간 정신의 새로운 파노라마가 전개된다. 오래된 구분들이 서로 녹아든다. 인간은 악당인 동시에 성인이고, 그들의 행동은 아름다운 동시에 추악하다. 우리는 사랑하는 동시에 증오한다. 우리에게

13   도스토옙스키의 소설 『노름꾼』의 내용.

익숙한 선악의 분명한 구분은 사라진다. 우리가 대체로 애정을 느끼던 이들이 실은 가장 큰 죄인들이고, 가장 비열한 죄인들이 우리에게 가장 큰 감동과 사랑을 불러일으킨다.

파도 꼭대기로 치솟았다가 거꾸로 처박혀 밑바닥의 돌멩이들에 부딪히면서, 영국 독자로서는 편할 틈이 없다. 자국 문학에서 익숙해져 있던 과정이 거꾸로 뒤집힌다. 만일 우리가 장군의 연애 사건을 이야기하려 한다면(우리로서는 일단 장군을 비웃지 않기가 매우 힘들겠지만) 일단 그의 집을 묘사하는 것부터 시작하여 그의 주변을 차근차근 챙겨 나갈 것이다. 모든 것이 준비된 다음에라야 우리는 장군 자신을 다루어 보려 할 것이다. 게다가 영국에서는 사모바르가 아니라 티 포트가 장면의 중심이 될 테고, 시간은 제한되고 공간도 북적일 것이다. 다른 관점들, 다른 책들, 심지어 다른 시대들의 영향이 느껴질 것이다. 사회는 하류층, 중류층, 상류층으로 나뉘고, 각 계층에는 고유한 전통과 예의범절과 또 어느 정도는 고유한 언어까지 있다. 원하든 원치 않든 영국 소설가는 그런 장벽들을 인정해야 한다는 끊임없는 압박을 받으며, 따라서 그에게는 질서와 모종의 형식이 부과된다. 그는 연민보다 풍자로, 개개인 자신에 대한 이해보다는 사회 전반에 대한 관찰로 기울게 된다.

도스토옙스키에게는 그런 제약들이 없다. 그에게는 당신이 귀족이든 평민이든, 부랑자이든 귀부인이든 매한가지이

다. 당신이 누구든 간에 영혼이라는 저 당혹스러운 액체, 뿌
옇고 거품 나는 소중한 것이 담긴 그릇일 뿐이다. 영혼은 어
떤 장벽에도 구애되지 않는다. 그것은 넘쳐흐르며 다른 사람
들의 영혼과 섞인다. 포도주 한 병 값을 치르지 못한 은행원
의 이야기가 어느 결에 그의 장인과 장인이 형편없이 다루는
다섯 명의 정부들의 삶 속으로, 우편배달부의 삶과 날품팔이
여자의 삶 속으로, 그리고 같은 구역에 사는 귀족 여성들의
삶 속으로 퍼져 나간다. 도스토옙스키의 영역 밖에 있는 것
은 아무것도 없다. 그는 지쳐도 쉬지 않고 계속 나아간다. 그
는 자신을 억제하지 못한다. 우리를 덮치는 이 뜨겁고 펄펄
끓어오르는 것, 마구 뒤섞이고 경이롭고 끔찍하고 숨 막히는
것 ― 이것이 인간 영혼이다.

　이제 남은 이는 모든 소설가 중에 가장 위대한 소설가이
니, 『전쟁과 평화』의 작가를 달리 어떤 말로 부를 수 있겠는
가? 우리에게는 톨스토이 역시 이질적이고 이해하기 어려운
외국인으로 느껴지는가? 적어도 우리가 그의 제자가 되어
우리 자신의 기준을 잃어버리기 전까지는 우리를 의심과 당
혹감으로 물러서게 할 어떤 기이한 면이 그에게 있는가? 그
의 첫마디에서 어쨌든 한 가지는 확신할 수 있다. 그는 우리
가 보는 것을 보며, 우리에게 익숙한 방식대로, 즉 안에서 밖
으로 나가기보다 밖에서 안으로 들어간다는 것이다. 이 세계
는 우편배달부가 아침 8시에 문을 두드리고, 사람들은 저녁

8시에서 11시 사이에 잠자리에 드는 세계이다. 여기 이 사람은 야만인도 자연아도 아니며 교육받은 사람, 온갖 경험을 한 사람이다. 그는 타고난 귀족으로 그 특권들을 최대한 향유했으며, 교외가 아니라 대도시에 사는 사람이다. 그의 감각과 지성은 예리하고 강력하며 풍부하게 함양되어 있다. 그런 정신과 몸으로 인생에 가하는 공격에는 무엇인가 당당하고 탁월한 것이 있다. 아무것도 그를 비켜 가지 못하며, 아무것도 그의 눈길을 피하지 못하는 것만 같다. 그러므로 아무도 스포츠의 흥분을, 말들의 아름다움을, 힘찬 젊은이의 감각을 자극하는 세상의 모든 욕망할 만한 것들을 그처럼 생생하게 전달하지 못한다. 그의 자석에는 모든 잔가지, 모든 깃털이 들러붙는다. 아이 옷의 빨갛거나 파란 빛깔이, 말이 꼬리를 흔드는 모양이, 기침 소리가, 꿰매어 봉해 버린 주머니에 손을 넣으려는 남자의 몸짓이 그의 눈에 뜨인다. 그의 틀림없는 눈이 기침이나 손동작에 대해 알아챈 것을 그의 틀림없는 두뇌는 인물 속에 숨겨진 무엇인가와 연결시켜, 우리는 그의 인물들을 그들이 사랑하는 방식이나 정치나 영혼 불멸에 대한 견해에서뿐 아니라 그들이 기침을 하고 숨이 막히는 방식에서도 알게 된다. 번역을 통해서조차도 우리는 산 정상에 올라와 있는 것을, 손에는 망원경이 들려진 것을 느낀다. 모든 것이 놀랍도록 분명하고 절대적으로 선명하다. 그러다 갑자기, 우리가 심호흡을 하며 기뻐하는 동안, 긴장되면서도 정화되는 것을 느끼는 그때에, 어떤 세부가 — 아마도 남자의 머리가 — 그림 속으로부터 마치 그 생명의 힘 자체가 불거지듯 불쑥 나타난다. 〈갑자기 내게 이상한 일이 일어났다. 처음에는 내 주위에 있던 것들이 보이지 않게 되더니, 그의 얼굴이 사라지고 눈만이 남아서 내 눈을 들여다보는 듯했다. 다음 순간 그 눈들은 내 머릿속에 있는 것만 같았고, 모든 것이 혼란스러워져서 더는 아무것도 볼 수 없어 눈을 감고 말았다. 그의 눈길이 내 안에 불러일으키는 쾌감과 공포감에서 벗어나기 위해……〉 우리는 「가정의 행복」에서 마샤가 느끼는 바를 거듭거듭 함께할 수 있다. 쾌감과 공포감에서 벗어나기 위해 눈을 질끈 감는다. 때로 그것은 극도의 쾌감이다. 바로 이 이야기에는 두 가지 묘사가 있다. 하나는 소녀가 밤에 연인과 함께 정원을 거니는 장면이고 다른 하나는 신혼부부가 발 맞추어 응접실을 거니는 장면인데, 극도의 행복감이 너무나 생생히 전달되므로 우리는 그 기분을 음미하려고 책을 덮게 된다. 하지만 마샤가 그랬듯 우리도 톨스토이가 우리를 들여다보는 눈길에서 벗어나고 싶게 만드는 두려움의 요소가 항상 있다. 그것은 실제의 삶에서라면 우리를 괴롭힐 수도 있는, 그가 묘사하는 것 같은 행복은 너무 강렬하여 지속되지 못한다는, 언제든 재난 속으로 굴러떨어질 수 있다는 느낌일까? 아니면 쾌감의 강렬함 자체가 왠지 모르게 의문스러워 우리로 하여금 『크로이처 소나타』의 포즈드

니셰프처럼 〈도대체 왜 사는가〉를 묻게 만드는 것일까? 영혼이 도스토옙스키를 지배하듯이, 톨스토이를 지배하는 것은 삶 그 자체이다. 모든 찬란하고 빛나는 꽃잎의 중심에는 항상 이 〈왜 사는가〉라는 전갈이 숨어 있다. 책의 중심에서는 항상 올레닌, 피에르, 레빈[14] 같은 사람들이 있어서, 모든 경험을 자신 안에 거둬들이고 세상을 손가락 사이에서 굴려 보며, 그것을 즐기고 있는 바로 그 순간에도 그 모든 것의 의미가 무엇인지, 우리는 무엇을 목표로 해야 하는지를 끊임없이 묻는다. 우리의 욕망들을 가장 효과적으로 산산조각 내는 것은 사제가 아니라 그 욕망들을 아는 사람, 자신도 그것들에 탐닉해 본 적이 있는 사람이다. 그가 그것들에 조소할 때, 세상은 발밑의 먼지요 재가 되고 만다. 그리하여 우리의 즐거움에는 두려움이 섞여 든다. 세 사람의 위대한 러시아 작가 중 가장 우리를 매혹하면서도 반발하게 하는 것은 톨스토이이다.

하지만 마음은 태어난 장소의 영향을 받는 법이니, 러시아 문학처럼 이질적인 문학과 마주치게 되면 한껏 날개 쳐 진실에서 멀어지려 할 것이 분명하다.

---

14 올레닌은 「코사크족」, 피에르와 레빈은 『안나 카레니나』에 나오는 인물.

프랑스어를 알지 못하는 것에 관하여[1]

군이 내놓고 말하지는 않지만 사실인 것이, 프랑스어는 프랑스인들만 안다. 영국인 둘 중 한 사람은 프랑스어를 읽을 줄 알고, 말할 줄 아는 사람도 꽤 많고, 어떤 사람들은 프랑스어로 글을 쓰며, 개중에는 꿈을 프랑스어로 꾼다고 주장하는 ── 누가 부정하겠는가? ── 이들도 있다. 하지만 어떤 언어를 알기 위해서는 일단 잊어 보아야 하는데, 이는 어린 시절에 무의식적으로 그 언어에 동화되지 않고서는 도달할 수 없는 단계이다. 자기 것이 아닌 언어를 읽을 때는 의식이 깨어 있어 말들의 표면적인 광채를 줄곧 의식하게 하며, 그것들이 마음속 깊은 영역으로 가라앉게 놔두질 않는다. 말들은 그 깊은 영역에서 오랜 습관과 본능으로 궁굴려져 그 얼

---

1 1929년 2월 13일 『뉴 리퍼블릭*New Republic*』에 게재. 프랑스 작가 앙드레 모루아André Maurois(1885~1967)의 소설 『기후*Climats*』에 관한 서평이다("On Not Knowing French", *Essays V*, pp. 3~9). 모루아는 영국 문학에 관심이 많아서 울프의 『댈러웨이 부인』의 불역판 서문을 쓰기도 했다.

굴과 다르게 생긴 몸을 갖게 되는 것인데 말이다. 그래서 영어를 완벽하게 구사한다는 외국인은 문법적인 영어, 음악적인 영어는 쓸지 몰라도 — 정말이지 헨리 제임스[2]처럼 종종 원어민보다 더 정교한 영어를 쓰기도 한다 — 그 안에서 말의 과거와 연상과 애착이 느껴지는 무의식적인 영어는 결코 쓰지 못한다. 콘래드[3]가 쓰는 글은 어딘가 어색하다. 그 자체로서는 정확하지만 어쩐지 한데 엮인 말들이 잘 어울리지 않는 것이다.

그러니 매년 영국인들이 읽는 프랑스 책이 상당히 많다고는 하지만, 그들이 읽은 내용은 프랑스 비평가들에게 검토시킨다면 종종 초점이 어긋나 있을 듯하다. 마찬가지로, 영국 문학에서 어떤 것이 프랑스인들의 취향을 사로잡는지, 프랑스 비평가들로부터 영국 문학에 대한 다소 기묘하게 전도된 평가나 영국 인물에 대한 명민하지만 기발한 견해를 듣게 되는 것은 항상 재미난 일이다. 모루아 씨가 쓴 셸리와 디즈레일리의 전기가 그토록 발랄한 것은 그가 그들에게 부여한 참신함 덕분이기도 했다. 이 참신함은 관습으로 덮여 있던 일말의 진실을 담고 있기 때문에 한층 더 호소력이 있었다.

프랑스 책을 읽는 습관이 영국인들 사이에 그렇게 널리

2   헨리 제임스는 미국에서 태어났지만 영국으로 귀화했다. 그의 영어가 영국 영어와 다르다는 이 말 때문에 한동안 논란이 빚어지기도 했다.
3   조지프 콘래드는 폴란드 출신이지만 영어로 소설을 썼고, 1886년 영국으로 귀화했다.

퍼져 있는 것이나 프랑스 문학이 우리 마음에 그토록 자극적이고 신선하고 새롭게 느껴지는 것은 우리가 모르지 않는 이런 참신함과 생경함 때문이다. 우리의 오래된 기억 속 오래된 이야기들을 너무나 친숙한 영국적 분위기 — 양고기니 집사니 포트와인이니 의회니 옥좌에 앉은 빅토리아 여왕이니 하는 — 속에서 싫증나도록 웅얼거린 뒤에, 메리메[4]라든가 나폴레옹과 외제니 황후[5]의 찬란한 궁정이라든가 하는 것으로 훌쩍 넘어가는 것은 즐거운 일이다. 진창길과 젖은 관목 숲을 터덜터덜 걸은 후에 우리는 마치 크리스털 샹들리에 아래 윤나게 닦인 마룻바닥 위를 사뿐사뿐 걷는 것만 같다. 그리고 끝없이 가지 쳐나가는 프랑스 회고록들을 헤치고 나아가며 이 사람 저 사람 주위를 돌아다니는 것은 놀라움과 흥분으로 가득 찬 일이다. 우리네 귀부인들보다 더 엄격한 귀부인들과의 겁나는 만남도 있고, 우리네 귀족들보다 훨씬 더 당당하고 정중해 보이는 (프랑스인들은 워낙 위엄이 있으니까) 공작님이나 외교관들과 이야기를 나눠 볼 수도 있다. 그렇게 돌아다니다 보면 우리네 전원의 대저택들보다 훨씬 더 품격 있는 〈샤토château〉[6]들에 이르기도 하고, 산허리에 자리 잡은 작은 마을에 이르기도 한다. 마을 곁 골짜기의 개울은 물살이 빠르고, 숲속에는 야생 곰이나 늑대도 있다.

4 Prosper Mérimée(1803~1870). 프랑스 소설가.
5 나폴레옹 3세(1808~1873)와 그의 황후 외제니Eugénie(1826~1920).
6 성(城)이나 대저택을 뜻하는 프랑스어.

사제들은 사냥개를 축복하며, 사냥도 우리네와 다르다. 여우들도 다르다. 오가는 대화는 믿어지지 않을 만큼 고상하다. 피프스의 안내로 찰스 2세의 궁정을 방문할 때는 느끼지 못했던 경외감을 느끼며, 베르사유에서 생시몽 공작[7]과 함께 폐하께서 지나가시는 것을 기다리기도 한다. 그것은 엄청난 문명이요, 수수한 우리네 것보다 훨씬 더 정교하다.

이렇게 분위기를 바꿔 보는 것도 즐겁지만, 언어를 바꾸는 것 또한 즐거움이다. 영어는 워낙 많이 쓰다 보니 ─ 대부분의 책이 사용하는 일상적인 보통 영어 말이다 ─ 빛깔도 흐릿하고 맹물처럼 맛도 없는 반면, 프랑스어는 일상적인 말조차도 와인을 머금은 듯 반짝거리며 맛이 난다. 가령 생시몽의 회고록을 읽다 보면 곳곳에서 몰랐던 말들, 따라서 미처 빛이 바랠 틈이 없었던 말들이 나타나고, 우리는 그 말을 본문과 무관하게 음미하며 사전에서 찾아보는 잠시 동안이나마 그 말에 어떤 종류의 의미를 담을 수 있을지 궁금해한다. 문장도 전혀 다른 커브를 그린다. 마치 씨 뿌리는 사람처럼 기계적으로 문장들을 심어 가며 페이지를 위아래로 오가던 손목의 오랜 버릇이 달라진다. 그것은 활기차고 평소와 다른 보조로 우리를 깨어 기다리게 한다. 이 모든 이점들과 감탄할 만한 어휘들 ─ 가령 〈아메르튐*amertume*〉[8]이라든가

7 Duc de Saint-Simon(1675~1755). 프랑스의 귀족이자 작가. 그의 회고록은 태양왕 루이 14세(1638~1715) 치세 말년의 프랑스 궁정을 묘사한다.
8 고통이나 쓴맛을 뜻하는 프랑스어.

〈피에르리*pierrerie*〉[9] 같은 말들, 그 밖에도 수많은 말들은 얼마나 빼돌리고 싶은지 — 이 있으니, 프랑스인들은 영국인들보다 글을 더 잘 쓸 수밖에 없을 것만 같다.

그들이 글을 더 잘 쓴다는 것은 아마도 환상, 친숙하지 않기 때문에 더 근사해 보이는 데서 생겨나는 환상이겠지만, 또 한편으로는 항상 그럴 만한 근거가 있는 환상이기도 하다. 가령 모루아 씨의 신작 소설 『기후』를 예로 들어 보자. 영국 소설 중에서 그에 갈음하는 작품을 찾기란 어려운 일이 될 터이다. 지금으로서는 살아 있는 영국 작가 중에 모루아 씨만큼 명민하고 솜씨 좋고 기량이 뛰어난 작가가 언뜻 떠오르지 않는다. 어쩌면 상상력이나 독창성 같은 어느 한 가지 자질에서는 더 뛰어난 이들이 여남은 명 있는 것이 사실이지만, 그 한 가지 자질이 다른 것들을 압도해 버리므로 결과는 고르지 않다. 우리는 처음 대여섯 장을 전속력으로 읽어 치우다 하품이 나고 만다. 하지만 『기후』에서는 전체적인 균형이 워낙 잘 잡혀 있고 한 가지 재능이 다른 재능을 돕도록 적시에 발휘되므로, 처음부터 끝까지 고르고 가볍게 읽힌다. 물론 가장 두드러지는 자질은 지성이다. 이 책의 주제는 한 남자와 그의 두 여자에 대한 관계를 탐구하는 것이다. 1부에서는 남자가 자신의 성격과 아내와의 관계에 대해 자신이 생각하는 바를 말하고, 2부에서는 그의 두 번째 아내가 다른

9 보석을 뜻하는 프랑스어.

각도에서 거울을 비춘다. 그리고 이 두 가지 그림이 전문가다운 깔끔한 솜씨로 합쳐져서, 필리프[10]는 마치 원형 무대에라도 오른 것처럼 우리 눈앞에 모습을 드러낸다. 이 작품이 감탄을 자아내는 것은 그런 정교함 때문만은 아니다. 그 두 그림을 들여다보면 — 특히 첫 그림에서는 — 사태가 눈앞에 전개되면서 섬세한 암시들이 사용되므로, 차츰 떠오르는 첫 번째 아내의 존재가 2부에 스며들어 시점이 바뀌면서 생길 뻔한 연속성의 단절에 다리를 놓는다. 하지만 영국 독자가 숙고하게 되는 것은 지성에 대해서이니, 지성은 우리 소설에서 어쩌면 가장 드문 자질이기 때문이다. 지성이란 정의하기 어려운 무엇이다. 단순히 총명함이나 지적인 능력을 말하는 것이 아니다. 그것은 어떤 감각, 즉 인생의 묘미란 사람들이 무엇을 하느냐, 혹은 그들이 서로 어떤 관계를 맺고 있느냐에 달려 있는 것이 아니라, 적대적이고 수수께끼 같은, 하지만 설득 가능한 상대인 제3자, 다시 말해 우리가 〈삶〉이라고 부르는 것과 소통하는 능력에 달려 있다고 보는 감각이다. 그것이 『기후』의 인물들을 그토록 합리적으로 만드는 이유이다. 이자벨의 말은 이런 관계를 잘 보여 준다.

내가 1년 전부터 알게 된 아주 중요한 사실은, 만일 정말로 사랑한다면 사랑하는 이들의 행동에 너무 중요성을

10 『기후』의 남주인공.

부여하지 말아야 한다는 것이에요. 우리는 그들이 필요하고, 그들만이 우리를 어떤 〈분위기〉 속에서 — 당신 친구 엘렌은 그걸 〈기후〉라고 부르더군요. 맞는 말이에요 — 살게 해주거든요. 그걸 떠나서는 살 수 없는 분위기 말이에요. 그러니 우리가 그들을 붙잡아 둘 수만 있다면, 그 나머지는 아무러면 어때요? 인생은 너무나 짧고 너무나 어려운데요.

프랑스어 단어들은 그 지성과 명료함으로 우리 섬나라의 안개를 뚫고 나가 양지 바른 곳에 환히 드러난 듯 우리 앞에 놓인다. 하지만 어쩌면 모루아 씨가 〈앵글로색슨 잡지의 이상주의〉라 부르는 자질은 너무 고집스러워서 그리 쉽게 사라지지 않을 것 같다. 인간 존재는 그 정도로 합리적이지 않으며, 그렇게 까다롭거나 눈이 밝지도 못하다.

표면적으로 내겐 직업이 있었다. 하지만 사실 내 유일한 관심사는 여자들을 통해 얻을 수 있다고 믿었던 어떤 절대적 행복을 추구하는 것이었으니, 그보다 더 헛된 추구도 없었다.

이런 결론, 몇 페이지 뒤에서 필리프의 죽음으로 너무나 적절하게 매듭지어지는 결론은 영국 소설에서라면 불가능했을 것이다. 십중팔구 모종의 명랑함이라든가 그 밖의 뭔가가 끼어들기 때문이다. 어떤 생각이나 광경, 하여간 작품을 엉망으로 만들고 우리네 영국식 버릇 — 설교를 늘어놓는 것이나 시를 좋아하는 것 같은 — 에 여지를 줄 법한 무엇이 끼어들고 마는 것이다.

하지만 시라는 말은 이 방면에서 우리의 위태로운 입지를 상기시킨다. 우리는 어떤 프랑스인도, 러시아인도, 독일인도, 다른 것은 다 몰라도 영국 시에 대한 감각만은 갖고 있지 않다고 내심 믿고 있기 때문에, 마찬가지로 우리도 이 특이한 형태의 비상에서 날개를 펼칠 때면 자신감이 사라진다. 시를 읽을 때는 단어들을 한데 몰아 구(句)로 읽게 되며, 따라서 산문에서는 각 단어가 따로따로 머리에 들어오는 반면 시에서는 한 덩어리로 유연하게 받아들여진다. 귀도 다른 언어에서는 놓치고 마는 무수한 암시와 기미들을 자기 나라 말로는 알아듣는다. 하여간 프랑스어를 읽을 때는 산문에서조차도 시가 없는 곳에서 시를 찾게 되며, 전혀 그럴 의도가 없는 곳에서 시정을 느끼게 되니 얼마나 이상한 일인지. 오딜이 콩피에뉴를 걸었다는 것만으로 우리는 콩피에뉴가 리치먼드[11] 같지는 않으리라는 불합리한 믿음에 사로잡히게 된다. 리치먼드 공원에야 전철을 타고 갈 수도 있지만, 콩피에

<hr>

11 런던 남서부 외곽의 주거 지역. 울프 내외는 1915~1924년에 걸쳐 리치먼드에 살았다.

뉴는 무한한 매력을 지닌 숲으로, 우리네 수수한 제비꽃이나 앵초보다 훨씬 더 일찍 피는 더 우아한 꽃들이 마치 그림 속에서처럼 무리 지어 피어날 것만 같다. 나아가 오딜이 잿빛 모피를 목에 두를라치면 우리 섬나라 사람들의 눈에는 대번에 라틴 민족의 우미함이, 그녀의 우아하고 빼어난 용모가 선명히 부각된다. 우리가 이토록 민감하게 영향을 받고, 이런 종류의 영향과 암시들이 이토록 우리에게 힘을 행사하니, 우리의 비평적 감각이 얼마나 은근히 유혹을 받으며 비평 대상이 달라 보이는지 누가 말할 수 있으랴. 프랑스인들이 바이런이나 포에게 그토록 중요성을 부여하는 것은 잘못이라고 우리는 생각한다. 아마 우리가 프랑스 작가들에 대해 내리는 판단도 똑같은 오해 때문일 것이고, 옳은 만큼 틀리기도 할 것이다. 하지만 그래도 우리는 주장하는 바이다. 『기후』는 감탄할 만한 소설이라고.

미국 소설[1]

　　외국 문학으로의 소풍은 해외여행과도 많이 비슷하다. 주
민들에게는 당연하게 여겨지는 풍광들이 우리에게는 놀랍
게 보인다. 그 언어를 아무리 잘 안다고 해도, 나면서부터 그
말을 써온 사람들의 입술에서 나오는 말소리는 다르게 들린
다. 그리고 무엇보다도, 그 나라의 진짜 모습을 보고 싶다는
마음 때문에 우리는 우리에게 친숙하지 않은 것이면 무엇이
나 찾아다니며 그것이야말로 프랑스나 미국 정신의 본질이
라고 선언하고는 앞뒤 없는 맹신 위에 이론의 구조물을 쌓아
올린다. 나면서부터 프랑스인이나 미국인인 사람들이 그런
이론을 들으면 재미있어하거나 짜증스러워하거나 아니면
잠시 고개를 끄덕일지도 모르겠다.

1　1925년 8월 1일 『새터데이 리뷰 오브 리터러처*Saturday Review of
Literature*』에 게재("American Fiction", *Essays IV*, pp. 269~280).

미국 문학을 유람하는 영국 관광객들은 무엇보다도 자국 문학과는 다른 무엇을 원한다. 그 때문에 영국인들이 전심으로 찬탄하는 미국 작가는 월트 휘트먼[2]이다. 이 사람이야말로 가식 없는 진짜 미국인이라고 그들은 말한다. 영문학을 통틀어 그와 같은 시인은 없으며, 우리 시를 통틀어 『풀잎』에 견줄 만한 시는 없다. 바로 이 이질성이 장점이 되며, 우리가 이 상쾌한 생소함에 빠져들게 되면 에머슨,[3] 로웰,[4] 호손[5] 등에는 점차 흥미를 잃게 된다. 이들에 갈음하는 작가들은 우리 문학에도 있고, 사실상 이들은 우리 책들에서 자양을 얻은 셈이기 때문이다. 그런 강박은 근거가 옳든 그르든, 결과가 좋든 나쁘든, 현재에도 남아 있다. 헨리 제임스, 허게셰이머,[6] 워튼 여사[7]처럼 유명한 작가들을 묵살해 버리기란 불가능하겠지만, 그들에 대한 찬사에는 유보가 따른다. 즉, 그들은 딱히 미국인이라 하기 어려우며,[8] 우리가 이미 갖고 있지 않은 것을 주지는 못한다.

2 Walt Whitman(1819~1892). 미국 시인. 『풀잎 Leaves of Grass』의 저자.
3 Ralph Waldo Emerson(1803~1882). 미국 시인, 에세이스트, 사상가.
4 James Russell Lowell(1819~1891). 미국 시인, 평론가, 외교관.
5 Nathaniel Hawthorne(1804~1864). 미국 소설가.
6 Joseph Hergesheimer(1880~1954). 미국 소설가.
7 Edith Wharton(1862~1937). 미국 소설가.
8 헨리 제임스는 뉴욕에서 태어났지만 1869년 런던에 정착하여 죽기 1년 전인 1915년에 영국인으로 귀화했다. 허게셰이머는 아마도 독일계인 듯하지만(필라델피아의 저먼타운에서 출생) 딱히 미국인이 아니라고 할 이유는 분명치 않다. 이디스 워튼 역시 뉴욕에서 태어났지만 평생 대서양을 60차례나 건넜다고 할 정도로 프랑스, 영국, 이탈리아 등지를 오가며 살았고 프랑스에서 죽었다.

이런 식으로 관광객의 태도를 엉성하고 편파적이라 전제한 후, 현대 미국 소설 탐사를 시작하면서 일단 어떤 구경을 해야 할지 묻기로 하자. 우리의 곤혹은 여기서부터 시작된다. 너무나 많은 작가들의 이름과 너무나 많은 작품 제목들이 한꺼번에 떠오르기 때문이다. 드라이저 씨,[9] 캐벌 씨,[10] 캔필드 양,[11] 셔우드 앤더슨 씨,[12] 허스트 양,[13] 싱클레어 루이스 씨,[14] 윌라 캐더 양,[15] 링 라드너 씨[16] — 이들 모두의 작품이 시간만 허용된다면 차근히 검토해 볼 만하다. 우리가 기껏해야 두어 작품에 집중하기로 하는 것은, 우리가 여행자요 관광객이므로 각각의 작가를 따로따로 검토하기보다 몇몇 중요한 작품을 점검함으로써 미국 소설의 경향을 대강이나마 그려 보는 것이 좋으리라 생각되기 때문이다. 모든 미국 소설가 중에서 현재 영국에서 가장 많이 읽히고 또 논의되는 이는 아마도 셔우드 앤더슨 씨와 싱클레어 루이스 씨일 것이다. 그리고 그들의 모든 소설 중에서 한 권을 고른다면 『이야기꾼의 이야기 *A Storyteller's Story*』[17]가 길잡이가 되어 줄 것

---

9   Theodore Dreiser(1871~1945). 미국 소설가.
10   Thomas Branch Cabell(1879~1958). 미국 소설가.
11   Dorothy Canfield Fisher(1879~1958). 미국 소설가, 사회 운동가.
12   Sherwood Anderson(1876~1947). 미국 소설가.
13   Fannie Hurst(1889~1968). 미국 소설가.
14   Sinclair Lewis(1885~1951). 미국 소설가.
15   Willa Cather(1876~1947). 미국 소설가.
16   Ring Lardner(1885~1933). 미국 칼럼니스트, 단편 작가.
17   셔우드 앤더슨의 자전적 소설.

이다. 이 책은 허구라기보다 사실이므로, 미국 작가들의 문제가 어떻게 다루어지고 해결되는지 보기 이전에 대체 무엇이 문제인지를 짐작하게 해주리라 생각한다. 셔우드 앤더슨 씨의 어깨 너머로 우리는 소설가가 본 세상이 어떠한지, 그가 그것을 다듬고 손질하여 등장인물들을 통해 보여 주기 이전에 미리 엿볼 수 있을 것이다. 실제로 앤더슨 씨의 어깨 너머로 보면, 미국은 아주 이상한 곳이다. 우리가 보게 되는 것은 어떤 세상인가? 광대한 대륙 여기저기 흩어져 있는 새로 생긴 마을들은 영국에서처럼 여름과 겨울을 거치며 이끼와 담쟁이로 자연에 동화되어 있지 않다. 최근에 서둘러 경제적으로 지어진 터라, 마을이 마치 도시의 외곽 같다. 영국의 느림보 수레 대신 포드 자동차들이 다니고, 앵초꽃 핀 언덕 대신 헌 깡통이 산더미를 이루고, 헛간 대신 골함석 창고들이 지어져 있다. 새것이지만 싸구려이고 보기 흉하다. 잡동사니를 되는 대로 이어붙이고 임시로 얽어맨 것에 불과하다. 이런 것들이 앤더슨 씨의 불만 사항이다. 그는 묻는다. 도대체 이런 곳에서 어떻게 예술가의 상상력이 뿌리를 내릴 수 있겠느냐고, 이 돌투성이 토양에서는 상상력도 돌부리에 부딪치지 않겠느냐고 말이다. 해결책은 단 한 가지이니, 아예 작정을 하고 도전적으로 미국인이 되는 것이다. 그것이 노골적으로든 암암리에든 그가 도달한 결론이요, 불화를 조화로 바꾸는 길이다. 앤더슨 씨는 마치 스스로 최면을 거는 환자처럼 되뇌기를 계속한다. 〈나는 미국 사람이다〉라고 말이다. 그 말은 무의식적이지만 근본적인 욕망처럼 끈질기게 그의 마음속에 떠오른다. 그렇다, 그는 미국 사람이고, 그것은 크나큰 불운이요 엄청난 행운이기도 하다. 하지만 좋든 나쁘든 그는 미국 사람이다. 〈내게서 예술가가 되고자 분투하는, 자기 자신을 의식하고 자신과 다른 사람들에 대한 경이감으로 가득 찬, 인생을 즐기되 즐기는 흉내는 내지 않으려 애쓰는 미국인을 보라. 나는 영국인도 이탈리아인도 유대인도 독일인도 프랑스인도 러시아인도 아니다. 나는 무엇인가?〉 그렇다, 우리도 반복해도 좋을 것이다. 그는 무엇인가? 한 가지는 확실하다. 미국인이 무엇이든 간에 그는 영국인이 아니다. 그가 무엇이 되든 그는 영국인은 되지 않을 것이다.

왜냐하면 영국인이 아니라는 것이야말로 미국인이 되는 첫걸음이기 때문이다. 미국 작가의 교육에서 첫걸음은 그토록 오랫동안 죽은 영국 장군들의 지휘 아래 행군해 온 영국 단어들의 전 부대를 물리치는 것이다. 그는 〈작은 미국 단어들〉을 길들여 자기 명령에 따르게 해야 한다. 그는 필딩과 새커리의 학교에서 배운 것을 다 잊어버리고, 자기가 시카고 술집의 사람들에게, 인디애나의 공장 사람들에게 말하듯이 쓰는 법을 배워야 한다. 그것이 첫걸음이다. 하지만 다음 걸음은 훨씬 더 어렵다. 자신이 무엇이 아닌지 결정한 다음에는 자신이 무엇인지를 발견하는 단계로 넘어가야 하기 때문이다. 여기서 극과 극으로 다른 작가들에게서도 공통적으로 나타나는 날카로운 자의식의 단계가 시작된다. 정말이지 어떤 것도 이 자의식과 그에 따르는 신랄함, 주로 영국에 대한 신랄함의 만연 이상으로 영국 작가들을 놀라게 하지는 않는다. 최근까지도 매여 있던 속박의 기억에 시달리는 다른 종족의 태도가 끊임없이 환기된다. 여성 작가들도 미국인들을 에워싸고 있는 동일한 문제 중 많은 것을 만나야만 한다. 그녀들도 여성으로서의 특수한 입장을 의식하여, 무례함을 예민하게 알아차리며, 억울함을 되갚기에 민첩하고, 자신들 고유의 예술을 창달하기에 열심이다. 두 경우에 모두 그들과 작품 사이에 예술과 무관한 온갖 종류의 의식 — 자신과 인종과 성과 문명에 대한 의식 — 이 끼어든다. 그 결과 적어도 표면적으로는 불행한 결과가 빚어진다. 가령 앤더슨 씨가 자신이 미국인이라는 사실을 잊을 수 있었다면 훨씬 더 완벽한 작가가 되었으리라는 사실은 분명하다. 오래된 말이든 새로운 말이든, 영국 말이든 미국 말이든, 고전어든 비속어든 모든 말을 공평하게 사용할 수 있었다면 그는 훨씬 더 훌륭한 산문을 썼을 것이다.

그럼에도 그의 자서전에서 소설로 넘어가 보면, 우리는 (어떤 여성 작가들에 대해서와 마찬가지로) 세상에 처음 나오는 것, 새로운 앵글을 빛에 노출시키는 것만으로도 훌륭한 성취이므로 그런 작업에 따르게 마련인 신랄함과 자의식과 편벽됨을 용서할 수 있다고 고백하지 않을 수 없다. 『알의 승리*The Triumph of the Egg*』[18]에서 예술의 오래된 요소들이 재배열된 것은 눈을 비비고 다시 볼 만하다. 그것은 마치 체호프를 처음 읽을 때의 느낌과도 비슷하다. 『알의 승리』에는 편히 파고들 만한 익숙한 구석이 없다. 이 단편집에 실린 이야기들은 우리를 당혹케 한다. 그것들이 우리 이해력 사이로 빠져나가고 남는 것은, 앤더슨 씨가 우리를 실망시켰다기보다 우리가 독자로서 제대로 할 일을 하지 못한 듯한 느낌이다. 마치 꾸지람 들은 어린 학생들처럼 다시 돌아가 학과를 배우고 그 의미를 새겨야만 할 것 같다.

앤더슨 씨는 인간 본성의 더 깊고 따뜻한 층을 탐사해 왔다. 그것이 새로우냐 아니냐, 미국식이냐 유럽식이냐를 말하는 것은 경박한 일이 될 터이다. 〈사물의 본질에 진실〉하려는 결심으로, 그는 무엇인가 진실하고 항구적이고 보편적인 의미를 지닌 것을 더듬어 찾는다. 이를 증명하기 위해 그는 극소수의 작가들밖에 성공해 본 적이 없는 일을 시도했으니, 자기만의 세계를 만든 것이다. 그것은 모든 감각이 생생한 세계, 관념보다는 본능이 지배하는 세계이다. 경주마들이 어린 소년들의 마음을 높이 뛰게 하고, 옥수수밭들은 싸구려 읍내 주위에 금빛 바다처럼 무한히, 깊이 넘실거린다. 도처에서 소년 소녀 들이 여행과 모험을 꿈꾸는 이 관능과 본능

18 셔우드 앤더슨의 단편집.

적 욕망의 세계는 따뜻하고 푸근한 분위기에 감싸여 있으며, 부드럽게 쓰다듬는 듯한 그 외피(外皮)는 그 윤곽을 드러내기에 항상 좀 헐렁하다. 앤더슨 씨의 작품에서 형태 없음과 언어의 막연함, 이야기들을 늪지 가운데 안착시키는 경향 등을 지적하며, 영국인 관광객은 이 모든 것이 통찰력과 성실성을 지닌 미국 작가에게 무엇을 기대해야 하는가에 관한 그자신의 이론을 확인해 주는 것이라고 말할 것이다. 앤더슨 씨의 외각(外殼)이 없는 듯한 부드러움은 그가 자신의 소재를 일찍이 겉껍질에 갇혀 본 적 없는 미국이라는 질료의 심장으로부터 떠낸 것이고 보면 불가피한 것이다. 그는 이 소중한 소재를 너무나 사랑하므로, 그것을 쥐어짜 유럽의 예술과 산업이 배출한 어떤 구식의 난해한 시(詩)로도 만들기를 원치 않는다. 그러느니 그는 자신이 발견한 것을 무방비하게 조롱과 웃음 앞에 노출시키는 편을 택한다.

하지만 만일 이 이론이 미국 소설가들의 작품에 대해 타당하다면, 싱클레어 루이스 씨의 소설들은 어떻게 설명할 것인가? 그 이론은 『배빗*Babbit*』이나 『메인 스트리트*Man Street*』, 『우리의 미스터 렌*Our Mr. Wrenn*』 같은 작품들[19]과 접하는 즉시, 마치 마호가니 옷장 모서리에 스친 비누 거품처럼 스러지지 않는가? 루이스 씨의 작품이 뛰어난 것은 바

19   싱클레어 루이스의 대표작들. 1930년 루이스는 미국인 최초로 노벨 문학상을 수상하게 된다.

로 그 단단함, 효율성, 치밀함 때문이다. 하지만 그 또한 미국인이니, 그 역시 모든 작품을 미국을 묘사하고 규명하는 데 바쳤다. 그러나 외각이 없기는커녕 그의 작품들은 온통 외각이라고 말하고 싶어진다. 유일한 의심은 그가 그 껍질 속에 달팽이를 위한 여지를 남겨 두었는가 하는 것이다. 하여간 『배빗』은 미국 작가에 대한 섣부른 이론을 완전히 뒤엎는다. 이 이론에 따르면, 미국에 대해 쓰는 미국 작가는 오래된 문명이 그 예술가들에게 물려준 것으로 여겨지는 완성미와 테크닉, 자기 재료를 형성하고 통제하는 힘을 결여하고 있다는 것인데, 이 모든 견지에서 『배빗』은 금세기에 영어로 쓰인 어떤 소설 못지않다. 그러므로 관광객은 양단 간에 선택해야 한다. 즉, 영국 작가와 미국 작가 사이에 근본적인 차이라고는 없으며 그들의 경험은 워낙 비슷해서 같은 형식 안에 들어갈 수 있다는 주장과, 루이스 씨는 자신을 영국 문학에 맞추어 형성했으므로 — H. G. 웰스가 그 명백한 스승일 것이다 — 그러는 과정에서 자신의 미국적 특성들을 희생시켰다는 주장 말이다. 하지만 만일 작가들이 녹색인지 파랑인지 확실히 구분할 수 있다면, 독서의 기술은 훨씬 더 단순하고 덜 모험적이 될 것이다. 루이스 씨를 연구하면 할수록 드는 생각은 표면적인 판단은 기만적일 수 있다는 것이다. 외적인 침착성은 내부의 갈등하는 요소들을 거의 통제하지 못하며, 색깔들은 희미해져 버린다.

배빗은 더없이 잘 그려진 미국 사업가의 견고하고 진실한 초상화로 보일 수도 있지만, 몇 가지 의심이 우리 믿음을 흔든다. 모든 것이 그처럼 능숙하고 자신감에 차 있는 곳에 어떤 의심이 발붙일 수 있겠는가 싶을 수도 있겠지만, 우선 우리는 루이스 씨 자신을 의심한다. 말하자면 그가 자신에 대해서나 자신의 인물에 대해서나 우리에게 믿게 하려는 만큼 믿고 있는지 의심스러운 것이다. 그 역시 — 앤더슨 씨와는 아주 다른 방식으로이긴 하지만 — 한쪽 눈은 유럽을 향한 채 작업하고 있으니, 이런 주의력 분산을 독자는 금방 알아채고 못마땅해한다. 루이스 씨 역시 미국식 자의식을 지니고 있지만, 대가답게 억누르고 있으므로 어쩌다 날카로운 신랄함 속에 드러날 뿐이다. 가령 〈여느 영국인이 여느 미국인을 우습게 아는 만큼이나, 배빗은 구닥다리 지방주의를 우습게 알았다〉 같은 대목 말이다. 하지만 분명 불편함이 느껴진다. 그는 자신을 미국과 동일시하지 않으며, 그보다는 미국인들과 영국인들 사이의 안내자요 통역자로 자처한다. 그리고 유럽인 일행을 이끌고 전형적인 미국 도시(그는 그곳에서 태어났다)를 돌아보며 그들에게 전형적인 미국 시민(그도 그중 한 사람이다)을 보여 줄 때, 그는 자신이 보여 주어야 하는 것에 대해 수치감을 느끼는 동시에 유럽인들이 웃는 데 대해 분노를 느낀다. 제니스시(市)는 경멸할 만한 장소지만, 영국인들은 그것을 경멸하는 만큼 한층 더 경멸할 만하다는 것이다.

그런 분위기에서 친밀함이란 불가능하다. 루이스 씨 같은 재능을 가진 작가가 할 수 있는 모든 일은 가차 없이 정확하고 한층 더 경계하며 속내를 보이지 않는 것이다. 따라서 어떤 도시의 모델도 그보다 더 완벽하게 만들어진 적이 없다. 수도꼭지를 틀면 물이 나오고, 버튼을 누르면 엽궐련에 불이 붙여지며 침대가 따뜻해진다. 하지만 기계에 대한 이런 찬사, 〈치약과 양말과 타이어와 카메라와 즉석 보온병에 대한…… 즐거움과 정열과 지혜에 대한 표지이자 대용물〉에 대한 탐욕은 그저 저 앞에 내다보이는 파탄을 지연시키는 장치일 뿐이다. 사람들이 자신을 어떻게 생각할지 아무리 두렵더라도, 그는 속내를 드러내야 한다. 배빗도 진리나 아름다움을 아주 모르지 않음을, 그에게도 나름대로 성격과 감정이 있음을 증명해야 한다. 그러지 않으면 배빗은 자동차를 달리게 하는 개선된 장치요 기계적 정교함을 진열하는 편리한 표면 이상이 아닐 것이다. 독자로 하여금 배빗을 좋아하게 만드는 것이 그의 목표이니, 이를 염두에 두고 루이스 씨는 부끄러운 듯 우리에게 단언한다. 배빗에게는 꿈이 있다고. 이 억세고 나이 지긋한 사업가는 요정 같은 소녀가 문간에서 그를 기다리는 것을 꿈꾼다. 〈그녀의 사랑스럽고 나긋한 손이 그의 뺨을 쓰다듬었다. 그는 용감하고 현명하고 사랑받았다. 그녀의 팔은 따뜻한 상아 같았고, 위태로운 황야 지대 너머에 거친 바다가 빛났다.〉 하지만 그것은 꿈이 아니라, 평생 꿈꾸어 본 적 없는, 꿈꾸는 것이 완두콩 껍질을 까는 만큼이나 쉽다는 것을 증명하기로 결심한 남자의 반항일 뿐이다. 꿈은 무엇으로 만들어져 있는가? 가장 값비싼 꿈은? 바다? 요정? 황야? 그는 그 모든 것을 조금씩 가질 작정이니, 만일 그것이 꿈이 아니라면, 그는 성이 나서 침대에서 뛰쳐나와 물을 것만 같다. 그렇다면 그게 뭔데? 그는 섹스 관계나 가족 간의 애정 면에서는 훨씬 더 편안하다. 실로 우리가 그의 겉껍질에 귀를 갖다 댄다면 제니스의 이 일등 시민이 뒤퉁스럽게, 하지만 분명히 안에서 움직이고 있는 소리가 들리겠지만 말이다. 그에게 애정을 갖게 되는 순간들, 공감의 순간들이 있다. 심지어 뭔가 기적이 일어나기를, 바위가 갈라지기를, 그리하여 살아 있는 속사람이 희로애락을 느끼는 힘을 되찾고 자유롭게 해방되기를 바라게 되는 것이다. 하지만 아니, 그의 움직임은 너무 느리다. 배빗은 결코 달아나지 못할 터이니, 그는 자기 감옥 안에서 죽을 것이다. 달아날 기회는 아들에게 남기고.

대충 이런 식으로, 영국 관광객은 앤더슨 씨와 싱클레어 루이스 씨를 모두 포괄하는 이론을 만든다. 즉, 둘 다 소설가로서 자신이 미국인이라는 사실에 — 앤더슨 씨는 자신의 자존심을 주장해야 하기 때문에, 루이스 씨는 자신의 신랄함을 감추어야 하기 때문에 — 괴로워한다고 말이다. 앤더슨 씨의 방식이 예술가로서 그에게 덜 모욕적이고, 두 사람 중에서 그의 상상력이 더 힘차다. 그는 새로운 나라의 대변인이, 새날의 일꾼이 됨으로써 자신이 잃어버린 이상을 얻었다. 반면, 루이스 씨는 나면서부터 웰스 씨나 베넷 씨와 함께 자리 잡도록 의도된 것처럼 보인다. 만일 그가 영국에서 태어났다면, 필시 이 두 유명인과 어깨를 나란히 했을 것이다. 그러나 오래된 문명의 풍부함 — 웰스 씨의 예술을 살찌워 온 허다한 사상들, 베넷 씨의 예술적 바탕이 되어 온 관습의 견고함 — 을 얻지 못했으므로, 그는 탐험하기보다는 비판할 수밖에 없게 되었고, 제니스의 문명이라는 비판 대상은 그를 떠받쳐 주기에는 불행히도 너무 약했다. 하지만 조금 생각해 보면, 앤더슨 씨와 루이스 씨를 비교해 보면, 우리 결론이 다른 빛깔을 띠게 된다. 미국인들을 미국인으로 바라보고, 오팔 에머슨 머지 부인[20]을 미국의 상징으로서가 아니라 그녀 자신으로 바라보라. 그러면 우리도 머지 부인이 전형도 허수아비도 추상도 아님을 희미하게나마 알아차릴 것이다. 머지 부인이 딱히 무엇인지는 영국 작가가 말할 것은 아니다. 그는 관광객으로서 장벽 사이 틈새로 엿보며 의견을 내볼 수 있을 뿐이다. 여하튼 간에 머지 부인과 미국인들 또한 인간인 것 같다고.

그 짐작이 갑자기 확신이 되는 것은 링 라드너 씨의 『넌

20 『배빗』에서 주인공의 아내가 추종하는 강신술사.

날 알지, 앨*You Know Me, Al*』[21]의 첫 페이지를 읽으면서이다. 그 변화는 당혹스럽다. 지금껏 우리는 약간 거리를 두고서, 우리 자신의 우월함 또는 열등함을 의식하고, 어떻든 우리는 전혀 다른 존재임을 끊임없이 상기해 왔다. 하지만 라드너 씨는 우리가 다르다는 것뿐 아니라 우리가 존재한다는 사실 조차 의식하지 않는다. 한창 신나는 야구 경기의 한복판에 선 쟁쟁한 명선수는 관중이 자기 머리칼 색깔을 좋아하는지 어떤지 생각하지 않는다. 마찬가지로 라드너 씨도 글을 쓰면서 자신이 미국 속어를 쓰는지 셰익스피어의 영어를 쓰는지 생각하지 않는다. 자신이 필딩을 기억하는지 아니면 필딩을 잊고 있는지, 자신이 미국인임을 자랑스럽게 여기는지 아니면 일본인이 아님을 부끄러워하는지 안중에 없다. 그의 관심은 온통 이야기에 쏠려 있고, 하여 우리의 정신도 이야기에 쏠린다. 하여 우연찮게도, 그는 우리가 만난 최상의 산문을 쓴다. 하여 우리는 마침내 우리와 비슷한 동료들의 사회에 들어서는 것이 허락된다.

『넌 날 알지, 앨』이라는, 영국에서는 하지 않는 스포츠인 야구에 관한 이야기, 종종 영어가 아닌 말로 쓰인 이야기가 그렇다는 것은 잠시 생각해 볼 만한 문제이다. 그의 성공은 대체 어디서 오는 걸까? 그의 무의식과 그 덕분에 그가 자신의 글쓰기에 마음껏 쏟을 수 있는 추가적인 힘 외에도, 라드

21 야구 선수 잭 키프가 보낸 편지들로 이루어진 소설이다.

너 씨는 주목할 만한 재능을 지녔다. 비범한 수월성과 적성으로, 더없이 빠른 붓질과 확실한 터치, 그리고 가장 날카로운 통찰력으로 그는 야구 선수 잭 키프가 윤곽을 잡아 가고 깊이를 얻어 가게 만든다. 그리하여 마침내 어리석고 허풍 많은 순진한 운동선수가 우리 눈앞에 살아난다. 그가 종이 위에 자기 속내를 떠들어 대는 동안, 그의 친구들과 애인들과 풍경과 읍내와 시골이 차츰 드러나 그를 둘러싸며 완전하게 만든다. 우리는 자기 관심사에 골몰하여 자기 길을 가는 한 사회의 깊이를 들여다본다. 아마도 거기에 라드너 씨의 성공 요소 중 하나가 있을 것이다. 그는 자신의 경기에 몰두해 있을 뿐 아니라 그의 인물들 역시 자기 일에 몰두해 있다. 라드너 씨의 가장 잘된 작품들이 운동 경기에 관한 것이라는 사실은 우연이 아니다. 그는 스포츠에 대한 관심으로 미국 작가의 가장 어려운 문제 중 하나를 풀었으니 말이다. 그것은 그에게 광대한 대륙이 고립시키는, 어떤 전통으로도 다스려지지 않는 사람들의 다양한 활동에 대한 열쇠를, 핵심을, 구심점을 주었다. 영국 작가에게 사회가 준 것을, 그는 스포츠에서 얻었다. 구체적인 이유가 무엇이든 간에, 라드너 씨는 무엇인가 독특한 것, 토착적인 것을, 여행자가 자신이 정말로 미국에 갔었다는 것을 증명하기 위해 기념품으로 가져갈 만한 것을 만들어 냈다.

하지만 이제 관광객이 비용과 경험을 계산하고 여행 전체의 장부를 정리할 때가 왔다. 우선 우리가 받은 인상이 아주 다양하고, 우리가 도달한 의견들은 처음 생각했던 것보다 덜 확정적이고 덜 확실하다는 것을 인정하기로 하자. 우리가 이해하고자 하는 문학의 복합적인 기원을, 그 짧은 세월과 연륜을, 그 자연스러운 발전의 흐름에 끼어드는 급류들을 감안한다면, 우리는 프랑스나 영국의 문학이 더 단순하다고, 모든 현대 문학이 이 새로운 미국 문학보다 더 단순하게 요약되고 이해하기 쉽다고 말할 수 있다. 그 뿌리에는 불화가 있으니, 미국인의 자연스러운 성향은 처음부터 엇나갔던 것이다. 민감할수록 영문학을 읽어야 하는데, 영문학을 읽을수록 그는 자기 입으로 말하는 그 언어를 사용하면서도 자기 것이 아닌 경험을 표현하고 자기가 알지 못했던 문명을 비추는 그 거대한 예술이 불러일으키는 수수께끼와 당혹감에 더 민감해진다. 굴복이냐 저항이냐의 선택을 해야 한다. 더 민감할수록, 아니 적어도 더 세련되었을수록, 헨리 제임스 같은 이들, 허게셰이머 같은 이들, 이디스 워튼 같은 이들은 영국의 편을 들어 영국 문화를, 전통적인 영국 예법을 과장함으로써, 그리고 그 사회적 차이들을 너무 심하게 혹은 엉뚱하게 강조함으로써 벌금을 치른다. 그런 차이들은 처음에는 외국인들에게 뚜렷한 인상을 주지만, 결코 가장 깊은 것은 아니다. 그들의 작품은 세련에서 얻는 것을 끊임없는 가치의 왜곡에서, 오래된 집의 나이라든가 위대한 이름의 후광 같은 표면적인 특징에 대한 강박에서 잃어버린다. 헨리 제임스를 속물이라 부르지 않으려면 그가 외국인이었다는 것을 기억할 필요가 있게 만든다.

반면 더 단순하고 거친 작가들, 월트 휘트먼, 앤더슨 씨, 마스터스 씨[22] 같은 이들은 미국 편을 들지만, 반항적으로, 자의식적으로, 항의하듯이, 간호사들이 하는 말을 빌리자면 〈시위하듯이〉 자신들의 새로움을, 자신들의 독립성을, 자신들의 개성을 내세운다. 이 두 가지 영향 모두 불운하고, 진짜 미국 문학 자체의 발전을 가로막고 지연시킨다. 하지만 우리는 두더지가 파놓은 흙 두둑으로 산을 만들고 아무것도 존재하지 않는 곳에 구별을 지어내고 있는 게 아닐까 하는 의문을 제기하는 비평가들도 있을 것이다. 호손과 에머슨과 로웰의 시대에 〈진짜 미국 문학〉이란 동시대 영국 문학과 좀 더 동질적이었으며, 현재와 같은 국민 문학을 향한 움직임은 몇몇 열정가들과 극단주의자들에 국한된 것으로, 이들도 나이가 들고 더 현명해지면 자신들의 어리석음을 깨닫게 되리라고 말이다.

하지만 관광객은 더 이상 이런 편안한 생각을 — 비록 그것이 그의 타고난 자부심을 부채질하기는 하지만 — 받아들일 수 없다. 명백히 영국 문화나 영국인들의 시각에 눈썹 하나 까딱하지 않을 미국 작가들이 있다. 그럼에도 이들은 활

22 Edgar Lee Masters(1860~1950). 미국 시인.

발하게 글을 쓰고 있으니, 라드너 씨가 그 증거이다. 문화의 모든 성취를 지니되 그 과잉의 흔적이 전혀 없는 미국인들도 있으니, 윌라 캐더가 그 증거이다. 다른 누군가가 아니라 자신의 펜으로 책을 써내는 것이 목표인 작가들이 있으니, 패니 허스트가 그 증거이다. 하지만 가장 짧은 관광, 가장 피상적인 견학이 이 관광객에게 아주 중요한 것을 가르쳐 주었다. 그것은 나라가 다르고 사회가 다르면 문학도 반드시 달라지며, 시간이 지날수록 더욱 달라지리라는 것이다.

미국 문학은 분명 다른 모든 문학이 그렇듯 외부의 영향을 받을 것이며, 영국의 영향이 지배적일 것이다. 하지만 분명 영국의 전통은 이 광대한 나라를 상대할 힘이 없다. 이 초원, 이 옥수수 들판, 광막한 땅에 서로 멀리 흩어져 있는 남자들과 여자들의 외딴 무리들. 마천루와 번쩍이는 야광판과 완벽한 기계 설비를 갖춘 거대한 산업 도시들의 의미를 추출하고 그 아름다움을 해석할 수 없다. 어떻게 그럴 수 있겠는가? 영국의 전통은 작은 나라에서 형성되었다. 그 중심은 방마다 물건들이 들어차고 서로 잘 아는 사람들이 북적이는 오래된 집이다. 이들의 예법과 사고와 언어는 무의식적으로나마 항상 과거의 정신으로 다스려진다. 하지만 미국에는 사교계 대신 야구가 있고, 사람들로 하여금 영원한 여름과 봄을 꿈꾸게 하던 오래된 풍경 대신 새로운 땅이, 양철 깡통과 초원과 옥수수밭이 있는 땅이 마치 어울리지 않는 조각들의 모

자이크처럼 무질서하게 펼쳐져, 예술가의 손에서 새로운 질
서를 부여받기를 기다리고 있다. 사람들 또한 수많은 국적
출신으로 다양한 부분들을 이루고 있다.

이 모든 분열된 부분들을 묘사하고 통일하고 질서를 수립
하기 위해서는 새로운 예술이 필요하고 새로운 전통을 수립
해야 한다. 둘 다 태어나는 과정에 있다는 것을 언어 자체가
증명해 준다. 미국인들은 엘리자베스 시대 사람들이 했던 일
을 하고 있다. 즉, 새로운 말을 만들어 내고 있는 것이다. 그
들은 본능적으로 언어를 자신들의 필요에 맞추고 있다. 영국
에서는 전쟁의 자극에 의한 경우가 아니고는 말을 만들어 내
는 힘이 사라져 버렸다. 우리 작가들은 시의 운율을 다양하
게 바꿔 보고 산문의 리듬을 재구축해 보지만, 영국 소설에
서는 단 한마디도 새로운 말을 찾아내지 못할 것이다. 우리
가 우리말을 새롭게 하려 할 때 미국 말을 빌려 쓴다는 사실
은 의미심장하다. 가령 〈허튼소리poppycock〉, 〈떠들썩한
rambunctious〉, 〈끈 슬리퍼flipflop〉, 〈촉진제booster〉, 〈사교
성 좋은 사람good-mixer〉 같은 말들인데, 모두 보기는 흉하
지만 표현력이 풍부하고 힘찬 속어들이다. 대서양을 건너온
이런 말들은 처음에는 구어에서 쓰이다가 점차 문어에도 스
며들게 된다. 또한 말이 만들어지면 그 말로 문학도 만들어
지리라는 것은 쉽게 예상할 수 있는 일이다. 우리는 이미 덜
컹거리는 소리, 귀에 거슬리는 소리, 목이 졸린 듯 까다로운

음악을 그 전주곡으로 듣고 있다. 책을 덮고 영국의 들판을 내다보노라면, 귓전에 새된 소리가 들려온다. 3백 년 전에 그 부모가 바위투성이 해안에 버린, 그래서 자신의 노력만으로 살아남은 아이의 첫 정사, 첫 웃음의 소리이다. 그는 다소 생채기가 났지만 자존심이 강하며 따라서 소심하고 자기주장이 강하다. 그는 이제 성년의 문턱에 서 있다.

소로[1]

백 년 전인 1817년 7월 12일, 매사추세츠주 콩코드에서
연필 장수의 아들 헨리 데이비드 소로가 태어났다. 전기 작
가들은 그의 명성보다는 그의 인생관에 대한 공감 때문에 매
료되어 호의적인 전기를 써주었지만, 그의 책들에서 발견할
수 없는 것은 그다지 말해 줄 수 없었다. 그의 삶에는 이렇다
할 사건이 없었다. 그 자신이 말하듯 〈그냥 집에 있는 것이
타고난 재주〉였다. 그의 어머니는 동작이 재고 달변이었으
며 혼자 쏘다니기를 워낙 좋아해서 자식 중 하나는 하마터면
들판에서 세상에 태어날 뻔했다고 한다. 반면 아버지는 〈작
고 조용하고 우직한〉 사람으로, 미국에서 최고의 연필을 만
드는 기술을 갖고 있었다. 그의 비결은 빻은 흑연과 백토와

---

1 1917년 7월 12일 소로 탄생 1백 주년을 기념하여 『타임스 리터러리 서
플러먼트』에 실렸다. H. S. 솔트Henry Stephens Salt(1851~1939)의 『헨리
데이비드 소로의 생애Life of Henry David Thoreau』(1890)를 참조한 글이다
("Thoreau", Essays II, pp. 132~140).

물을 섞은 것을 밀대로 밀어 납작하게 만든 다음 가늘고 길게 잘라서 태우는 데 있었다. 하여간 그는 근면 절약하고 또 주위의 도움도 좀 받아서 아들을 하버드에 보낼 수 있었다. 소로 자신은 그런 값비싼 기회에 별다른 중요성을 부여하지 않았지만 말이다. 그래도 그가 우리 눈에 들어오기 시작하는 것은 하버드에서이다. 한 급우가 기억하는 그의 소년 시절 모습에서 우리는 나중에 성인이 된 그의 모습을 많이 발견하게 된다. 그러니 그의 초상을 그리는 대신, 1837년 무렵 존 와이스 목사[2]의 예리한 눈에 비친 바를 인용해 보기로 하자.

그는 냉정하고 감정의 동요가 별로 없었다. 악수를 해 보면 그의 손은 축축하고 무심한 것이 마치 뭔가를 들고 있던 채로 다가오는 손을 잡은 것만 같았다. 유니버시티 홀을 향해 인디언처럼 성큼성큼 걸어갈 때면 돌출된 청회색 눈은 자기 발 바로 앞만 살피면서 길을 따라 나아가는 것처럼 보였다. 그는 사람들에게 별 관심이 없었고, 급우들과도 서름하게 지냈다. 늘 혼자 몽상에 잠긴 듯한 분위기로, 그의 경건한 집안에서 마련해 준 기묘한 옷을 헐렁하게 걸치고 있었다. 아직 사색으로 조명되지 않은 그의 표정은 담담하지만 다소 우직하고 미련해 보이기도 했다. 입매는 아직 단호한 기색이 없었고, 입 가장자리에는 득

2   John Weiss(1818~1879). 미국 성직자, 저술가.

의한 만족감 같은 것이 엿보였다. 그가 장차 갖게 될 견해들을 아주 확고하게, 개인적으로는 그 중요성을 십분 인식하고서 준비하고 있었다는 것이 오늘날에는 널리 알려진 바이다. 코는 우뚝했지만 그리 뚜렷하지 못한 곡선을 그리며 윗입술 위쪽으로 처져 있었고, 우리는 그가 어느 이집트 조각상의 얼굴처럼 보이던 것을 기억한다. 큼직한 이목구비에 무표정하니 생각에 잠긴 것이 무엇인가 신비한 자기만의 세계에 빠져 있는 듯했다. 하지만 그의 눈만은 때때로 탐색하는 듯, 무엇인가 떨어뜨린 것을 찾기라도 하는 듯이 보였다. 사실 그는 땅바닥에서 시선을 떼는 법이 없었다. 상대와 열띤 대화를 하는 중에도 그러했다.[3]

이어 그는 대학 시절 소로의 〈과묵함과 서투름〉에 대해 말한다.

이런 식으로 묘사된 청년, 걷거나 캠핑하는 데서 육체적 기쁨을 느끼고 담배 대신 〈말린 백합 줄기〉밖에는 피우지 않으며 인디언의 유물을 그리스 고전만큼이나 숭상하는 청년, 아주 어린 시절부터 일기에 자기 마음과의 〈수지 결산〉을 정리하는 습관을 들여 자신이 생각하고 느낀 것, 공부한 것, 경험한 것을 그 이집트인 같은 얼굴과 탐색하는 눈길 아래 차

3 존 와이스, 「소로」, 『크리스천 이그재미너 *Christian Examiner*』. 솔트의 책에서 재인용.

곡차곡 일기에 담게 된 이 청년은 분명 부모와 교사들을, 그가 세상에 나가 한몫하는 인간으로 성공하기를 바라는 모든 사람을 실망시키게끔 되어 있었다. 그가 남들처럼 생계를 꾸리기 위해 처음으로 해본 일은 초등학교 선생이 되는 것이었는데, 생도들을 매질해야 한다는 사실 때문에 그만두고 말았다. 그는 매질 대신 말로 훈계하기를 원했다. 위원회에서 〈그런 관대함〉이 학교에 폐를 끼친다는 점을 지적하자, 소로는 엄숙하게 여섯 명의 생도에게 매질을 하고는 학교 운영이 〈자신의 방식과 맞지 않는다〉는 이유로 사임해 버렸다. 무일푼의 젊은이가 실천하고자 했던 생활 방식이란 아마도 몇 그루 소나무와 웅덩이, 야생 동물, 그리고 인근에서 발견되는 인디언 화살촉들과 함께하는 것이었던 듯하다. 그는 벌써부터 그런 것들에 끌리던 터였다.

하지만 한동안 그는 인간 세상에 머물게 된다. 적어도 에머슨을 중심으로 초월주의[4]를 표방하는, 아주 특별한 세상에서 말이다. 소로는 에머슨의 집에 살게 되었고, 그의 벗들이 말하듯, 얼마 안 가 그 예언자 자신과 거의 분간할 수 없게 되었다. 눈 감은 채 그 두 사람이 말하는 것을 듣고 있노라면, 에머슨의 말이 어디서 끊기고 소로의 말이 어디서 시작되는지 확실히 알기 어려울 지경이었다. 〈그의 태도와 목

4 transcendantalism. 19세기 중엽 미국에서 인간과 자연에 내재하는 신성에 대한 믿음을 바탕으로 하여 일어나 사상 개혁 운동.

소리의 음조, 표정, 심지어 말을 할 때 주저하며 끊는 것까지, 그는 에머슨 씨의 판박이가 되었다.)[5] 그럴 만도 했다. 강한 천성일수록 영향을 받으면 유보 없이 굴복하기 때문이다. 어쩌면 그것이 그 강함의 징표일 수도 있다. 하지만 소로가 그 과정에서 자신의 힘을 조금이라도 잃었다거나 본래 그 자신의 것이 아닌 색깔을 띠게 되었다고는 그의 책을 읽은 독자라면 결코 인정하지 않을 것이다.

초월주의 운동은 — 대개의 힘찬 운동들이 그렇듯이 — 한두 명의 비범한 사람들이 자신들에게 불편해진 낡은 옷을 벗어 버리고 이제 진실로 보이는 것에 좀 더 가깝게 맞추어 가려는 노력에서 시작되었다. 이런 재조정의 욕망에는 — 로웰이 기록했고 마거릿 풀러[6]의 회고록이 증언하듯이 — 그 나름의 우스꽝스러운 징후들과 기괴한 추종자들이 생겨나는 법이다. 하지만 사상이 공동으로 재형성되는 시기에 살았던 모든 남녀 가운데서, 소로는 굳이 자신을 맞추어 갈 필요조차 없었던 사람이라는 느낌이 든다. 그는 애초에 이 새로운 정신과 맞게 태어난 사람이었다. 그는 나면서부터 그 무리에 속해 있었으니, 이들은 에머슨의 표현대로 〈새로운 희망에 말없이 귀의하고, 어떤 사람들 가운데서도 세론의 법

---

5 데이빗 그린 해스킨스David Greene Haskins(1818~1896), 『랠프 월도 에머슨Ralph Waldo Emerson』, 솔트의 책에서 재인용.
6 Margaret Fuller(1810~1850). 미국의 페미니스트. 초월주의 잡지인 『다이얼Dial』의 주간을 지내기도 했다.

칙이 허용하는 이상으로 자연과 인간의 본성에 대한 신뢰를 나타내는〉 사람들이었다. 이 운동의 지도자들이 보기에 이 새로운 희망에 도달할 기회를 주는 삶의 방식은 두 가지로, 하나는 브룩 팜[7] 같은 공동체 생활이요, 다른 하나는 자연 속에 홀로 사는 것이었다. 선택의 시간이 오자 소로는 단연 두 번째를 택했다. 〈공동체로 말하자면, 나는 천국에서 기숙사에 가느니 지옥의 독신자 구역을 택하겠다〉[8]라고 그는 일기에 썼다. 이론이야 어떠하든 간에, 그의 본성 가운데는 〈모든 야생적인 것에 대한 독특한 열망〉이 깊이 내재해 있어서, 그것이 그를 『월든Walden』에 기록된 바와 같은 실험으로 이끌었을 것이다. 남들의 눈에 어떻게 보이든지 상관하지 않았으니, 그는 그들 중 누구보다도 초월주의의 교의를 철저하게 실천하고 그것을 전적으로 신뢰할 때 인간이 얻게 되는 자원이 무엇인지를 입증하게 된다. 그리하여 스물일곱 살이 되었을 때 그는 월든 호수의 맑고 푸른 물가의 숲속에 한 조각 땅을 택해서 자기 손으로 오두막을 지었는데, 그 작업에도 마지못해 아주 조금만 도끼를 사용했다. 그러고는 〈삶의 근본적인 사실들만을 마주하려고, 그것이 가르칠 것을 내가 배울

---

7 Brook Farm. 매사추세츠주의 웨스트 록스버리에서 유니테리언 목사 조지 리플리 부부가 1841~1847년 동안 운영한 농장이다. 루이자 메이 올컷의 아버지 브론슨 올컷도 비슷한 시기(1843년 5월~1844년 1월)에 초월주의에 기반한 유토피아 공동체 프루트랜즈Fruitlands를 운영한 바 있다.

8 소로, 『일기The Journal of Henry David Thoreau』, 1841년 3월 3일.

수 있을지 알아보려고, 그리하여 죽을 때가 되어서야 내가 제대로 살지 못했음을 발견하지 않도록)[9] 그곳에 살기 시작했다.

이제 우리는 소로를 알 기회를 갖게 되었으니,[10] 친구들에게도 그렇게까지 알려진 사람은 드물다. 또한, 소로가 그 자신에 대해 가졌던 만큼의 관심을 자신에 대해 가진 사람은 실로 드물다. 우리는 아무리 강한 자기 본위를 타고났다 해도, 이웃들과 잘 지내기 위해 최선을 다해 그것을 질식시킨다. 우리는 기존 질서와 완전히 절연할 만큼 자신에 대해 확신하지 못한다. 하지만 바로 그런 것이 소로의 모험이었고, 그의 책은 그 실험과 결과의 기록이다. 그는 자신에 대한 이해를 심화하기 위해 할 수 있는 모든 일을 했다. 특이한 것을 함양하고, 그 자신의 개성이라는 무한히 가치 있는 재능에 개입할 수 있는 여하한 힘과의 접촉도 멀리했다. 그것은 그의 신성한 임무로, 그 자신뿐 아니라 세상에 대한 임무이기도 했다. 그토록 철저하게 에고이스트인 사람은 거의 에고이스트가 아니다. 그의 2년간의 숲속 생활을 기록한 『월든』을 읽노라면, 우리는 아주 강력한 확대경을 통해 삶을 지켜보는

9   소로, 『월든』.
10   〈이제 소로를 알 기회를 갖게 되었다〉니 뭔가 계기를 말하는 듯한데, 솔트의 책은 1890년 처음 출간된 후 6년 만에 1차 개정판을 냈고, 2차 개정판은 1939년 저자가 세상을 떠난 후에야 나왔으니, 딱히 이 책의 출간을 가리키는 것 같지는 않다. 아마도 소로 탄생 1백 주년 자체를 가리키는 것인지도 모르겠다.

듯한 느낌이 든다. 걷고, 먹고, 장작을 패고, 책을 조금 읽고, 나뭇가지 위의 새를 관찰하고, 저녁 식사를 준비하고 하는 ─ 이 모든 일이 말끔하게 정리되면 놀랍도록 크고 빛나는 듯 느껴진다. 평범한 것들도 낯설어지고, 일상적인 감각들도 놀라운 것이 되어서, 무리와 함께 살며 다수에게 맞는 습관들을 택함으로써 그것들을 혼동하고 낭비하는 것은 죄요 신성 모독 행위가 된다. 문명이 무엇을 줄 수 있으며, 어떤 사치가 이런 단순한 사실들을 더 낫게 만들 수 있겠는가? 〈단순, 단순, 단순!〉이라는 것이 그의 외침이다. 〈하루 세 끼 대신, 필요하다면 한 끼만 먹어라. 접시 백 장 대신 다섯 장만 갖고, 다른 것도 그에 맞게 줄여라.〉

하지만 독자는 단순한 삶의 가치라는 것이 대체 뭐냐고 반문할지도 모르겠다. 소로가 추구하는 단순함은 단순함 그 자체를 위한 것인가? 그보다는 오히려 극대화의 방식이요, 영혼의 섬세하고 복잡한 작동을 자유롭게 풀어놓는 방식이니, 그 결과는 단순함의 반대가 아닌가? 가장 비범한 사람들이 사치를 버리는 경향이 있는 것은, 사치한 생활이 그들 자신에게 가장 소중한 것을 방해한다고 생각하기 때문이다. 소로 자신은 극히 복잡한 사람이었고, 숲속 오두막에서 2년을 혼자 살며 제 손으로 끓여 먹었다고 해서 단순해지지는 않았을 것이다. 그의 성취는 자기 내면에 있는 것을 드러낸 것, 삶이 인위적인 제약들에 구속되지 않고 제 길을 가게 한 것

일 터이다. 〈나는 삶이 아닌 삶은 살고 싶지 않았다. 삶은 그
토록 소중하니까. 또한 나는 아주 필요한 경우가 아니면 포
기를 연습하고 싶지도 않았다. 나는 깊이 있는 삶을 살며 그
모든 골수를 빨아들이고 싶었다.〉『월든』에는 — 사실 그의
모든 책이 그렇지만 — 미묘하고 상충되는, 아주 유익한 발
견들이 잔뜩 들어 있다. 그것들은 뭔가를 증명하기 위해 쓰
인 것이 아니다. 인디언들이 숲속에 자신이 지나간 길을 표
시하기 위해 잔가지를 조금 꺾어 두듯이, 그렇게 쓰인 것이
다. 그는 아무도 전에 그 길을 가본 적 없는 것처럼 인생길을
헤쳐 가면서, 뒤에 올 사람들, 그가 어느 방향으로 갔는지 알
고자 할 사람들을 위해 이런 표지들을 남겨 두었다. 하지만
그렇다고 뚜렷한 궤적을 남기는 것은 원치 않았으니, 그를
따라가는 것이 쉬운 일은 아니다. 소로를 읽을 때면 그가 말
하고자 하는 바를 알았다고 확신하거나 우리 길잡이가 한결
같으리라 생각하여 방심할 수 없다. 항상 뭔가 새로운 것을
만날 태세가 되어 있어야 한다. 평생 복사본으로만 알아 온
생각들을 원본으로 만나는 충격에 대비해야만 한다. 〈모든
건강과 성공은 아무리 멀고 요원해 보인다 할지라도 내게 유
익하다. 모든 질병과 실패는, 그것이 아무리 나를 측은히 또
는 내가 그것을 측은히 여긴다 해도, 나를 서글프게 하고 나
쁜 영향을 끼친다.〉〈새 옷을 필요로 하는 사업이라면 절대
믿지 말라.〉〈다른 모든 일에 그렇지만 박애에도 재능이 필

요하다.〉이런 말들은 아무렇게나 골라낸 것들이며, 물론 전적으로 진부한 말들도 수두룩하다.

숲속을 걷거나 몇 시간씩 꼼짝 않고 대학 시절의 스핑크스처럼 바위에 앉아서 새를 지켜보기도 하면서, 그는 세상에 대한 자신의 입장을 불굴의 정직성으로 천명했으며, 그럴 때 그의 마음속에는 불꽃같은 희열이 있었다. 그는 자신의 행복을 한껏 껴안는 듯하다. 그 몇 년은 계시로 가득한 것이었다. 다른 아무의 간섭도 받지 않고 자기 자신을 발견했으며, 자연이라는 장비만으로 의식주를 완벽하게 해결했을 뿐 아니라 사회로부터의 아무 도움 없이도 즐겁고 재미나게 살았다. 그는 사회를 향해 수차 주먹을 날렸으니, 어찌나 대놓고 불만을 말하는지 조만간 사회가 그런 반항아와 담판이라도 지을 것만 같다. 그는 교회도 군대도 우체국도 신문도 원치 않았고, 십일조 내기를 거부했으며, 인두세를 내느니 감옥에 가는 편을 택했다. 선을 행하기 위해서든 즐거움을 얻기 위해서든 무리로 모이는 일이 그에게는 참을 수 없는 고문이었다. 자선 사업은 그가 의무감에서 치러야 하는 희생 중 하나였다. 정치는 그에게 〈비현실적이고 믿을 수 없고 무의미〉했으며, 대부분의 혁명은 강물이 마르거나 소나무가 죽는 것만큼 중요한 일이 아니었다. 그는 그저 집에서 짠 천으로 지은 옷을 입고 혼자 숲속을 쏘다녔으며, 책상 위에 놓인 석회석 돌멩이 두 개에도 방해를 받고 싶어 하지 않았다. 이 돌들에 먼지가 앉는다는 사실을 알자, 그는 대번에 그것들을 창밖으로 던져 버렸다.

하지만 이 에고이스트는 도망친 노예들을 자기 오두막에 숨겨 주는 사람이기도 했다. 이 은둔자는 공개적으로 존 브라운[11]을 옹호하는 발언을 한 최초의 인물이었다. 이 자기중심적인 외톨박이는 브라운이 감옥에 있는 동안 잠도 못 자고 생각할 수도 없었다. 사실인즉슨 소로만큼 삶과 옳은 처신에 대해 많이 그리고 깊게 생각하는 사람이라면, 숲속에서 살든 공화국 대통령이 되든, 자신과 비슷한 사람에 대해 비상한 책임감에 사로잡힐 수밖에 없다는 것이다. 때때로 무한히 공들여 작은 공책에 옮겨 적었던 서른 권의 일기는, 그가 동료 인간들에 대해 신경 쓰지 않는다고 공언하면서도 그들과 소통하려는 강렬한 욕망을 지녔던 것을 입증해 준다. 〈나는 내 삶이라는 재보를 기꺼이 다른 인간들에게 전달하고, 내 재능에서 가장 소중한 것을 진실로 그들에게 주고 싶다. (……) 나는 대중에게 봉사하는 독특한 능력 말고는 아무것도 내 앞으로 가진 것이 없다. (……) 나는 내 삶에서 기꺼이 다시 살고 싶은 부분들을 전달하고 싶다.〉[12] 그의 책을 읽으면서 그의 이런 소원을 모를 수는 없다. 하지만 그가 자신의 재보를

---

11 John Brown(1800~1859). 미국의 노예제 폐지론자로, 소로는 1857년에 처음 그를 만난 후 1859년 10월 브라운이 체포되자 콩코드 시청에서 「존 브라운 대위를 위한 청원Plea for Captain John Brown」이라는 연설을 했다.

12 『일기』, 1842년 3월 26일.

나눠 주는 데 성공했는지, 자신의 삶을 함께 나누었는지는 의문이다. 그의 강인하고도 고귀한 책, 모든 말이 성실하고 모든 문장이 작가의 기량을 보여 주는 책을 읽고 나면, 우리는 묘한 거리감에 사로잡힌다. 그는 소통하려 애쓰지만 그러지 못한다는 느낌이 드는 것이다. 그의 눈은 땅바닥 아니면 지평선을 향해 있다. 그는 결코 우리에게 직접 말을 걸지 않으며, 반쯤은 자기 자신을 향해, 반쯤은 우리 눈에 보이지 않는 신비한 무엇인가를 향해 말한다. 〈내가 나 자신에게 말한다는 것이 내 일기의 모토가 되어야 할 것〉이라고 그는 썼으며, 그의 모든 책이 사실상 일기이다. 다른 사람들, 남자들과 여자들은 감탄할 만하고 아름답지만 그와는 거리가 멀었고 달랐으며, 그는 그들의 행동거지를 좀처럼 이해하지 못했다. 그들은 〈초원의 개만큼이나 신기한〉 존재들이었다. 다른 인간들과의 모든 교제가 그에게는 극도로 힘들었고, 한 친구와 다른 친구 사이의 거리는 측량할 수 없는 것이었다. 인간관계는 아주 불안정하고 실망으로 끝나기 십상이었다. 자신의 이상을 낮추는 것만 아니라면 할 수 있는 모든 일을 할 태세가 되어 있었지만, 소로는 그 어려움이 애쓴다고 극복될 성질의 것이 아님도 알고 있었다. 그는 다른 사람들과 다르게 태어난 것이었다. 〈어떤 사람이 동료들과 보조를 맞추지 않는다면, 그것은 그가 다른 북소리를 듣고 있기 때문이다. 그 북소리가 박자에 맞든 종잡을 수 없든, 들려오는 음악에 맞추어 걷게 하라.〉 그는 야생적인 사람이었고, 결코 길들여지려 하지 않았다. 우리가 그에게 독특한 매력을 느끼는 것도 바로 이 대목이다. 그는 다른 북소리를 듣고 있다. 자연이 그에게는 우리와 다른 본능을 불어넣었으니, 우리가 모르는 비밀들을 속삭여 주었을지도 모른다.

〈인간과 자연 양쪽 모두에 대해 깊은 공감을 가질 수는 없다는 것이 법칙처럼 보인다. 둘 중 하나에 가깝게 하는 특질들이 다른 하나로부터 멀어지게 하는 것이다〉라고 그는 말한다. 아마도 그의 말대로일 것이다. 그의 평생의 가장 큰 정열은 자연에 대한 것이었다. 그것은 실로 정열 이상이었으니, 친화력이라고나 할 것이다. 이 점에서 그는 화이트[13]나 제프리스[14] 같은 사람들과 다르다. 그는 비상하게 예리한 감각을 타고났다고 하며, 다른 사람들이 보거나 듣지 못하는 것을 보고 들을 수 있었다. 촉각이 어찌나 섬세한지 연필이 가득 든 궤짝에서 정확히 한 다스를 집어낼 수 있었으며, 밤에도 울창한 숲을 뚫고 길을 찾을 수 있었다. 개울에서 손으로 물고기를 잡았으며, 야생 다람쥐를 유혹하여 자기 주머니를 집으로 삼게 할 수도 있었다. 어찌나 미동 없이 앉아 있었

---

13 Gilbert White(1720~1793). 영국 목사로, 환경주의자이자 조류학자였다.

14 Richard Jefferies(1848~1887). 영국 작가로, 자연을 배경으로 하는 작품들을 많이 썼다. 화이트와 제프리스 둘 다 솔트의 책에서 소로와 비교하여 언급된 사람들이다.

던지 짐승들이 그를 아랑곳하지 않고 주위에서 돌아다녔다거나, 자연의 경관에 통달하여 초원을 걸은 후에는 자기 발 밑에 피어나 있던 꽃들만 보고도 날짜를 거의 정확히 알아맞힐 수 있었다거나 하는 이야기도 전해진다. 자연은 그가 힘들이지 않고 생계를 꾸릴 수 있게 해주었다. 그는 손재주가 뛰어나서, 연중 40일 정도만 일해도 1년의 나머지 기간을 놀며 지낼 수 있었다. 그는 마지막으로 남은 옛 인류의 후예라 해야 할지, 아니면 장차 도래할 인류의 첫 사람이라 해야 할지 모르겠다. 그에게는 강인함과 극기심, 인디언과도 같이 때 묻지 않은 감각과 동시에, 자의식과 까다로운 불만과 극히 현대적인 감수성이 있었다. 때로 그는 인간에게 가능한 이상의 것을 지각하는 능력 때문에 여느 인간 이상의 능력을 지닌 것처럼 보이기도 한다. 어떤 박애주의자도 인간에게 그보다 더 큰 기대를 걸거나 더 고결한 소임을 고취하지 않았다. 가장 고상한 정열과 봉사의 이상을 지닌 이들이 가장 기꺼이 주는 능력을 지닌 법이다. 삶은 그들에게 가진 것을 다 내 놓으라 요구하지 않고 오히려 낭비하기보다 아껴 두라고 하지만 말이다. 소로는 아무리 많은 것을 할 수 있었다 해도, 여전히 그 이상의 가능성을 발휘할 수 있었을 터이다. 어떤 의미로 그는 언제까지나 만족하지 못했을 터이니, 그것이 그가 더 젊은 세대의 벗이 될 수 있는 이유 중 하나이다.

그는 앞날이 아직 창창한 나이에 죽었으며, 오래 병석에서 갇혀 지내야만 했다. 하지만 그는 이미 자연으로부터 침묵과 인내를 배운 터였다. 그는 자신의 사생활에 대해 거의 말한 적이 없다. 자연으로부터 그는 만족하되, 생각 없이 이기적으로 만족하거나 체념하는 것이 아니라 자연의 지혜를 건강하게 신뢰하는 법을 배웠다. 그가 말하듯, 자연에는 슬픔이라는 것이 없다. 〈나는 가능한 한 삶을 즐기고 있으며, 아무것도 후회하지 않는다〉라고 그는 임종의 자리에서 말했다. 마침내 고통 없이 죽음을 맞아들였을 때, 그의 마지막 말은 〈큰사슴〉과 〈인디언〉이었다.

조지 기싱[1]

1. 『헨리 라이크로프트의 수기』[2]

1903년에 『헨리 라이크로프트의 수기』가 처음 나왔을 때, 주의 깊은 귀들은 신간들의 계절이 요란하게 지나간 다음에도 살아남을 진짜 책의 소리를 알아들었다. 여기 올곧고 단정한 말을 자연스러운 음조로 말하며 드물게 성실한 힘으로 마음속 깊이까지 의미를 실어 나르는 목소리가 있다고 말이다. 그날 이후로 그 저자에 대해 많은 이야기가 있었다. 그는

---

1 울프는 조지 기싱에 대해 여러 편의 글을 썼다. 『헨리 라이크로프트의 수기The Private Papers of Henry Ryecroft』에 관한 서평(1907)과 「조지 기싱의 소설들The Novels of George Gissing」(1912), 「기싱의 인상An Impression of Gissing」(1923), 그리고 「조지 기싱George Gissing」(1932) 등인데, 『보통 독자』 제2권에도 수록된 맨 마지막 글이 앞의 두 글을 포함하면서 조지 기싱의 면모를 종합적으로 보여 준다고 생각되어, 맨 처음과 마지막 글을 골랐다.

2 1907년 2월 13일 『가디언Gardian』에 게재. 기싱의 『헨리 라이크로프트의 수기』(1903)에 관한 서평이다("George Gissing", *Essays I*, pp. 131~134). 기싱은 1900~1901년 동안 『포트나이틀리 리뷰』에 연재물로 기고하던 이 글을 출간한 후 그해 12월에 세상을 떠났다.

이 작은 책에서 처음으로 자기 자신이 되어 말한 것이었다. 소설가가 가면을 벗자 그 아래 있던 진짜 사람의 모습이 드러나, 오래전부터 그의 소설을 알던 독자들에게 특이한 관심을 불러일으켰다. 하지만 그 책이 이런 동기가 없는 많은 사람에게도 흥미롭다는 것은, 계속해서 재판(再版)이 요구되었으며 조지 기싱의 소설을 모르는 이들도 헨리 라이크로프트의 사색을 읽었다는 사실로 입증되는 듯하다. 그 두 사람을 꼭 동일시하고 그들이 각기 하나의 인성을 갖고 있음을 증명할 필요는 없을 것이다. 헨리 라이크로프트는 그가 드러내기로 한 것 이외의 배경이나 상황 설명 없이도 자신의 발로 굳건히 서 있으며, 다른 버팀대를 필요로 하지 않는다. 그를 무슨 이름으로 부르든 간에, 이 『수기』를 쓴 사람은 자신이 생각하는 것을 기록했으며, 그런 의미에서 이것은 가장 진실한 자서전이다. 많은 독자들에게 이 책의 흥미는 글의 아름다움이나 기질의 온화함이나 지식의 성숙함에서가 아니라, 살아 있는 한 인간이 남기는 인상에서 온다. 그는 자신의 약점과 결점을, 불완전한 인간의 모습을 드러내기를 꺼리지 않는다. 그것은 결코 고백록은 아니지만, 과묵하여 말을 삼간 많은 것이 그 어렴풋한 스케치 너머로 읽힐 수 있을 것이다.

우리가 알듯이, 그는 문필로 자신의 생계를 꾸리고 다른 사람들도 부양해야 하는 사람이었다. 여러 해 동안 펜과 종이 한 다발이 그가 의식주를 해결하는 수단이었다. 마침내 중년에 이르러 그가 더는 버티지 못할 것이 두려워지기 시작했을 때, 한 친구가 죽으면서 연 3백 파운드의 연금을 남겨 주었다. 그리하여 평생 처음이자 마지막으로 그는 원하는 글을 쓸 수 있게 되었고, 이 사색의 기록과 그에게 가장 소중하게 된 책들을 마지막 유산으로 남기게 되었다. 이 글의 매력은 건실하고 담담한 데 있다. 마치 날이 저문 후 더는 소망하거나 두려워할 장래의 빛이 없을 때 비쳐드는 잿빛 미광과도 같다. 그런데도 그 최종적인 인상은 결코 울적하지 않다. 전체적으로 보아 그토록 외적인 사치라고는 없는 삶이 그 자체로 충분할 수 있는 선물들을 발견한다는 것이 찬사를 받을 만하다. 그는 드물게 빼어난 재능의 소유자가 아니었다. 머리는 우수한 편이었고 책을 좋아했지만, 오로지 그 두 가지 재능만으로 — 둘 중 어느 것도 다른 재능으로 발전하지 않았으니 — 사람이 필요로 하는 모든 것을, 적어도 그가 독립적이고 무해한 인간으로 부끄럽지 않게 살아가는 데 필요한 모든 것을 얻을 수 있었다는 사실은 고무적이다. 그처럼 불굴의 삶에 고작 이런 형용사들을 쓴다는 것은 다소 빈약하게 보이기도 하나, 그런 형용사들에는 흠결 없는 진실함의 매력이 있다. 헨리 라이크로프트는 모든 감정, 모든 생각, 모든 책을 꾸준히 깎아 내 고갱이만 남겨 놓았다. 마치 가난한 사람들은 진실 아닌 것을 느끼거나 생각할 여유조차 없다는 듯이 말이다. 그러고서 남은 것은 강하고 변함없는 열기를 지닌 순수한 체질이니, 그것은 한 사람의 인생 전체를 빛나게 하여 살 만한 가치가 있게 만든다. 그런 재능조차도 그가 필요로 하는 오죽잖은 것들을 갖게 해주기에 충분치 않았다는 것은 가혹한 일이다. 그는 온기와 빛을 얻기 위해 가진 책을 팔아야 했고, 시골에 가는 즐거움도 없이 지내야 했다. 이런 희생은 다른 많은 희생을 시사한다. 그리하여 다시금 그는 자신의 두뇌를 팔아야 했으니, 이중적인 의미에서였다. 만일 그가 자신의 두뇌를 제대로 사용할 방법이 있었더라면 그 가치가 줄어들지 않게 할 수 있었을 테니 말이다. 이 모든 깎아 냄은 의심할 바 없이 그에게 깊은 상처를 주었으니, 마침내 행복할 기회가 왔을 때는 행복을 느끼는 능력마저 현저히 약해져 있었다. 젊은 날의 고된 투쟁, 그나마 독서와 산책에서 작은 기쁨이나마 얻기 위한 투쟁으로 근육을 혹사한 나머지, 그는 말년에 자신을 둘러싸는 아름답고 풍요로운 보물들을 제대로 붙잡을 수 없었다. 마침내 봄에, 아직 그것을 맛볼 시간이 있을 때, 그가 느끼는 기쁨은 그와 함께 그것을 즐길 수 있는 사람이 몇이나 될까 하는 생각으로 떨린다. 그는 자신에게 〈이 신성한 평정의 시간에 대해 무엇인가 재난으로 값을 치러야 하는 것이 아닌지〉 자문한다.[3]

그렇지만 여전히 묻지 않을 수 없다. 만일 그가 부자였다

3 기싱, 『헨리 라이크로프트의 수기』, 봄, 제24장.

면 — 그의 두뇌가 원하는 모든 것을 양식 삼을 수 있었다면 — 그의 운명은 어떤 것이 되었을까? 그는 〈부엉이 눈을 한 현학자〉,[4] 대학 담장 밖으로 나가 본 적이 없는 백면서생이 되었을지도 모르며, 어쩌면 자연이 섬세하고 명상적인 사람을 만들면서 뜻했던 것도 그런 것이었는지도 모른다. 하지만 만일 자연에 일관성이 있다면, 우리는 이 부엉이가 거친 빛들 가운데로, 세상의 날선 모퉁이로 내몰리는 기괴하고도 고통스러운 광경은 보지 않아도 되었을 것이다. 그는 책이 말해 주는 것을 알기 위해 직접 세파를 겪거나 글을 알듯 사람들을 알 필요도 없었을 테고, 마침내 자기 나름의 군더더기 없고 속속들이 쓸모 있는 철학에 도달했을 것이다. 하지만 그런 고생으로 단련된 덕분에, 그는 시골에서 혼자 평화롭게 책을 읽을 수 있게 해줄 만한 최소한의 돈으로도 충분히 넉넉히 지낼 수 있었다. 만일 그가 무의식적으로라도 돈 주고 물건 사기를 배웠더라면 그러지 못했을 것이다. 음식과 옷이 주어지면, 그 나머지는 그의 두뇌가 해결할 것이었다. 그리하여 데번셔의 정원에 앉아 하루 종일 책을 읽는 남자의 모습은 우리가 아는 온화하고 사람 좋은 이의 초상이 아니라 훨씬 더 영웅적인 무엇이다. 그의 일상적인 삶, 그의 음식, 그의 하인, 그의 방은 모두 최소한의 것으로, 모든 비본질적인 것들이 떨어져 나가고, 가난이 그에게 근본적인 것이라고

4 앞의 책, 겨울, 제16장.

가르쳐 준 것들만이 남는다. 그가 소유한 것 치고 오래 사용하여 알뜰히 길들지 않은 것이 없다. 〈내 집은 완벽하다. 크기는 그저 집 안을 정리하기에 알맞은 정도이다. (……) 구조는 튼튼하다.〉[5] 〈정원에서는 새들이 지저귀는 소리며 날개를 파닥거리는 소리가 들린다. 마음만 내키면 하루 종일이라도 앉아서 밤의 더 깊은 정적을 맞이할 수 있다. (……) 오, 복된 고요함이여!〉[6] 이런 것들을 제대로 누리려면 얼마나 고통을 겪지 않았어야 하는 걸까? 얼마나 책을 읽지 않았어야 하는 걸까! 모든 것을 줄이고 절약해야 하는 때에, 책에 대한 사랑만이 강하고 열성적이 되었다. 오로지 실패한 사람의 지친 냉소주의로, 그는 사람보다 책을 더 신뢰하는 경향이 있다. 그에게는 책이 인생으로부터의 피난처나 인생에 대한 논평이 아니라, 인생 그 자체인 듯하다. 그 밖에는 얼마간의 영국 전원이 있을 뿐이다. 그는 아직 전원을 거닐며 식물 채집을 할 힘 정도는 남아 있다. 하지만 전원에서도 그는 어느새 문자화된 말의 베일을 통해서 사물을 바라본다. 모든 섬세하고 교양 있는 정신과 마찬가지로, 그의 두뇌는 인생과 문학을 가지고 일종의 배드민턴 게임을 한다. 인쇄물 한 대목이 햇볕 환한 초원을 상기시키고, 저녁 골목의 불 켜진 창문이 그로 하여금 『트리스트럼 샌디』를 다시 읽고 싶은 마음을 불

<hr>

5 앞의 책, 봄, 제2장.
6 앞의 책, 봄, 제2장.

러일으킨다.[7] 그는 밤에 낯선 곳에서 잠이 깨어 교회 종소리를 듣는다. 〈그러자 마음속이 확 밝아지는 듯했다. 《우리는 자정에 교회 종소리를 들었지요, 샬로 판사님!》〉[8]

이처럼 풍부케 하는 과정은 결코 완결되지 않는다. 항상 낯설고 새로운 섬들이 어딘가 먼바다에 떠다니고 있어서 탐험과 보물찾기를 기다리고 있다. 여기에는 〈고대 소아시아 지리〉가 있고, 저기에는 이집트가 있다.[9] 모든 역사가 심연으로부터 그림들을 불러냈다가 도로 심연으로 미끄러져 들어가게 한다. 하지만 아무러면 어떠랴. 〈아마도 내가 평생 고치지 못할 결점은 나로 하여금 지식을 찾게 하는 마음의 습성일 것이다.〉[10] 마지막에 가서 그는 〈여러 해를 더 살고 싶다〉고 말한다.[11] 다가올 해들이 그에게 새로운 것들을 가져오리라고 기대해서가 아니라, 앞으로도 계속 그런 식으로 살아갈 것이기 때문이다. 수동적인 육신과 온 세상을 넘나드는 정신, 마침내 돌아와 그가 택한 그 한구석에 정착하는 정신

---

7 앞의 책, 가을, 제2장.
8 앞의 책, 여름, 제19장. 인용된 문장 〈우리는 자정에 교회 종소리를 들었지요, 샬로 판사님〉이란 셰익스피어의 『헨리 4세 *Henry IV*』 중 한 대목이다. 『헨리 라이크로프트의 수기』의 화자는 타지에서 한밤중에 교회 종소리를 듣고, 문득 『헨리 4세』의 그 대목을 떠올리며 자신이 묵고 있는 곳이 셰익스피어의 고향에서 얼마 떨어지지 않은 곳임을 상기한다. 다음 문단에서 울프가 〈이처럼 풍부케 하는 과정〉이라 하는 것은 전에는 가난 때문에 누려 보지 못했던 경험들로 책에서만 읽었던 것들을 채워 가는 이런 과정을 말한다.
9 앞의 책, 겨울, 제16장.
10 앞의 책, 겨울, 제17장.
11 앞의 책, 겨울, 제26장.

을 가지고서 말이다. 이것은 일종의 자유이다. 너무나 기쁘고 너무나 충만하기 때문에, 누구나 바랄 만하다. 그러므로 이 책의 매력은 그런 힘이 이미 존재할 뿐 아니라 우리 대부분의 손닿는 곳에 자리 잡고 있음을 보여 주는 데 있다. 책, 펜, 작은 시골집, 그러면 세상이 그대 발밑에 있다.

2. 조지 기싱[12]

〈파라핀유를 팔면서 길거리를 돌아다니는 사람들이 런던에 있다는 것을 알고 있어?〉라고 1880년에 조지 기싱은 썼다.[13] 이 구절은 기싱의 것이다 보니 안개와 사륜마차, 구저분한 하숙집 안주인들, 악전고투하는 문인들, 뼈를 깎는 살림살이의 괴로움, 음침한 뒷골목들, 추레한 누런 예배당들로 이루어진 세상을 떠올리게 한다. 하지만 또한 이런 비참 너머로 수목이 우거진 능선과 파르테논 신전의 기둥들, 로마의 언덕들을 보게 된다. 기싱은 그의 책들을 통해 허구적 인물들의 삶으로 잘 가려지지 않는 작가 자신의 삶을 보게 되는 불완전한 소설가 중 한 사람이니 말이다. 우리는 이런 작가들과 예술적이라기보다 개인적인 관계를 맺게 된다. 우리는

12　1927년 3월 2일 『뉴 리퍼블릭』에 게재. 『조지 기싱이 가족에게 보낸 편지Letters of George Gissing to Members of his Family』(1927)에 대한 서평으로 쓰인 글이다. 『보통 독자』 제2권에 수록된 수정본을 옮긴다(Essays V, pp. 534~544).

13　1880년 1월 큰 여동생 마거릿에게 보낸 편지.

그들을 작품 못지않게 삶을 통해 알게 되며, 기싱의 편지들
— 개성은 있지만 위트도 유머도 거의 없는 — 을 읽을 때면
『민중*Demos*』이나 『뉴 그럽 스트리트*New Grub Street*』, 『밑
바닥 세상*The Nether World*』[14] 등을 읽으면서 그려나가기 시
작한 그림을 채워 나가는 듯한 느낌이 든다.

하지만 여기에도 많은 결락이 있으며, 밝혀지지 않은 채
로 남는 구석이 여전히 많다. 많은 정보들이 공개되지 않았
고, 말해지지 않은 사실들도 많다. 기싱 가족은 가난했고, 아
버지는 아이들이 어렸을 때 돌아가셨다. 동기간이 많았으므
로 교육을 받으려면 형편이 허락하는 한껏 매달릴 수밖에 없
었다. 조지는 배움에 대한 열정이 있었다고 누이는 말했다.
수업을 놓칠까 봐 목에 날카로운 청어 가시가 걸린 채 학교
로 달려가곤 했다는 것이다. 그는 『바로 이거야*That's It*』라는
작은 책[15]에서 텐치와 서대와 잉어가 각기 낳는 알의 놀라운
수를 베끼기도 했는데, 〈왜냐하면 내 생각에 그것은 주목할
만한 가치가 있는 사실이었기 때문〉이다. 누이는 지성에 대
한 그의 〈압도적 숭배〉를 기억했고, 그 희고 높직한 이마에
근시였던 키 큰 소년이 자기 곁에 앉아서 〈조금도 짜증 난 기
색 없이 같은 설명을 몇 번이고 다시 해주며〉 라틴어 공부를

---

14 모두 기싱의 소설들이다.
15 영국 작가 로버트 켐프 필프Robert Kemp Philp(1819~1882)가 펴낸
실용서 시리즈 중 하나.

도와주던 일을 회상했다.[16]

그는 사실을 숭상했고 인상에는 둔감한 편이었으므로(언어도 빈약하고 은유적이지 않다), 소설가가 되기로 한 것이 잘한 선택이었는지는 의심스럽다. 온 세상이, 역사니 문학이니 하는 것으로 그의 정신을 초대하고 있었다. 그는 열심이 있고 지적이었다. 그래 봤자 셋방에 앉아서 〈우리 문명의 새로운 단계가 동터 오는 시기에 개선을 위해 분투하는 진지한 젊은 사람들〉[17]에 관한 소설을 지어내는 것이 고작이었지만 말이다.

하지만 소설이라는 예술은 무한한 수용력을 지닌 것이라, 1880년 무렵에는 〈진보된 급진당의 대변인〉이 되기를 원하는 작가, 자신의 소설을 통해 가난한 자들의 참혹한 상황과 사회의 가공할 불의를 보여 주려고 결심한 작가를 그 대열에 받아들일 준비가 되어 있었다. 다시 말해, 소설이라는 예술은 그런 책도 소설이라는 데 동의할 준비가 되어 있었다. 하지만 그런 소설이 읽힐지는 의심스러웠다. 스미스 엘더[18]의 원고 검토자는 그 상황을 간단히 요약했다. 그에 따르면 기싱 씨의 소설은 〈보통의 소설 독자를 만족시키기에는 너무 고통스러우며, 뮤디 대여 도서관 구독자들이 결코 좋아하지 않을 만한 장면들을 다루고 있다〉는 것이었다. 그래서 렌틸

16 작은 여동생 엘런의 회고.
17 1880년 1월 남동생 앨저넌에게 보낸 편지 중에서.
18 출판사 이름.

142

콩으로 연명해 가며, 이즐링턴 길거리에서 파라핀유 행상들의 외침을 들어 가며, 기싱은 책의 출판 비용을 자비로 부담했다. 새벽 5시에 일어나는 습관이 생긴 것도 그래서였다. 아침 식사 전에 M 군의 공부를 지도하기 위해 런던의 절반을 가로질러 걸어가야 했기 때문이다. 그렇게 문 앞에 당도했는데 다른 약속이 있다는 전갈이 내려올 때도 적지 않았고, 덕분에 현대판 『그럽 스트리트』의 음울한 삶의 연대기에 또 한 페이지가 추가되었다.[19] 그리하여 우리는 문학 속에 빽빽이 점철되어 있는 문제들 중 또 한 가지를 보게 된다. 작가는 렌틸 콩을 먹고 살며, 5시에 일어나 런던을 가로질러 걸어가서 M 군이 아직 잠자리에 있음을 알게 된다. 그래서 그는 삶의 실상을 폭로하는 자로 나서서 추함이 진리요 진리는 추함이라고, 그것이 우리가 아는 모든 것이요 알아야 하는 모든 것이라고 선언한다.[20] 하지만 소설이 그런 대접을 반기지 않는다는 것은 곳곳에서 표가 난다. 자신의 비참과 수족을 옥죄는 차꼬에 대한 불타는 의식을 활용하는 것, 인생 전반에 대한 감각을 날카롭게 하여 디킨스가 했듯이 어린 시절을 에워싸던 암담한 현실로부터 미코버 씨나 갬프 부인 같은

19 그럽 스트리트란 19세기 초까지 가난한 문인들, 군소 출판업자들과 서적상들이 모여 있던 동네이다.
20 존 키츠의 「그리스 단지에 붙이는 송가Ode on a Grecian Urn」에 나오는 〈아름다움이 진리요 진리는 아름다움이니, 그것이 너희가 지상에서 아는 모든 것이요 알아야 하는 모든 것〉이라는 구절에 빗댄 말.

눈부신 인물을 만들어 내는 것은 감탄할 만하다. 하지만 개인적 고통을 이용하여 독자의 공감과 호기심을 작가 자신의 개인적 경우에 묶어 두는 것은 형편없는 일이다. 상상력은 가장 일반화될 때 가장 자유롭다. 반대로 그것은 공감을 요구하는 개별적인 경우에 대한 고찰로 제한될 때 그 기세와 힘을 잃고 옹졸해지고 만다.

하지만 동시에, 작가와 그의 주인공을 동일시하는 공감은 대단히 강렬한 열정이다. 그것은 페이지를 한달음에 넘기게 만든다. 예술적으로는 별반 장점이 없는 것에 일시적으로나마 더 날카로운 예각을 부여한다. 비픈과 리어던[21]은 저녁 식사로 빵과 버터와 정어리를 먹었고, 기싱도 그랬으리라고 우리는 생각한다. 비픈의 코트는 저당 잡혔으며, 기싱의 것도 그랬을 것이다. 리어던은 일요일에 글을 쓸 수 없었고, 기싱도 마찬가지였다. 우리는 고양이를 사랑하는 것이 리어던인지, 풍금 소리를 좋아하는 것이 기싱인지 잊어버린다. 확실히 리어던도 기싱도 헌책방에서 기번의 책들을 샀으며, 안개 속을 뚫고 한 권씩 집으로 날랐다. 그런 식으로 우리는 유사성들을 계속 찾아내며, 소설과 편지를 뒤져 가며 그런 발견에 성공할 때마다 만족감을 느낀다. 마치 소설 읽기가 작가의 얼굴을 찾아내는 게임이라도 되는 것처럼 말이다.

그렇게 해서 우리는 하디나 조지 엘리엇을 아는 것과는 다

21 『뉴 그럽 스트리트』의 등장인물들.

른 방식으로 기싱을 알게 된다. 위대한 소설가는 자신의 인물들을 안팎으로 넘나들며 우리 모두에게 공통된 듯이 보이는 어떤 성분으로 그들을 감싸는 반면, 기싱은 고독하고 자기중심적이며 따로 떨어져 있다. 그의 빛은 그 언저리의 모든 것이 증기요 환영(幻影)인 날카로운 빛 중 하나이다. 하지만 이 날카로운 빛과 섞이며 독특하게 침투하는 한 줄기 빛이 있다. 기싱은 그의 편협한 시각과 빈약한 감수성에도 불구하고 정신의 힘을 믿는, 자기 인물들로 하여금 사고하게 하는, 극히 드문 소설가 중 하나이다. 이런 인물들은 그래서 대다수의 허구적 남녀 인물들과 다른 자세를 취한다. 열정의 위계질서가 약간 다르다. 사회적 속물주의는 존재하지 않는다. 돈을 원하는 것은 거의 전적으로 빵과 버터를 사기 위해서이며, 사랑조차도 두 번째 자리로 밀려난다. 그렇지만 두뇌는 작동하며, 그것만으로 우리에게 자유의 느낌을 주기에 충분하다. 사고하는 것은 복잡해지는 것이며, 경계를 뛰어넘고 〈인물〉이 되기를 그치며 개인의 삶을 정치와 예술과 사상의 삶으로 통합하는 것, 어느 정도 그런 것들에 의거한, 성적인 욕망만이 아닌 관계를 갖는 것이다. 이런 구도 안에서는 삶의 비개인적인 면에 정당한 자리가 부여된다. 〈왜 사람들은 삶에서 정말로 중요한 것에 대해 쓰지 않을까?〉라고 기싱은 등장인물 중 한 사람에게 외치게 한다. 그 예상치 못했던 외침에, 소설에 지워져 있던 버거운 짐이 떨어져 나간다. 이제 사랑에 빠지는 것(도 중요하기는 하지만) 이외의 이야기, 공작 부인과의 만찬(도 즐겁기는 하겠지만) 이외의 이야기를 하는 것이 가능할까? 기싱에게는 다윈이 살았고 과학이 발전하고 있다는, 사람들이 책을 읽고 그림을 감상한다는, 한때 그리스 같은 곳이 있었다는 한 가닥 인식이 번득인다. 그의 책을 읽는 것이 그토록 고통스러운 것은 이런 것들에 대한 의식 때문이다. 그의 책들이 뮤디 대여 도서관의 가입자들을 〈매혹〉하지 못한 것도 그 때문이다. 그의 책들이 지닌 독특한 암울함은 가장 고통당하는 사람들도 자신의 고통을 냉철한 인생관의 일부로 만들 능력이 있다는 사실에 기인한다. 느낌이 사라진 후에도 생각은 남는다. 그들의 불행은 개인적 불운보다 훨씬 장구한 어떤 것을 나타낸다. 그것은 인생관의 일부가 된다. 그러므로 기싱의 소설 한 편을 읽고 나면, 우리는 어떤 인물이나 사건이 아니라 생각 깊은 사람이 자기 눈에 비친 인생에 대해 던진 한마디 말을 기억하게 되는 것이다.

하지만 기싱은 항상 생각하고 있었던 만큼 항상 변화하고 있었다. 그가 우리의 관심을 끄는 이유의 상당 부분은 바로 그 점에 있다. 젊은 시절에 그는 〈우리 사회 체제 전반에 만연한 가공할 불의〉를 보여 주는 책을 쓰겠다고 생각했었다. 나중에 그는 생각이 달라졌으니, 그런 과업은 불가능했을 뿐더러 또 다른 취향들이 그를 다른 방향으로 이끌었다. 그는 마침내 〈절대적인 가치를 지닌 것 중에 유일하게 우리에게 알려진 것은 예술적 완벽함으로, 예술가의 작품은 세상을 건강하게 만드는 근원)이라고 생각하게 되었고 그렇게 믿었다.[22] 그러므로 세상을 더 낫게 만들고자 한다면, 역설적이게도, 우리는 세상에서 물러나 고독 가운데서 완벽한 문장을 쓰는 데 더욱 매진해야 한다. 글쓰기란 극도로 어려운 일이라고 기싱은 생각했다. 아마도 말년에 가서야 그는 〈웬만큼 문법적이고 제대로 조화를 이루는 한 페이지〉를 써낼 수 있을 터였다. 그가 멋지게 성공한 순간들도 있다. 예를 들어, 그는 런던 이스트엔드의 한 묘지를 이렇게 묘사한다.

여기 가공할 동쪽의 황량한 가장자리에서 무덤 사이를 헤매고 다닌다는 것은 필멸의 운명을 나타내는 삭막하고 눈 없는 표지들과 손잡고 가는 것이다. 비루한 운명의 냉혹한 짐 아래서 정신은 무너진다. 여기 수고를 위해 태어난 자들이 누워 있다. 수고로 인해 지칠 대로 지쳐서 무용한 숨결을 거두고 망각으로 넘어갈 수밖에 없는 자들이. 그들에게는 낮이 없고 전날 밤과 다음 날 밤 사이 겨울 하늘의 짧은 박명이 있을 뿐이다. 그들에게는 아무런 소원이 없으며 흙에 묻혀 기억될 가망도 없다. 그들의 자식들도 지친 나머지 그들을 기억하지 못한다. 그저 목숨을 부지하기 위해 수고하는 거대한 무리 가운데 구분되지 않는

22   1883년 5월 12일 마거릿에게 보낸 편지.

채, 누군가의 아비였고 어미였고 자식이었던 각 사람의 이름은 운명이 그렇듯 그들에게 인색했던 온기와 사랑에 대한 침묵의 외침일 뿐이다. 바람이 그들의 비좁은 셋방 위로 구슬프게 불어 간다. 빗방울이 떨어지자마자 스며드는 모래땅은 그들의 수고를 빨아들이고 그들의 존재를 곧장 지워 버리는 거대한 세상의 상징이다.

이런 묘사의 대목들은 소설의 곳곳에 흩뿌려져 있는 지저깨비 가운데서 석판처럼 단단하게 형체를 갖추고 거듭거듭 나타난다.

실로 기싱은 배우기를 그만두지 않았다. 베이커가의 기차들은 그의 창문 아래로 증기를 내뿜으며 지나갔고, 아래층 하숙인은 그의 방을 날려 보낼 정도로 심하게 코를 풀었으며, 하숙집 안주인은 무례했다. 식료품 가게 주인은 설탕을 배달해 주지 않아 그가 직접 나르게 만들었으며, 안개에 목이 상해 감기가 든 그는 3주씩이나 아무에게도 말을 할 수 없었다. 하지만 그래도 그는 펜을 들고 계속 써나가야 했으며, 이런저런 집안 걱정 때문에 마음이 비참하게 흔들렸다. 이 모든 일이 음울하고 단조롭게 계속되는 동안 — 그는 자신의 나약한 성품을 탓할 수밖에 없었다 — 파르테논의 기둥들과 로마의 언덕들이 여전히 안개와 유스턴 골목의 생선 가게들 위로 솟아올랐다. 그는 그리스와 로마에 꼭 가볼 작정이었다. 그리고 실제로 아테네에 갔고 로마를 보았다. 시칠리아에서 죽기 전에 투키디데스를 읽었다. 그의 주위에서 삶이 변하고 있었고, 삶에 대한 그의 시각도 변하고 있었다. 아마도 그 해묵은 지저분함, 안개와 파라핀유, 술 취한 하숙집 안주인이 유일한 리얼리티는 아닐 것이었다. 추함이 진리의 전부는 아니었다. 세상에는 아름다움의 요소도 있었다. 과거는 그 문학과 문명으로 현재를 굳건히 만든다. 어쨌든 장차 그가 쓸 책들은 빅토리아 여왕 시대의 이즐링턴이 아니라 토틸라[23] 시대의 로마에 관한 것이 될 터였다. 그는 부단한 사고 속에서 〈두 가지 형태의 지성을 구분해야 하는〉 지점에 이르고 있었다. 지적 능력만을 존숭할 수는 없었다. 하지만 사색의 지도 위에 자신이 도달한 지점을 표시하기도 전에, 자기 인물들의 경험을 그토록 공유해 왔던 그는 자신이 에드윈 리어던에게 부여했던 죽음을 공유했다. 〈인내, 인내〉라고 그는 죽어 가면서 곁에 서 있던 친구에게 말했다. 불완전한 소설가였지만, 대단히 교양 있는 사람이었다.

---

23 Totila(?~552). 동고트족의 사실상 마지막 왕. 동로마 제국의 유스티니아누스 1세와 전쟁을 벌여 패했다.

토머스 하디의 소설들[1]

　토머스 하디의 죽음으로 영국 소설에 지도자가 없어졌다고 말하는 것은, 누구나 첫손에 꼽을 만한, 우리의 존경을 받아 마땅한 다른 작가가 없다는 뜻이다. 그 자신은 결코 그런 인정을 구하지 않았지만 말이다. 그 세속에 물들지 않고 소박한 노인은 지금 같은 때 넘쳐나는 미사여구에 고통스러울 만큼 당황했을 것이다. 하지만 그가 살아 있는 동안은 소설이라는 예술을 존경받을 만한 일로 만든 소설가가 한 사람 있었다는 것이 틀림없는 진실이다. 하디가 살아 있는 동안은 그가 종사하는 예술을 천하게 여긴다는 것은 있을 수 없는 일이었다. 이것은 단순히 그의 남다른 천재성 때문만은 아니

1　1928년 1월 19일 『타임스 리터러리 서플러먼트』에 게재. 토머스 하디의 사망에 기한 글인데, 이미 1919년부터 의뢰받아 준비해 온 터였다. 하디는 울프의 아버지 레슬리 스티븐Leslie Stephen(1834~1904)과 친분이 있었고, 1926년 여름 울프는 하디를 직접 방문하기도 했다. 『보통 독자』제2권에 수록된 수정본을 옮겼다("The Novels of Thomas Hardy", *Essays V*, pp. 561~593).

며, 그의 겸손하고 성실한 인품과 도체스터 촌구석에서 일신의 영달을 구하지 않고 소박하게 보낸 삶에서 우러난 것이기도 했다. 이 두 가지 이유, 즉 그의 천재성과 그 재능 못지않았던 인간적 품성 때문에, 우리는 그를 예술가로서 기리는 동시에 그라는 사람에 대해 존경과 애정을 느끼지 않을 수 없었다. 하지만 이제 우리가 말하려는 것은 그의 작품에 대해, 너무나 오래전에 쓰인 터라 하디 자신이 오늘날의 시끄럽고 왜소한 세상과 동떨어진 만큼이나 요즘 소설들과는 동떨어져 보이는 소설들에 대해서이다.

하디의 소설가로서의 경력을 살펴보려면 우리는 한 세대이상 전으로 거슬러 올라가야 한다. 1871년, 서른한 살 때 그는 『필사적인 방책 *Desperate Remedies*』이라는 소설을 썼는데, 어느 모로 보나 아직 숙련된 솜씨는 아니었다. 그 자신의 말을 빌리자면 〈방법을 찾아 암중모색 중〉이었던 것이다. 자신에게 재능은 두루 갖추어져 있지만 그것이 어떤 재능이며 어떻게 사용하면 좋은지를 아직 발견하지 못했음을 스스로 의식하고 있었던 것 같다. 이 첫 소설을 읽는 것은 작가의 당혹감을 함께 나누는 일이다. 작가의 상상력은 강력하고 냉소적이다. 그는 독학으로 박식하며, 인물들을 창조할 줄은 알지만 다룰 줄은 모른다. 그는 분명 기법 상의 어려움으로 고생했던 듯한데, 더 특이한 것은 그가 인간 존재란 그들 외부에 있는 힘들에 놀아나기 마련이라는 그의 생각 때문인지 우연의 일치를 멜로드라마에나 어울릴 만큼 극단적으로 사용한다는 점이다. 그는 이미 소설이 장난감도 논증도 아니며 인간 남녀의 삶에 대해 거칠고 과격하나마 진실한 인상을 전달하는 수단이라는 신념을 갖고 있었다. 하지만 이 책에서 아마도 가장 두드러지는 특징은 페이지마다 울려 퍼지는 폭포 소리이다. 그것은 그의 후기작들에서 그토록 큰 비중을 차지하게 될 힘의 첫 발현이다. 그는 이미 세밀하고 숙달된 자연 관찰자임을 입증한다. 나무뿌리에 내리는 빗소리와 경작지에 내리는 빗소리가 다르다는 것을 그는 알고 있다. 나뭇가지 사이로 지나가는 바람 소리가 나무마다 다르다는 것도 안다. 하지만 그는 좀 더 넓은 의미의 자연, 힘으로서의 대자연을 의식하고 있다. 그는 자연 안에서 인간의 운명에 공감하거나 그것을 조롱하거나 무심한 방관자로 남는 어떤 영을 느끼는 것이다. 그에게는 이미 그런 감각이 있었다. 올드클리프 양과 시더리아에 관한 서투른 이야기[2]가 기억에 남는 것은 신들의 눈이 지켜보는 가운데 자연 앞에서 벌어지는 이야기이기 때문이다.

그가 시인임은 명백해졌을 테지만, 소설가인지는 아직 불확실했을지도 모른다. 하지만 그 이듬해에 『그린우드 나무

---

2 『필사적인 방책』의 여주인공 시더리아는 가난 때문에 미혼의 노부인 올드클리프 양의 하녀로 들어가 그녀의 사생아인 에이니어스 맨스턴과 결혼하지만, 진심으로 사랑했던 에드워드 스프링러브와 우여곡절 끝에 재결합한다.

아래서 *Under the Greenwood Tree*』가 발표되었을 때는, 〈방법을 모색〉하는 수고의 상당 부분이 극복되었음이 분명해졌다. 전작의 고집 센 독창성 같은 것이 사라졌다. 두 번째 작품은 첫 작품에 비해 완성미가 있고 매혹적이며 목가적이다. 작가는 시골집 텃밭이나 나이 든 농부 여인을 그리는 우리 영국 풍경화가 중 한 사람으로 발전했다고 해도 좋을 것이다. 그는 급속히 폐기되어 가는 구태의연한 방식이나 말들을 망각으로부터 건져 내어 보존하려고 뒤에 남아 서성이는 듯하다. 하지만 어떤 친절한 골동품 애호가가, 주머니에 현미경을 지닌 어떤 박물학자가, 언어의 변화상을 염려하는 어떤 학자가, 근처 숲속에서 올빼미에게 잡아먹히는 작은 새의 울음을 그토록 생생하게 들었을까? 그 울음소리는 〈침묵으로 넘어갔지만 결코 침묵과 섞이지는 않았다〉. 뒤이어 우리는 고요한 여름날 아침 저 멀리 바다에서 들려오는 포성과도 같은 이상하고 불길한 메아리를 듣는다. 하지만 이런 초기작들을 읽을 때면 그가 노력을 낭비하고 있다는 느낌이 든다. 하디의 천재성은 고집스럽고 제멋대로라, 한 가지 재능이 그를 휘두르다가 또 다른 재능이 그를 사로잡는다. 그것들은 좀처럼 한데 묶여 통솔되지 않는다. 실로 그런 것이 시인인 동시에 사실주의자인 작가의 운명이 될 만도 했다. 그는 들판과 구릉지의 충실한 아들이었지만 모든 것을 책으로 배운 자 특유의 회의와 의기소침에 시달렸으며, 옛날 방식과 소박한 시골 사람들을 사랑했지만 선조들의 믿음과 삶이 자기 눈앞에서 얇아져 유령처럼 투명해지는 것을 보아야만 했다.

이런 모순 위에, 자연은 균형 잡힌 발달을 저해할 만한 또 다른 요소를 더했다. 어떤 작가들은 나면서부터 모든 것을 의식하는 반면, 또 어떤 작가들은 많은 것을 의식하지 못한다. 헨리 제임스나 플로베르 같은 작가들은 자신에게 있는 재능들이 거둬들이는 것을 최대한 선용할 줄 알 뿐 아니라 창조 행위 가운데서도 자신의 천재성을 조절할 줄 안다. 그들은 각 상황의 모든 가능성을 알며 결코 기습당하지 않는다. 반면 디킨스나 스콧처럼 그런 의식이 없는 작가들은 미처 동의하기도 전에 난데없이 번쩍 들려서 밀려간다. 파도가 가라앉으면 그들은 대체 무슨 일이 왜 일어났는지 알지 못한다. 하디도 그런 작가들 중 한 사람이니, 그것이 그의 강점과 동시에 약점의 근원이다. 그의 이른바 〈비전의 순간들moments of vision〉이라는 말은 그가 쓴 모든 책에서 발견되는 그 놀라운 아름다움과 힘을 지닌 모든 대목을 정확히 묘사해 준다. 우리가 예상치 못했던, 그 자신도 통제할 수 없는 듯한 힘이 문득 활기를 띠면서 독특한 장면이 부각되는 것이다. 우리는 마치 그것만이 홀로 언제나 존재했던 것처럼, 패니의 시신을 실은 짐마차가 물방울이 뚝뚝 떨어지는 나무들 아래 길을 따라 가는 것을, 배가 터질 듯 부풀어 오른 양 떼가 클로버밭에서 버둥거리는 것을, 밧세바가 꼼짝 않고 서 있는 곳에서 트로이가 검을 휘둘러 그녀의 머리칼을 잘라내고 그녀의 가슴에 얹힌 애벌레를 꿰찌르는 것을 본다.[3] 눈앞에 생생하게 펼쳐지는 장면이지만, 눈만이 아니라 모든 감각이 참여한다. 그런 장면들은 차츰 우리 눈앞에 떠올라 그 선명함을 남긴다. 하지만 힘은 왔다가 가버린다. 비전의 순간 스쳐 가는 광휘 뒤에는 평범한 날빛이 길게 이어지며, 우리는 어떤 기술이나 재주로도 그 제멋대로의 힘을 붙잡아 더 잘 사용할 수 있었으리라고 믿을 수 없다. 그러므로 그의 소설들은 고르지 않다. 둔중하고 지루하고 무표정하지만, 결코 무미건조하지 않다. 그의 소설들에는 항상 일말의 무의식적인 요소가, 참신함의 후광이, 더없이 심오한 만족감을 주는 표현되지 않은 것의 언저리가 있다. 하디 자신은 자기가 하는 일을 미처 의식하지 못한 듯하며, 그의 의식 속에는 그가 끌어낼 수 있는 이상의 것이 들어 있어, 독자들이 그 의미를 십분 이해하고 그들 자신의 경험으로부터 그것을 보충하도록 남겨 둔 것만 같다.

이런 이유들로 인해 하디의 재능은 불확실하게 발전했고 성취도도 고르지 못했지만, 때가 되자 훌륭한 성과를 이루어

3   패니, 밧세바, 트로이는 모두 『성난 무리를 멀리 떠나*Far from the Madding Crowd*』의 주요 인물들이다. 인용된 대목들은 다소 생뚱맞아 보이는데, 시신을 실은 짐마차가 안개에 젖은 숲속을 뚫고 가는 장면(42장), 울타리를 뚫고 클로버밭에 들어간 양 떼가 클로버를 과식한 나머지 배에 가스가 차서 나뒹구는 장면(21장), 트로이가 밧세바를 유혹하기 위해 자신의 검술을 과시하는 장면(28장)이다.

냈다. 그 순간은 『성난 무리를 멀리 떠나』에서 완벽하고 충만하게 찾아왔다. 주제도 옳았고 방법도 옳았으니, 시인과 촌사람, 관능적인 인간과 음울하고 사색적인 인간, 학식 많은 사람, 이 모두가 일거에 동원되어 아무리 유행이 요동치더라도 위대한 영국 소설의 반열에 변함없이 자리 잡을 작품을 만들어 냈다. 우선, 하디가 다른 어떤 소설가보다도 탁월하게 구현할 수 있는, 물리적 세계에 대한 감각이 있다. 인간의 삶이라는 작은 세계를 둘러싼 풍경이 비록 무심하면서도 인간의 드라마에 깊고 엄숙한 아름다움을 부여하는 듯한 느낌 말이다. 죽은 사람들의 무덤과 양치기들의 오두막이 띄엄띄엄 흩어져 있는 어두운 구릉지가 하늘을 배경으로 솟아 있다. 바다의 파도처럼 완만하게, 굳건하고 영원하게, 무한히 멀리까지 굽이치면서 그 주름 안에 조용한 마을들을 품고 있다. 낮이면 연기 자락이 가느다란 기둥처럼 피어오르고, 밤이면 거대한 어둠 속에 등불이 켜지는 마을들이다. 거기 세상의 등성이에서 양을 치는 게이브리얼 오크[4]는 영원한 목동이다. 별들은 고대의 표지등이며, 그는 영원 전부터 양을 쳐 온 듯하다.

---

4 앞서 언급된 패니, 밧세바, 트로이와 함께 『성난 무리를 멀리 떠나』의 주요 인물 중 하나이다. 목동 게이브리얼은 밧세바를 사랑하지만, 허영심 많은 밧세바는 군인 트로이와 결혼한다. 트로이는 결혼 전의 연인 패니가 죽은 후에야 자신의 진심을 깨달으며, 우여곡절 끝에 밧세바는 게이브리얼과 결혼한다.

하지만 저 아래 골짜기의 땅은 온기와 삶으로 충만하다. 농장들은 분주하고, 헛간들은 가득가득 채워지고, 들판에는 소 떼와 양 떼의 울음소리가 요란하다. 자연은 풍요롭고 화려하고 탐욕스럽다. 아직 악의 없는 대자연은 여전히 노동자들의 어머니이다. 이제 처음으로 하디는 시골 사람들의 입을 통해 마음껏 유머를 발휘하며, 그럴 때 그의 유머는 가장 자유롭고 풍부하다. 잰 코건, 헨리 프레이, 조지프 푸어그래스[5]는 하루 일을 마치고 술집에 모여, 머릿속에 부글거리던 짓궂고도 시적인 유머를 풀어놓는다. 순례자들이 순례의 길을 터벅거리며 지나간 이래로 맥주잔을 앞에 놓고 펼쳐지던 유머이다. 셰익스피어와 스콧, 조지 엘리엇이 모두 그런 얘기에 귀 기울이기를 좋아했지만, 아무도 하디만큼 그들을 사랑하거나 이해하지는 못했다. 하지만 하디의 웨섹스 소설들[6]에서 농부들은 개인으로 부각되지 않는다. 그들은 공통된 지혜, 공통된 유머의 저장소요 영구한 삶의 원천이다. 그들은 남녀 주인공의 행동에 관해 논평하지만, 트로이나 오크나 패니나 밧세바가 들어왔다 나가고 떠나가는 동안, 잰 코건과

---

5 『성난 무리를 멀리 떠나』에 등장하는 농부들.
6 웨섹스Wessex란 519~927년 영국 남부에 있던 앵글로색슨족의 왕국 중 하나이다. 하디의 고향 도체스터가 속한 도싯주도 웨섹스의 일부였으므로, 그는 자기 소설들의 배경을 〈웨섹스〉라 불렀다. 『성난 무리를 멀리 떠나』, 『귀향The Return of the Native』, 『캐스터브리지의 시장The Mayor of Casterbridge』, 『숲 사람들Woodlanders』, 『더버빌가의 테스Tess of the d'Urbervilles』, 『이름 없는 주드Jude the Obscure』 등이 모두 웨섹스 소설들이다.

헨리 프레이와 조지프 푸어그래스는 그 자리에 남는다. 밤이면 술을 마시고 낮이면 밭을 간다. 그들은 영원하다. 우리는 여러 소설에서 거듭 그들을 만나며, 그들에게는 항상 무엇인가 전형적인 것이, 한 개인에게 속하는 특징들이라기보다 한 종족을 나타내는 성격과도 같은 것이 있다. 농부들은 건강한 정신의 위대한 성소요, 시골은 행복의 마지막 보루이다. 그들이 사라지면 종족에게는 희망이 없다.

오크와 트로이와 밧세바와 패니 로빈 등의 인물에서 우리는 제 몫을 하는 남녀 주인공을 만나게 된다. 하디의 소설들에는 작품마다 서너 명의 주역들이 마치 폭풍우의 힘을 유도하는 피뢰침처럼 우뚝 서 있다. 오크와 트로이와 밧세바, 유스테시아와 와일디브와 벤,[7] 헨처드와 루세타와 파프레이,[8] 주드와 수 브라이드헤드와 필럿슨[9] 등. 이들 그룹 사이에는 모종의 유사성도 있다. 그들은 개인으로 살며 제각기 다르지만, 또한 전형으로 살며 전형적인 유사성을 지닌다. 밧세바는 밧세바인 동시에 여자로서 유스테시아, 루세타, 수의 자매이고, 게이브리얼 오크는 게이브리얼 오크인 동시에 남자로서 헨처드, 벤, 주드의 형제이다. 밧세바는 아무리 사랑스럽고 매혹적이더라도 여전히 연약하며, 헨처드는 아무리 고집 세고 빗나간다 해도 여전히 강하다. 이것이

7 『귀향』의 등장인물들.
8 『캐스터브리지의 시장』의 등장인물들.
9 『이름 없는 주드』의 등장인물들.

하디의 근본적인 시각이요 그의 많은 작품들의 기조이다. 여성은 더 약하고 육욕적이며, 더 강한 자에게 매달려 그의 시야를 흐리게 한다. 하지만 그의 위대한 작품들에서 삶은 이 요지부동의 틀 너머로 얼마나 자유롭게 넘쳐흐르는가! 밧세바가 짐마차에 실린 화초들 사이에서 작은 손거울을 들여다보며 자신의 어여쁜 모습에 미소 지을 때, 우리는 이미 그녀가 얼마나 심한 괴로움을 겪을지, 그리고 다른 사람들에게도 괴로움을 주게 될지 알아차리거니와, 이렇게 우리가 알아차릴 수 있다는 것이 하디의 능력을 입증해 준다. 하지만 그 순간에는 인생의 모든 신선함과 아름다움이 들어 있다. 매번 그런 식이다. 그의 인물들은 남녀를 막론하고 그에게 무한히 매력적인 존재들로 보인다. 그는 남성들보다 여성들을 더 친절하게 배려하며, 그녀들에게 어쩌면 더 깊은 관심을 갖는 듯하다. 그녀들의 아름다움은 헛되고 운명은 가혹할지언정, 그녀들 안에 삶의 열기가 남아 있는 한 그녀들의 걸음은 활달하고 웃음소리는 감미롭다. 그녀들에게는 자연의 품에 안겨 자연의 장엄한 침묵 가운데 잠겨드는, 또는 일어나서 구름의 움직임과 꽃피는 숲속의 싱그러움과 하나가 되는 힘이 있다. 남성들은 여성들과는 달리 다른 인간 존재에 대한 의존 때문이 아니라 운명과의 갈등 때문에 고통당하는데, 그것이 우리의 더 엄격한 공감을 불러일으킨다. 게이브리얼 오크 같은 남자에 대해서는 일말의 염려조차 할 필요가 없다. 마음 편히 그를 사랑할 수는 없다 해도 우리는 그에게 존경심을 가질 수밖에 없다. 그는 자기 발로 굳건히 서 있으며 적어도 다른 남자들에게는 자기가 받는 것 못지 않게 매서운 타격을 입힐 줄 안다. 그에게는 교육이 아니라 성품에서 오는 선견지명이 있다. 그의 기질은 안정되어 있고 애정은 확고부동하며 역경이 닥쳐도 꿈쩍하지 않고 버텨 낼 줄 안다. 그 역시 꼭두각시가 아니다. 평소에는 수수하고 별 볼 일 없는 사람이며, 길거리를 지나가도 남의 눈길을 끄는 일이 없다. 한마디로, 우리는 하디의 인물들이 제 나름의 정열과 기벽들을 가진 우리와 다름없는 인간이라고 믿게 되니 이것이 진짜 소설가의 능력이요, 동시에 그들에게는 우리 모두와 마찬가지로 뭔가 상징적인 것이 있다고 믿게 되니 이것이 시인의 재능이다.

그렇듯 하디가 남녀 인물들을 창조하는 능력을 살펴볼 때, 우리는 그와 다른 작가들 사이의 깊은 차이를 뚜렷이 의식하게 된다. 우리는 그 많은 인물들을 돌아보면서 그들을 기억하게 하는 특징이 무엇인지 자문해 본다. 그들의 정열이 생각나고, 그들이 얼마나 깊이 서로를 사랑했는지, 때로는 얼마나 비극적인 결말에 이르렀는지도 생각난다. 밧세바에 대한 오크의 충실한 사랑과, 와일디브, 트로이, 피츠파이어 같은 남자들의 격렬하지만 일시적인 정열도 생각난다. 어머니에 대한 클림의 효성스러운 사랑도 생각나고, 엘리자베스 제인에 대한 헨처드의 부성애도 생각난다.[10] 하지만 우리는 그들이 어떤 식으로 사랑했는지는 기억하지 못한다. 그들이 어떻게 말했는지, 어떻게 한 걸음씩 한 단계씩 서로를 알게 되고 차츰 달라졌는지 기억하지 못한다. 그들의 관계는 단순히 지적인 염려나 그토록 얕아 보이면서도 깊은 직관의 섬세함들로 이루어져 있지 않다. 그의 모든 작품에서, 사랑은 인간의 삶을 형성하는 위대한 사실 중 하나이다. 하지만 그것은 대참사이기도 하다. 그것은 갑작스럽고 압도적으로 일어나며, 뭐라 말할 수 없는 일이다. 연인들 사이의 대화는 정열적이지 않을 때는 실제적이거나 철학적이다. 마치 일상적 임무를 수행하는 것이 서로의 감수성을 탐색하려는 욕망보다는 삶과 그 목적에 대해 질문하려는 욕망을 불러일으키거나 하는 듯하다. 설령 자신의 감정을 분석하는 능력이 있다 해도, 삶은 너무 휘몰아쳐 그들에게 그럴 시간을 주지 않는다. 그들은 삶의 무자비한 타격을, 운명의 기발한 재간과 갈수록 커지는 악의를 다루기 위해 온 힘이 필요하다. 그들에게는 인간 희극의 미묘함과 섬세함에 소모할 여력이 전혀 없다.

그래서 우리가 다른 소설가들의 작품에서 크게 감명받았던 요소들을 하디의 소설에서는 발견하지 못하리라고 단언하게 되는 때가 온다. 그에게는 제인 오스틴과 같은 완벽함이나 메러디스 같은 위트, 새커리 같은 폭넓은 시각, 톨스토

10 피츠파이어는 『숲 사람들』, 클림은 『귀향』에 나오는 인물이다.

이의 감탄할 만한 지적 능력 같은 것이 없다. 이처럼 위대한 고전 작가들의 작품은 몇몇 장면을 이야기와는 별도로 불변의 것으로 만드는 궁극의 효과가 있다. 우리는 그런 장면들이 이야기에 어떻게 영향을 미치는지 묻지 않으며, 그것들을 사용하여 그 주변에 있는 문제들을 해석하지도 않는다. 웃음, 낯 붉힘, 대여섯 마디의 대화, 그것으로 족하다. 우리 기쁨의 원천은 영구하다. 하지만 하디에게는 이런 집중도 완결성도 없다. 그의 빛은 인간의 심장을 곧장 비추기보다 그 위를 스쳐 어두운 황야로, 폭풍 속에 흔들리는 나무들에게로 가버린다. 다시 방 안을 돌아보면, 난롯가의 무리는 어느새 흩어지고 없다. 남자든 여자든 각기 혼자서 폭풍우와 싸우며, 다른 사람의 눈에서 벗어날 때 가장 자기 자신이 된다. 우리는 피에르나 나타샤, 베키 샤프를 알듯이[11] 그들을 알 수 없다. 우리는 그들이 지나가는 방문객에게, 정부 관리에게, 귀부인에게, 전쟁터의 장군에게 드러내는 그 모든 면모를 두루 알 수 없다. 우리는 그들의 생각의 복잡함과 뒤얽힘과 혼란을 알 수 없다. 지리적으로도 그들은 영국 전원의 늘 같은 공간에 머물러 있다. 하디는 자작농이나 농부를 떠나 그들보다 상위 계층을 묘사하는 일이 드물며, 어쩌다 그럴 경우에도 별로 신통한 효과를 거두지 못한다. 한가하고 교육받은

---

11 피에르와 나타샤는 톨스토이의 『전쟁과 평화』, 베키 샤프는 새커리의 『허영의 시장』에 나오는 인물.

사람들이 모이는, 그리하여 희극이 벌어지고 인물의 명암이 드러나는 응접실이나 클럽 룸이나 무도회장에서 그는 어색하며 불편하다. 하지만 그 반대 또한 사실이다. 우리는 그의 인물들을 상호 관계 속에서 알 수 없는 대신, 세월과 죽음과 숙명에 대한 관계에서 안다. 도회지의 조명과 군중 가운데서 분투하는 그들을 볼 수 없는 대신, 대지와 폭풍우와 계절과 드잡이하는 그들을 본다. 우리는 인류가 직면할 수 있는 가장 엄청난 문제들 중 몇몇을 마주하는 그들의 태도를 안다. 그들은 우리의 기억 속에 실제 인간보다 훨씬 거대한 모습으로 자리 잡는다. 우리는 그들의 세세한 특징이 아니라 위엄 있게 확대된 모습을 본다. 우리는 테스가 잠옷 바람으로 〈거의 제왕과 같은 위엄을 가지고서〉 세례 예식문을 읽는 것을 본다.[12] 우리는 마티 사우스가 〈추상적인 인류애라는 고상한 가치를 위해 자기 성의 속성을 무심히 거부한 존재〉와도 같이 윈터본의 무덤 위에 꽃을 놓는 것을 본다.[13] 그들이 하는 말에는 성서적인 위엄과 시정이 있다. 그들에게는 정의할 수 없는 힘, 사랑이나 증오의 힘이 있으니, 그것은 남자들에게서는 삶에 대한 반항의 원인이 되고 여성들에게서는 고통을 겪는 무제한적인 능력이 되는 힘이다. 이 힘이 인물을 지배

---

12 『더버빌가의 테스』의 주인공 테스는 사생아로 낳은 아기가 병들자 세례받지 못하고 죽을 것을 걱정한 나머지 자신이 직접 세례 예식을 거행한다.

13 『숲 사람들』의 주인공 가일스 윈터본이 죽자 그를 짝사랑하던 소녀 마티 사우스가 그의 무덤에 꽃을 놓는다.

하며, 그 뒤에 숨어 있는 더 섬세한 특징들을 굳이 들여다볼 필요가 없게 하는 것이다. 만일 우리가 하디를 그의 동료들 가운데 평가해야 한다면, 우리는 그를 영국 소설가들 중 가장 위대한 비극 작가라 불러야 할 것이다.

하지만 이제 하디의 철학이라는 위험 지대에 다가가게 되니, 조심하기로 하자. 상상력이 풍부한 작가를 읽을 때는 그의 작품에 적절한 거리를 유지할 필요가 있다. 특히 두드러진 개성이 있는 작가의 경우에는 그의 의견에만 집중하여 그의 신조를 단정하고 그를 일관된 시각에 붙들어 두기 쉽다. 쉽게 어떤 인상을 받았다고 해서 그것을 곧바로 결론으로 삼을 수 없다는 것은 하디의 경우에도 마찬가지이다. 깊은 인상을 받은 독자는 그 점을 설명하고 해석해야 한다. 작가의 의식적인 의도를 넘어서서 그가 미처 의식하지 못했을 더 깊은 의도를 파악해야 하는 지점이 어디인지도 알아내야 한다. 하디 자신도 이것을 알고 있었다. 소설이란 〈인상이지 논증이 아니다〉라고 그는 우리에게 경고했고, 또 이렇게 말했다. 〈정돈되지 않은 인상들에는 나름대로의 가치가 있다. 진정한 삶의 철학에 이르는 길은 우연과 변화 가운데 우리에게 주어지는 현상들에 대한 다양한 독해를 겸손하게 기록하는 데 있을 것이다.〉

그의 잘된 작품들은 우리에게 뚜렷한 인상을 남기는 반면, 그만 못한 작품들은 논증을 남긴다고 말해도 좋을 것이다.

『숲 사람들』, 『귀향』, 『성난 군중을 멀리 떠나』, 그리고 무엇보다도 『캐스터브리지의 시장』에서 우리는 하디가 의식적으로 정돈하지 않은 삶에 대한 인상을 본다. 그가 직접적 직관을 다듬으려 하면 그의 능력은 가버린다. 〈별들이 세계들이라고 했지, 테스 누나?〉라고 어린 에이브러햄은 벌통을 가지고 함께 장에 가면서 묻는다. 테스는 그것들이 〈우리 과수원 늙은 나무의 사과들 같다〉고 대답한다. 〈흠집 난 것도 좀 있지만 그래도 대체로 훌륭하지.〉 〈우리가 먹는 건 어느 쪽이야?〉 〈흠집 난 거.〉 그녀가, 또는 그녀의 가면 뒤에서 수심에 잠겨 있던 사색가가 그녀 대신 대답한다. 단어들은 차가운 날것으로, 피와 살만이 보이던 곳에서 마치 기계의 용수철처럼 튀어나온다. 순간 공감의 분위기는 무참히 박살 났다가, 잠시 후 말이 끄는 작은 달구지가 뒤집히며 우리 행성을 다스리는 아이러니의 구체적인 예를 맞이할 때 다시금 새로워진다.

그것이 『이름 없는 주드』가 하디의 가장 고통스러운 작품이요 비관주의라는 공격을 받을 만한 유일한 작품인 이유이다. 『이름 없는 주드』에서는 논증이 인상을 지배하도록 허용되며, 그 결과 작중의 비참함이 압도적이긴 해도 비극적이지 않다. 재앙이 연이어 일어나는 동안, 우리는 사회에 대한 고발이 공정하지 않다는, 또는 사실에 대한 깊은 이해 없이 진행되고 있다는 느낌이 든다. 여기에는 톨스토이가 사회를 비판할 때 그의 고발을 막강하게 만들던 인류에 대한 폭넓고 강력한 이해 같은 것이 전혀 없다. 여기서 우리는 신들의 크나큰 불의가 아니라 인간들의 쩨쩨한 잔인함이 드러나는 것을 본다. 『이름 없는 주드』와 『캐스터브리지의 시장』을 비교해 보면 하디의 진짜 능력이 어디 있는지 알 수 있다. 주드는 대학의 학장들과 복잡다단한 사회의 관습에 맞서 참담한 싸움을 계속하는 반면, 헨처드는 다른 사람에 맞서서가 아니라 자기 밖에 있는 어떤 것, 자신과 같은 야망과 능력을 가진 사람들을 방해하는 어떤 것에 맞선다. 아무도 그가 잘못되기를 바라지 않는다. 그가 해를 끼쳐 온 파프레이와 뉴슨, 엘리자베스 제인조차도 그를 동정하며 그의 강인한 인품에 탄복한다.[14] 그는 운명에 맞서는 것이니, 하디는 자기 과오로 인해 파멸하게 된 늙은 시장을 지지함으로써 우리로 하여금 그가 부당한 싸움에서 인간성을 편들고 있다고 느끼게 만든다. 여기에는 비관주의라고는 없다. 작품 전체에서 우리는 이 싸움의 숭고함을 알며, 그럼에도 그것은 가장 구체적인 형태로

14 『캐스터브리지의 시장』의 주인공 헨처드는 젊은 날 장터에서 술김에 아내 수전과 갓난아기인 딸 엘리자베스 제인을 선원 뉴슨에게 팔아 버린다. 정신이 들었을 때는 이미 늦어 행방을 찾을 수 없게 되고, 그는 평생 금주를 맹세한 덕분에 이후 성실한 곡물상으로 성공하여 시장의 자리에까지 오른다. 뉴슨이 바다에서 실종된 후 수전은 딸과 함께 헨처드에게 돌아오고, 헨처드는 수전과 다시 결혼하기 위해 루세타와의 혼약을 취소한다. 수전이 죽은 후 엘리자베스 제인이 자기 딸이 아니라 뉴슨이 전처에게서 낳은 딸임을 알게 된 헨처드는 그녀를 냉대한다. 한편 헨처드 덕분에 곡물상으로 성공한 파프레이는 루세타와 결혼하며, 헨처드는 이들의 사업을 망하게 하려다 오히려 자신의 파멸에 이르게 된다.

우리에게 제시된다. 헨처드가 장터에서 아내를 선원에게 파는 장면에서부터 에그던 히스에서 죽는 장면에 이르기까지, 이야기에는 엄청난 힘이 있으니, 유머는 힘차고 짜릿하며 움직임은 활달하고 자유롭다. 루세타의 결혼을 야유하는 시위, 헛간에서 벌어지는 파프레이와 헨처드의 싸움, 헨처드 부인의 죽음에 대해 컥섬 부인이 하는 말, 피터스 핑거 술집에서 — 자연이 여전히 배경 또는 신비한 전경이 되는 가운데 — 악당들이 하는 이야기 등은 영국 소설에서 가장 훌륭한 대목들이다. 짧고 부족하나마 각 사람에게 행복의 몫이 돌아가지만, 헨처드의 경우처럼 사람이 아니라 운명과 투쟁하는 한, 머리가 아니라 노천에서 몸으로 벌이는 싸움인 한, 그 싸움에는 위대함이, 긍지와 즐거움이 있다. 파산한 곡물 상인이 에그던 히스의 오두막에서 죽어 가는 대목은 살라미스 군주 아이아스의 죽음에 비견할 만하다. 거기서 우리는 진짜 비극적인 감정을 느끼게 된다.

이와 같은 힘 앞에서 우리는 우리가 소설에 적용하는 통상적인 기준이 유효하지 않다는 느낌이 든다. 위대한 소설가는 음악적인 산문의 대가라야 한다고? 하디는 전혀 그렇지 않았다. 그는 현명함과 타협할 줄 모르는 성실함으로 자신이 원하는 문장을 모색했으며, 때로 그런 문장은 잊을 수 없는 통렬함을 지닌다. 그게 안 되면, 그는 수수하고 둔탁한 구닥다리 문장, 때로는 울퉁불퉁하고 때로는 책에서 읽은 것처럼 복잡다단한 문장으로도 어떻게든 꾸려 나갔을 것이다. 문학 작품 중에서 스콧의 문체를 제외하면 그렇게 분석하기 힘든 문체도 없다. 그것은 표면적으로는 형편없는데도 그 목표를 어김없이 달성한다. 그의 문체를 분석한다는 것은 진창이 된 시골길의 매력이나 뿌리만 남은 겨울 들판의 매력을 합리화하려는 것이나 마찬가지이다. 하지만 그런 가운데서, 마치 도체스터 그 자체와도 같이, 그 뻣뻣하고 울퉁불퉁한 요소들로부터 그의 산문은 위대성을 획득한다. 마치 라틴어와도 같이 낭랑하게 울려 퍼지며, 그 헐벗은 구릉지와도 같이 육중하고 기념비적인 균형에 도달하게 된다. 그러면 또 다른 기준을 제시할 것인가? 소설가는 개연성을 준수하고 리얼리티에서 멀어지지 말아야 한다고? 하디의 플롯들이 갖는 과도함이나 복잡함에 비근한 예를 발견하려면 엘리자베스 시대의 연극으로 돌아가야 할 것이다. 하지만 우리는 그의 이야기를 읽어 나가면서 아무 거부감 없이 받아들인다. 그뿐만 아니라 그의 과도한 멜로드라마는 — 그것이 기괴함 그 자체에 대한 촌사람다운 별난 애정에서 기인하는 것이 아닐 때는 — 삶에 대한 어떤 독해도 삶 자체의 기이함을 능가할 수 없다고, 어떤 변덕과 비이성의 상징도 인생이라는 경악할 상황을 나타내기에는 너무 극단적이지 않다고 보는, 강렬한 아이러니와 암울함을 지닌 사나운 시 정신의 일부임이 명백하다.

하지만 웨섹스 소설들의 장대한 구조를 감안한다면, 이 인물, 저 장면, 이 깊고 시적인 아름다운 어구 등 사소한 점들에 연연하는 것은 부적절해 보인다. 하디가 우리에게 물려준 것은 그보다 큰 무엇이다. 웨섹스 소설들은 한 권이 아니라 여러 권으로 된 작품이다. 그 범위가 워낙 광대하다 보니 불가피한 결점들로 가득 차 있다. 어떤 것들은 그저 실패이고, 또 어떤 것들은 지은이의 천재성의 그릇된 면만을 드러낸다. 하지만 웨섹스 소설들에 자신을 완전히 내맡긴 후에 그 전체에 대한 인상을 추려 보면, 그 효과가 웅대하고 만족스럽다는 것은 의심할 수 없다. 우리는 삶이 부과하는 옹색함과 왜소함에서 해방된다. 상상력은 한껏 확대되고 고양되며, 유머 감각도 십분 만족되어 실컷 웃게 되고, 지상의 아름다움을 실컷 들이마시게 된다. 또한 우리는 비감하고 사색적인 한 영혼의 속내로 들어서게 되는 바, 이 영혼은 가장 슬픈 순간에도 엄정한 강직함으로 자신을 버티며 가장 분노로 내몰린 순간에도 타인의 고통에 대한 깊은 연민을 잃지 않는다. 그러므로 하디가 우리에게 남겨 준 것은 단순히 특정 시기와 장소에 국한되는 삶의 기록이 아니다. 그것은 강력한 상상력과 심오하고 시적인 천재성을 가진, 온화하고 인간적인 영혼이 바라본 세계와 인간 운명의 비전이다.

루이스 캐럴[1]

　　루이스 캐럴[2] 전작집이 넌서치 출판사에서 발간되었다. 자그마치 1,293쪽의 두툼한 책이다. 그러니 변명의 여지가 없다. 루이스 캐럴은 이제야말로 최종적으로 완결되어야 한다. 우리는 그의 전부를 온전히 파악할 수 있어야 한다. 하지만 그러지 못한다. 이번에도 또 실패다. 루이스 캐럴을 잡았다고 생각하지만, 다시 보면 옥스퍼드의 성직자이다. 또는 C. L. 도지슨 신부[3]를 잡았다고 생각하는데, 다시 보면 요술쟁이 요정이다. 이 책은 우리 손안에서 두 쪽이 나버린다. 그

　1　1939년 12월 9일 『뉴 스테이츠먼 앤드 네이션*New statesman and Nation*』의 성탄절 도서 특집에 실린 글. 1939년 넌서치 출판사에서 출간된 『루이스 캐럴 전집*The Complete Works of Lewis Carroll*』에 대한 서평이다 ("Lewis Carroll", *Essays Ⅵ*, pp. 210~212).

　2　Lewis Carroll(1832~1898). 영국 작가. 『이상한 나라의 앨리스*Alice's Adventures in Wonderland*』의 저자. 옥스퍼드에서 수학과 문학을 공부했고, 수학 교수가 되기도 했다.

　3　루이스 캐럴의 본명은 찰스 럿위지 도지슨Charles Lutwidge Dodgson이다. 그는 1861년엔 영국 성공회의 부제deacon가 되었다.

것을 도로 이어 붙이려면 삶으로 돌아가야 한다.

하지만 도지슨 목사에게는 삶이라는 것이 없다. 그는 이 세상을 어찌나 가볍게 지나가 버렸는지 아무런 흔적도 남기지 않았다. 그는 너무나 순순히 옥스퍼드로 녹아 들어갔기에 눈에 띄지 않는다. 그는 모든 관습을 받아들였고, 얌전하고 좀스럽고 경건하고 익살맞다. 만일 19세기 옥스퍼드 교수들에게 본질이라는 것이 있다면, 그야말로 그 본질이었다. 그는 너무나 착해서 누이들의 칭송을 받았으며, 너무나 순수하여 조카도 그에 대해 아무 할 말이 없었다.[4] 루이스 캐럴의 생애에 실망의 그림자가 드리워졌을 수도 있다고 조카는 언뜻 비쳤을 뿐이다. 도지슨 씨는 대번에 그런 그림자를 부인한다. 〈내 삶에는 아무런 시련이나 고생이 없었다〉라고 그는 말한다. 하지만 이 물들이지 않은 젤리에도 완벽하게 단단한 수정이 들어 있었다. 어린 시절이 들어 있었던 것이다. 이것은 아주 이상한 일이니, 어린 시절은 보통 천천히 시들기 때문이다. 소년이나 소녀가 자라 남자나 여자가 된 후에도 어린 시절의 부스러기는 남는다. 어린 시절은 때로는 낮에, 좀 더 흔히는 밤에 돌아온다. 하지만 루이스 캐럴에게는 그렇지 않았다. 무슨 이유에선지 모르지만, 그의 어린 시절은 선명하게 분리되어 있다. 그것은 그 안에 온전하게 자리 잡았다.

4   조카인 스튜어트 도지슨 콜링우드Stuart Dodgson Collingwood (1870~1937)는 루이스 캐럴의 전기 『루이스 캐럴의 생애와 문학The Life and Letters of Lewis Carroll(Rev. C. L. Dodgson)』을 집필했다.

그는 그것을 흩어 버릴 수 없었다. 그러므로 그가 나이가 들면서 그의 존재 중심의 이 장애물, 순수한 어린 시절이라는 이 단단한 덩어리가 성숙한 남자에게 영양을 차단했다. 그는 그림자처럼 어른들의 세계를 미끄러져 지나갔다. 그 그림자는 오직 이스트본의 바닷가에서 앞치마에 안전핀을 채워 주어야 하는 어린 소녀들과 함께 있는 동안에만 실체를 얻었다. 하지만 그의 안에는 어린 시절이 온전하게 남아 있었으므로, 그는 다른 아무도 일찍이 하지 못한 일을 할 수 있었다. 즉, 그는 그 세계로 돌아가 그것을 재창조할 수 있었고, 그 덕분에 우리도 다시 어린아이가 된다.

우리를 어린아이로 만들기 위해, 그는 먼저 우리를 잠들게 한다. 〈아래로, 아래로, 아래로, 아무리 내려가도 끝나지 않을 건가?〉 아래로, 아래로, 우리는 떨어져서 저 무시무시하고 뒤죽박죽인, 하지만 완벽하게 논리적인 세상에 도달한다. 그곳에서는 시간이 질주하다가 멈춰 서고, 공간이 마냥 뻗어 나가다 줄어든다. 그것은 잠의 세계요 또한 꿈의 세계이다. 아무런 의식적 노력 없이도 꿈은 찾아온다. 하얀 토끼와 바다코끼리와 목수가 차례로 서로서로 모습을 바꾸어 가며 우리 마음속을 가로질러 깡충거리며 뛰어간다. 그러므로 두 권의 앨리스[5]는 어린아이들을 위한 책이 아니라 우리를 어린

5 『이상한 나라의 앨리스』와 그 속편인 『거울 나라의 앨리스 *Through the Looking-Glass and What Alice Found There*』를 말한다.

아이로 만드는 책들이다. 윌슨 대통령,[6] 빅토리아 여왕, 그리고 『타임스』의 수석 작가인 고 솔즈베리 경[7] 할 것 없이, 아무리 나이가 많건 명성이 자자하건 하찮은 인물이건 간에, 모두 어린아이로 돌아가는 것이다. 어린아이가 된다는 것은 문자 그대로를 받아들이는 것, 모든 것이 낯설고 기이하여 아무것에도 놀라지 않는 것이다. 무정하고 냉혹하지만 또한 너무나 열정적이라 슬쩍 무시당하는 것만으로도 온 세상이 그늘에 잠기는 것이다. 이상한 나라의 앨리스가 되는 것이다.

그것은 거울 나라의 앨리스가 되는 것이기도 하다. 그것은 세상을 거꾸로 보는 것이다. 수많은 위대한 풍자가와 모럴리스트들이 우리에게 세상을 거꾸로 보여 주었고, 우리로 하여금 어른들이 보듯 야만적으로 그것을 보게 만들었다. 루이스 캐럴만이 우리에게 세상을 어린아이가 보듯 거꾸로 보게 해주었다. 어린아이가 웃듯이 무책임하게 웃게 만들었다. 순수한 넌센스의 수풀 아래서 우리는 깔깔거리며 뒹군다.

그들은 골무를 가지고서 그걸 찾았다네, 조심스럽게 찾았다네.

포크와 희망을 가지고 찾아다녔다네…….

6   Woodrow Wilson(1856~1924). 1913~1921년 재임한 미국 대통령.
7   Robert Gascoyne-Cecil, 3rd Marquess of Salisbury(1830~1903). 솔즈베리 3대 백작. 수차례 수상 직을 수행했다.

그러다 우리는 깨어난다. 『이상한 나라의 앨리스』에서 어떤 장면 전환도 그만큼 기묘하지는 않다. 잠이 깨어 보니, 이건 C. L. 도지슨 신부인가? 루이스 캐럴인가? 아니면 둘이 합친 것인가? 그렇게 합성된 것은 영국 소녀들을 위해 셰익스피어의 바우들러[8] 판본을 만들고자 함인가? 소녀들이 연극 구경을 갈 때에 죽음에 대해 생각해 보라고, 그리고 항상 〈인생의 참된 목표는 인성의 계발〉임을 깨달으라고 간청하는 것인가? 그렇다면 이 1,293쪽 안에도 〈완결〉 같은 것이 있겠는가?

---

8   Thomas Bowdler(1754~1825). 영국 편집자로, 셰익스피어의 작품에서 도덕상 부적절하다고 생각되는 대목을 삭제하여 『가정용 셰익스피어*The Family Shakespeare*』(전10권)를 출판했다.

심리 소설가들[1]

─ 헨리 제임스, 마르셀 프루스트, 도스토옙스키

『메이지가 알고 있었던 것*What Maisie Knew*』[2]을 집어 들 때면, 정말이지 온 세상을 두고 온 듯한 이상한 느낌이 든다. 디킨스나 조지 엘리엇의 소설에서 걸리적거리기는 해도 우리를 떠받치고 다잡아 주던 버팀대가 없어진 듯한 느낌 말이다. 지금까지 그토록 기민하게 작동하던 시각(視覺), 끊임없이 들판과 농가와 얼굴들을 스케치하던 감각이 사라진 듯이, 또는 그 힘이 바깥세상보다는 마음속을 조명하는 데 사용되는 듯이 보인다. 헨리 제임스는 정신적 상태를 구체화하기

---

1 1929년 5~6월 세 번에 나누어 『북맨*Bookman*』에 연재한 「소설의 변화상Phases of Fiction」에서 발췌. 울프는 1925년 가을부터 호가스 출판 문학 강연 시리즈의 일환으로 낼 〈소설에 대한 이론서〉로 이 글을 구상했으며, 소설의 통시적 발전보다는 그 다양한 측면들을 〈진실을 말하는 이들〉, 〈낭만주의자들〉, 〈인물을 만드는 이들과 희극 작가들〉, 〈심리 소설가들〉, 〈풍자 및 판타지 작가들〉, 〈시인들〉로 나누어 고찰하고자 했다. 단행본 출간을 고려했던 만큼 긴 글이므로 일부만 발췌하여("The Psychologist", *Essyas V*, pp. 63~71) 옮긴다.
2 헨리 제임스의 소설.

위해 마음의 작용에 해당하는 외적 등가물을 발견해야만 한다. 그래서 그는 가령 이렇게 말한다. 그녀는 〈쓴 것을 위해 준비된 그릇, 지독히 시고 떫은 것이 담겨 섞이는 깊고 작은 도자기 컵〉이었다고. 그는 언제고 이런 지적인 이미지를 사용한다. 흔히 작가에 의해 표현되거나 관찰되는 통상적인 지지물들, 관습적인 버팀대들이 제거된다. 모든 것이 개입할 수 없이 동떨어져 있고, 눈에 보이는 지지대가 없는데도 얼마든지 논쟁과 빛을 향해 열린 듯이 보인다. 이 세계를 이루는 마음들은 묘하게 자유로워 보이는 것이, 낡고 거추장스러운 구속에서 풀려나 상황의 압박을 넘어선 듯하다.

디킨스나 조지 엘리엇이 사용했던 낡은 장치 중 어떤 것도 더는 위기를 창출하지 못한다. 살인, 강간, 유혹, 갑작스러운 죽음 등은 이 높고 요원한 세계에 아무런 힘도 행사할 수 없다. 이곳에서 사람들은 섬세한 영향들 ― 사람들이 서로에 대해 생각하지만 거의 말하지 않는 것이나, 시간이 남아도는 사람들이 내리고 적용하는 판단 같은 것 ― 에만 좌우된다. 결과적으로, 이 인물들은 디킨스나 조지 엘리엇의 실질적이고 육중한 세계나 제인 오스틴의 세계를 촘촘히 수놓는 정교한 관습으로부터 멀찍이 떨어져, 진공 속에 떠 있는 듯하다. 그들은 생계를 꾸리는 일로부터 완전히 풀려난 사회가 자기 주위에 마냥 둘러치는, 의미의 가장 섬세한 색조로 짜인 고치 안에서 산다. 대번에 우리는 지금까지 잠들어 있던 기능들, 말하자면 퍼즐을 풀 때와도 같은 기발한 재주와 정신적 민활함을 사용하고 있다고 느낀다. 우리의 쾌감은 섬세하게 가지 쳐나가며, 덩어리로 우리에게 제공되는 대신 무한히 분화한다.

메이지라는 어린 소녀가 양친 사이 불화의 핵심이다. 그들은 각기 여섯 달씩 그녀를 데리고 있으려 하지만, 각기 두 번째 남편 또는 아내와 결혼한다. 메이지는 오가는 암시와 추측들 밑에 깊이 잠겨 있으며, 그래서 그녀의 모든 느낌은 굴절되어 다른 사람의 마음을 거쳐서만 우리에게 도달한다. 그러므로 그녀는 우리에게 아무런 직접적이고 단순한 감정을 불러일으키지 않는다. 우리는 그 감정이 다가오는 것을 지켜보고, 이제는 오른쪽, 이제는 왼쪽, 하고 그 경로를 계산할 시간이 있다. 냉정한 흥미와 궁금증으로 매 순간 우리의 감각을 한층 더 세련시켜 정교한 지성에 걸려드는 모든 것을 우리 안의 한 구역에 모으면서, 우리는 이 작은 세계 위에 떠서 지적인 호기심을 가지고 사건을 지켜본다.

우리가 얻는 즐거움이 덜 직접적이며 즐거움이나 슬픔에 공감할 수 있는 부분이 적다는 사실에도 불구하고, 이런 소설에는 좀 더 직접적인 작가들이 주지 못하는 섬세함과 감미로움이 있다. 왜냐하면 이 박명의 지대에서는 백주 대낮이면 사라지고 마는 무수한 정서적 음영들이 지각되기 때문이다.

이 섬세함과 감미로움 외에도 또 다른 즐거움이 있으니,

그것은 우리 마음이 등장인물들과 공감해야 한다는 소설가의 끊임없는 요구로부터 풀려날 때 생겨나는 즐거움이다. 실제 삶에서 요구되는 반응들을 끊어 버림으로써, 소설가는 우리를 해방하여 아플 때나 여행할 때처럼 사물 그 자체에서 마음껏 즐거움을 누리게 한다. 우리는 함몰되어 있던 습관에서 벗어날 때 비로소 사물의 낯섦을 볼 수 있으니, 그렇게 바깥에 서서, 더는 어떤 식으로도 우리에게 힘을 행사하지 못하는 것들을 지켜본다. 그러면 마음이 움직이는 것이 보이고, 그것이 일정한 패턴들을 만들어 내는 것에 흥미가 동한다. 사물들 사이에, 습관이나 일상적인 충동에 의해 행동할 때는 눈치채지 못했던 불일치들 사이에 관계가 생겨나는 것이다. 그럴 때 느끼는 즐거움은 수학이나 음악이 주는 즐거움과도 비슷하다. 물론 소설가는 남녀 인물들을 주제로 사용하므로, 수(數)나 소리의 비인격성과는 반대되는 느낌을 자극한다. 사실 그는 그들의 자연스러운 느낌을 무시하고 억압하는 듯이, 그들을 어떤 〈인위적인〉 — 이라고 우리는 다소 불만스럽게 부르지만, 예술의 인위성을 부인할 만큼 어리석지는 않다 — 계획 속으로 몰아넣는 듯이 보이기도 한다. 소심함에서든 근엄함에서든 아니면 대담한 상상력이 부족해서든, 헨리 제임스는 자신에게 소중한 균형을 이룩하기 위해 주제의 중요성과 흥미를 감소시킨다. 그의 독자들은 이 점이 불만스럽다. 우리는 그가 요령 좋은 흥행사처럼 인물들을 능숙하게 조종하는 것이 느껴진다. 좀 더 심오하거나 대담한 작가라면 자신의 주제가 담고 있는 위험을 받아들여 돛을 활짝 부풀렸을, 그리하여 어쩌면 그 자체로서도 즐거운 조화와 균형을 획득했을 곳에서, 그는 꼬집고 억누르고 재간 좋게 회피하고 무시한다.

그럼에도 헨리 제임스의 위대함은 우리에게 그토록 명확한 세상, 너무나 분명하고 독특하여 우리가 만족한 채로 있지 못하고 그 비상한 지각들로 더욱 실험하고 싶게 만드는 아름다움을 주었다는 것이다. 우리는 더 이해하기를 원하지만, 작가가 따라다니며 일일이 가르치는 것이나 그의 의도, 그의 조바심으로부터는 자유롭기를 원한다. 이런 욕망을 만족시키기 위해 우리는 프루스트의 작품으로 향한다. 그에게서 우리는 대번에 공감이 확장되는 것을, 너무나 드넓게 확장되어 애초의 대상마저 잃게 만드는 것을 보게 된다. 만일 우리가 모든 것을 의식하게 된다면, 어떻게 무엇인들 포착할 수 있겠는가? 헨리 제임스의 세계가 디킨스와 조지 엘리엇의 세계에 비해 물질적 경계가 없는 것처럼 보인다면, 모든 것이 생각에 열려 있어서 수십 가지 의미의 음영을 받아들일 수 있다면, 프루스트의 세계에서는 조명과 분석이 아예 그런 경계 너머로 실려 간다. 무엇보다도, 미국인인 헨리 제임스에게는 그 세련된 도회성에도 불구하고 낯선 문명 가운데서 편치 못한 그 자신이 예술의 힘으로도 결코 완벽하게 극복할 수 없는 장애물로 작용한다. 그에 비해, 자신이 묘사하는 문명의 산물인 프루스트는 극히 유연하고 수용적이라 마치 얇고 유연한 외피처럼, 얼마든지 넓게 늘어나며 어떤 시각을 강화하기보다는 한 세계를 감싸는 데 쓰이는 외피처럼 느껴진다. 그의 온 우주는 지성의 빛으로 충만하다. 전화 같은 극히 평범한 사물도 단순성과 견고함을 잃어버리고 삶의 일부로 투명해진다. 엘리베이터를 타고 올라가거나 케이크를 먹거나 하는 일상적인 행동도 무심히 이루어지지 않고, 그 과정 안에서 일련의 생각과 감각과 사상과 추억을 불러일으킨다.

이 모든 것으로 우리는 무엇을 할 것인가? 이런 전리품들이 우리 주위에 쌓여 갈 때, 우리는 묻지 않을 수 없다. 정신은 감각들을 연이어 수동적으로 받아들이는 것으로 만족할 수 없다. 그것들로 무엇인가 행해져야 하고, 그 풍요로움에는 형태가 부여되어야 한다. 그렇지만 처음에는 이런 활력이 너무나 풍부해져서 길을 가로막고 우리 발목을 잡는 것만 같다. 우리가 가장 서둘러 가야 할 때, 뭔가 기묘한 것이 우리 길을 가로막는다. 우리는 멈춰 서서 억지로라도 보아야 한다.

가령 어머니가 그를 할머니의 임종 자리로 오라고 불렀을 때, 화자는 〈잠에서 깨면서 《나는 자고 있지 않았어요》라고 대답했다〉고 말한다. 그러고는, 그런 위기 속에서도 그는 잠시 멈추어 왜 우리는 잠에서 깨는 순간 그렇듯 자고 있지 않았다고 생각하는지를 차분히 설명한다. 설명이 회상 속의 〈나〉가 아니라 화자에 의해 비인격적으로, 말하자면 다른 각도에서 제공되는 만큼, 그런 중단은 한층 더 뚜렷해지며, 옆방에서 죽어 가는 할머니에 초점을 맞추어야 하는 상황의 급박함까지 더해져 정신에는 더 큰 부담이 된다.

프루스트를 읽는 어려움의 상당 부분은 이처럼 부단한 우회에서 온다. 프루스트에게서는 개개의 중심점을 둘러싸고 너무나 동떨어지고 갈피를 잡을 수 없는 사물들이 모여들므로, 그런 집적 과정은 점차적이고 복잡다단하며, 그 사물들이 이루는 최종적 관계는 극히 파악하기 어렵다. 그것들에 대해 생각해야 할 것이 예상보다 훨씬 더 많다. 관계는 다른 사람과의 관계만이 아니라 날씨, 음식, 옷, 냄새, 예술, 종교, 과학, 역사, 그 밖에 무수한 다른 영향들과의 관계이니 말이다.

만일 의식을 분석하기 시작한다면, 그것은 수천 가지 작고 무관한 생각들, 온갖 부스러기 지식들로 가득 찬 생각들의 영향을 받는다는 점이 발견될 것이다. 그러니 〈나는 그녀에게 키스했다〉처럼 극히 평범한 것을 말하려 할 때는, 키스란 무엇을 의미하는가를 묘사하는 어려운 과정으로 구구절절 넘어가기에 앞서 먼저 어떻게 소녀가 해변의 데크체어에 앉아 있는 남자에게 다가왔는가를 설명하면 좋을 것이다. 할

머니의 죽음이나 공작 부인이 마차를 타려다가 옛 친구 스완의 부음을 듣게 되는 것 같은 극적인 상황에서는 장면을 구성하는 감정들의 가짓수가 훨씬 더 많으며, 그 감정들 자체도 소설가가 우리 앞에 제시했던 다른 어떤 장면에서보다 조화롭지 않고 관계가 복잡하다.

또한, 길 찾는 데 도움을 요청한다 해도, 도움이 통상적인 경로로 오지는 않는다. 우리는 영국 소설가들이 그토록 자주 말하듯 한쪽 길은 옳고 다른 길을 틀렸다는 말을 듣지 못한다. 모든 길이 유보나 편견 없이 열려 있다. 느껴질 수 있는 모든 것이 말해질 수 있다. 프루스트의 마음은 시인의 공감과 과학자의 초연함으로, 그것이 느낄 수 있는 모든 것을 향해 열려 있다. 지시나 강조, 옳다는 말을 듣는 것, 조심하라는 주의를 듣는 것 등이 이 심오한 밝음 위에 그림자처럼 드리워져 그 일부를 우리 시야에서 가리고 만다. 그의 책의 통상적인 재료는 이런 지각의 깊은 저수지로 이루어진다. 그의 인물들은 이런 깊이로부터 나와, 마치 파도처럼 일어났다가 부서져서 그들을 태어나게 했던 생각과 논평과 분석의 움직이는 바다로 다시금 가라앉는다.

그러므로 돌이켜 보면, 프루스트의 인물들은 여느 소설 속의 인물들만큼이나 지배적이기는 해도, 다른 재료로 만들어진 듯하다. 생각과 꿈, 앎이 그 일부이다. 그들은 온전히, 거의 제 키 이상으로 자랐으며, 그들의 행동에는 아무 제약이 없는 것만 같다. 그들을 제자리에 둘 수 있도록 도와줄 길잡이를 찾고자 한다면, 그런 길잡이의 부재에서나 찾을 수 있을 것이다. 어쩌면 공감이 간섭보다, 이해가 판단보다 더 가치가 있으니 말이다. 사색가인 동시에 시인인 프루스트는 종종 극단적으로 세밀한 관찰에 연이어 생생하고 아름답고 화려한 시각적 이미지를 제공한다. 마치 마음이 그 힘을 가능한 한 멀리 분석 쪽으로 실어 갔다가 갑자기 공중으로 솟구쳐 올라, 높은 곳에서부터 동일한 사물에 대한 다른 시각, 은유적인 시각을 열어 주는 것만 같다. 이런 이중적 비전이 프루스트의 인물들과 그들이 솟아나는 온 세상을 평면이 아니라 구체(球體)로 보이게 한다. 우리 앞에 평평하게 놓인 장면은 그 전부가 한눈에 들어오지만, 구체의 한쪽은 늘 숨겨져 있는 것이다.

이 점을 좀 더 명확하게 하기 위해, 또 다른 외국 작가, 그 역시 의식을 뿌리에서부터 표면까지 조명하는 힘을 가진 작가를 살펴보아도 좋을 것이다. 프루스트의 세계로부터 도스토옙스키의 세계로 넘어가자마자, 우리는 그 현격한 차이에 잠시 놀라게 된다. 프랑스인에 비하면 러시아인은 얼마나 적극적인가. 그는 가감 없이 확연한 대조들을 사용하여 인물과 장면을 만들어 낸다. 〈사랑〉이나 〈증오〉 같은 극단적인 말들이 너무나 아낌없이 사용되므로 우리는 그 둘 사이의 거리를 주파하기 위해 상상력을 달려야 한다. 문명의 그물이 여기서는 아주 거칠고 성글다는 것을 느끼게 된다. 인물들은 파리에서 제각기 갇혀 있던 것에 비하면 아주 활달하다. 이쪽저쪽으로 몸을 던지며 손짓 발짓을 하고 야유와 고함을 내지르며 분노와 흥분의 발작에 빠져든다. 그들의 자유는 격정이 주는 자유이니, 그들은 일체의 주저와 조심과 분석으로부터 자유롭다. 처음에 우리는 이 세계가 저쪽 세계에 비해 너무 살벌하고 조잡하다는 데 놀란다. 하지만 우리 시야를 조금 조정하고 보면 여전히 같은 세계에 있음을 알게 된다. 그것은 마음이 손짓하는 세계, 마음의 모험들로 우리의 관심을 끄는 세계이다. 스콧이나 디포의 세계 같은 다른 세계들은 믿을 만하지 못하다. 도스토옙스키가 왕성히 펼치는 저 기묘한 모순들에 맞닥뜨리기 시작하면 우리는 그 점을 확신하게 된다. 프루스트에게서는 전혀 발견할 수 없는 격렬함 속에 단순함이 있지만, 격렬함은 또한 마음속 깊은 곳에 모순이 지배하는 영역을 드러내 준다. 스타브로긴의 생김새를 처음부터 특징짓는 대조, 즉 〈아름다움의 화신인 동시에 무엇인가 혐오스러운 것이 있는 듯한〉 외모는 우리가 그의 마음속에서 전력으로 맞부딪치는 선과 악의 외적인 표지일 뿐이다. 하지만 단순화는 표면에 그친다. 인물들을 때려눕히고 다시 모으고 그들 모두를 그토록 힘차게, 그토록 성급하게 격동으로 몰아넣는 대담하고 냉혹한 과정이 완성되면, 우리는 그 거친 표면 아래 있는 것이 혼돈과 복잡성임을 보게 된다. 처음에는 『잃어버린 시간을 찾아서À la recherche du temps perdu』에서 만나는 어떤 감정보다 훨씬 더 단순하고 강렬하고 인상적인 감정들로 움직이는 미개한 사회에 있는 것 같지만 말이다.

관습이라 할 것이 너무나 적고 경계도 얼마 없으므로(가령 스타브로긴은 사회의 밑바닥에서 꼭대기로 아무렇지 않게 이동한다) 그 복잡성은 더 깊은 곳에 있으며, 한 사람을 신적인 동시에 야수적으로 만드는 이 이상한 모순과 비정상성은 마음속 깊은 데서 서로 겹치지 않는 듯이 보인다. 『악령』의 기이한 정서적 효과는 거기서 비롯된다. 그것은 영혼의 난국과 혼란을 드러내기 위해 가진 재주와 수단을 다할 태세가 된 광인이 쓴 것만 같다. 도스토옙스키의 소설들에는 신비주의가 만연하며, 그는 작가로서뿐 아니라 현자로서도 말한다. 길가에 담요를 둘러쓰고 앉아서, 무한한 지식과 무한한 인내로써 말하는 현자 말이다.

그러자 수녀님은 〈그렇다, 성모님은 위대한 어머니, 축축한 대지이시다. 그리고 그 대지 안에 인간을 위한 위대한 기쁨이 간직되어 있단다. 지상의 모든 우수, 지상의 모든 눈물은 우리에게 기쁨이다. 자신의 눈물로 발아래 땅을 반 아르신 정도 적시면, 그 즉시 모든 것에 기뻐하게 될 거야. 그러면 너의 그 어떤 슬픔도 더 이상 없을 것이다.

이것이 나의 예언이다)라고 말씀하셨어요. 바로 이 말이 내 가슴에 새겨졌어요. 그때부터 나는 기도할 때마다 깊게 머리를 숙이고 땅에 입을 맞추게 되었어요.[3]

이런 것이 그의 전형적인 문장이다. 하지만 소설에서는 아무리 고양되었다 해도 교사의 목소리로는 충분치 않다. 우리는 너무 많은 이해관계를 고려해야 하며, 너무 많은 문제들을 마주해야 한다. 바르바라 뻬뜨로브나가 백치 절름발이 마리아를 데리고 온 저 특별한 파티 장면을 상기해 보자. 스타브로긴이 〈순교에 대한 정열에서, 회한에 대한 열망에서, 도덕적 관능으로〉 결혼한 여자 말이다. 끝까지 다 읽기도 전에 우리는 마치 어떤 손가락이 우리 안의 어떤 단추를 누르고 있는 듯한 느낌이 들지만, 그 부름에 대답할 아무런 감정이 남아 있지 않다. 그것은 놀라움의 날, 경악할 계시의 날, 이상한 조우의 날이다. 그곳에 있는 여러 사람(그들은 곳곳에서 그 방 안으로 모여들었는데)에게 그 장면은 한층 더 큰 정서적 중요성을 띤다. 그들의 감정적 열기를 시사하는 모든 표현이 동원된다. 창백해지고, 공포에 전율하고, 히스테리를 일으킨다. 그렇게 그들은 눈부신 조명 가운데 우리 앞에 있다. 모자에 종이 장미를 단 미친 여자, 〈커다란 낟알처럼〉 말을 쏟아 내는 청년……. 〈그의 혀는 특별한 모양으로 생겼으

3 도스토옙스키, 『악령』, 박혜경 옮김(파주: 열린책들, 2020), 228~229쪽.

리라고 상상하기 시작했다. 예외적으로 길고 얇고 극도로 붉은 데다 혀끝은 아주 날카롭고 영원히 활동적이리라고.〉

그들은 그렇게 발을 구르고 비명을 지르지만, 우리에게는 마치 옆집에서 나는 소리 같기만 하다. 어쩌면 진실은 증오와 놀라움, 분노, 공포 등이 지속적으로 느끼기에는 너무 강렬한 감정이라는 것일 터이다. 이 공허함과 소란은 우리로 하여금 심리 소설은 독자의 감성이 무뎌지지 않도록 그 감정을 너무 다양화하지 말아야 하는 것이 아닌가 하는 생각마저 들게 한다. 문명을 옆으로 밀어젖히고 영혼 깊이 자맥질하는 것이 정말로 독자의 마음을 풍부하게 하지는 않는 것이다. 우리는 프루스트를 읽을 때 오히려 더 많은 감정을 느끼게 된다. 별로 두드러지지 않는 장면, 가령 안개 속의 레스토랑 장면 같은 데서 말이다. 거기서 우리는 이 마음 저 마음을 드나들며 다양한 사회 계층들로부터 정보를 모으는 일련의 관찰을 따라가며, 한 번은 왕자도 되었다가 한 번은 식당 주인도 되었다가 하면서 어둠 뒤의 빛, 위험 뒤의 안전 같은 다양한 신체적 경험을 하게 된다. 그렇듯 상상력은 다방면에서 자극을 받아 굳이 비명이나 폭력으로 내몰리지 않더라도 대상 둘레에 천천히 조금씩 모여들게 되는 것이다. 프루스트는 독자 앞에 어떤 마음 상태라도 바탕을 둘 수 있는 모든 기반을 제시하기로 작정한 듯하다. 반면 도스토옙스키는 자기 앞에 보이는 어떤 진실을 너무 확신한 나머지 중간을 생략하고 결론으로 건너뛴다. 물론 그럴 때의 자발성은 자극적이지만 말이다.

심리 소설을 쓰는 작가는 이런 왜곡을 통해 자신을 드러낸다. 분석하고 구별하는 지성은 공감이든 분노든 간에 항상 그리고 거의 대번에 감정으로 뛰어드는 바람에 무력화된다. 그리하여 인물들 속에 종종 비논리적이고 모순된 요소가 생겨나는 것은 아마도 보통의 감정적 물살보다 너무나 많은 것에 노출되어 있기 때문일 것이다. 왜 그는 그렇게 행동하는가? 라고 우리는 거듭 물으며 어쩌면 미친 사람들이나 그렇게 행동하리라고 미심쩍게 대답하게 된다. 반면 프루스트에게서는 접근 방식이 똑같이 간접적이기는 하지만, 사람들이 생각하는 것과 그들에 대해 생각되는 것, 작가 자신의 지식과 생각 등을 통해 우리는 그들을 조금씩 천천히, 하지만 마음을 다 들여 이해하게 된다.

하지만 그들의 작품은 이 모든 차이에도 불구하고 한 가지 점에서 비슷하다. 즉, 불행이 스미어 있다는 것이다. 이것은 마음이 어떤 대상이든 직접적으로 파악할 수 없을 때는 불가피해 보인다. 디킨스는 여러 가지 면에서 도스토옙스키와 비슷하다. 즉 엄청나게 풍요롭고 엄청난 희화화 능력을 가졌다. 하지만 미코버, 데이비드 코퍼필드, 갬프 부인 등은 마치 작가가 그들을 항상 동일한 각도에서 보는 것처럼 우리 앞에 놓여 있고, 직접적인 재미나 관심 말고는 아무 할 일이나 끌어낼 결론이 없는 것처럼 제시된다. 작가의 마음은 우리 사이의 유리에 불과하며, 기껏해야 그 둘레의 틀이 될 뿐이다. 작가의 모든 정서적 힘은 그들 안에 들어간다. 조지 엘리엇에게서는 인물들이 창조된 후에 남아 글을 어둡고 흐리게 하는 잉여의 생각과 감정이 디킨스의 인물들에게서는 완전히 소진된다. 별로 남는 것이 없다.

그러나 프루스트와 도스토옙스키, 헨리 제임스 등 느낌과 생각을 따라가는 데 전념하는 모든 작가들에게는, 항상 작가로부터 넘쳐흐르는 감정이 있다. 마치 그렇게 미묘하고 복잡한 인물들은 책의 나머지가 생각과 감정의 깊은 저수지일 때만 창조될 수 있는 듯하다. 그리하여 작가 자신이 나서지 않을 때에도, 스테판 트로피모비치나 샤를뤼스 남작 같은 인물들은 비록 언명되지는 않았다 해도 자기 자신들과 같은 재료로 된 세계 속에서만 존재할 수 있다. 이처럼 마음을 되새기고 분석하는 작업은 항상 의심과 질문과 고통의, 어쩌면 절망의 분위기를 만들어 낸다. 적어도 그런 것이 『잃어버린 시간을 찾아서』나 『악령』을 읽은 결과인 듯이 보일 것이다.

비평에 관한 에세이[1]

인간이란 얼마나 쉽게 맹신에 빠지는지 놀라울 정도다. 왕이나 재판장이나 시장님을 믿는 데는 그럴 만한 이유가 있을지도 모른다. 그들이 위엄 있게 긴 옷을 입고 가발을 쓴 차림새로 전령들과 경호원들을 앞세워 한바탕 휩쓸고 지나갈 때면, 우리는 무릎이 떨리고 표정이 흔들리기 시작하는 것이다. 하지만 비평가들을 믿는 데 무슨 이유가 있는지는 알다가도 모를 일이다. 그들에게는 가발도 경호원도 없으니 말이다. 그들을 실제로 만나 보면 다른 사람들과 전혀 다르지 않다. 그런데도 이 대단찮은 동료 인간들이 방에 틀어박혀 펜을 잉크병에 담가 가며 자신을 〈우리〉라 부르기 시작하면, 그 나머지 〈우리〉는 그들이 왠지 더 고상하고 지혜롭고 틀림

---

1   1929년 10월 9일 『뉴욕 헤럴드 트리뷴*New York Herald Tribune*』에 헤밍웨이Ernest Hemingway(1898~1961)의 『여자 없는 남자들*Men Without Women*』에 대한 서평으로 실린 글("Essay on Criticism", *Essays IV*, pp. 449~456).

없다고 믿게 된다. 마치 그들의 머리에서 가발이 자라나기라도 하는 것 같다. 긴 옷이 그들의 팔다리를 감싸는 것만 같다. 인간의 맹신의 힘이 그보다 더 큰 기적을 일으킨 적이 있을지 의심스러울 정도이다. 그런데 — 대부분의 기적이 그렇듯이 — 이 기적도 믿는 자의 마음을 약하게 하는 효과를 끼쳐 왔다. 그는 비평가란 스스로 비평가를 자처하느니만큼 반드시 옳으리라고 믿기 시작하는 것이다. 어떤 책이 인쇄된 말로 칭찬이나 비난을 받으면, 실제로 그 책에 그럴 만한 일이 일어나기나 한 듯이 여기기 시작한다. 자기 자신의 민감하고 머뭇거리는 느낌들이 비평가의 판결과 갈등할 때면, 자신의 느낌들을 의심하고 감추기 시작한다.

하지만 — 학자들을 제외한다면(학문이란 주로 망자들의 작품을 판단하는 데 유용하다) — 비평가는 나머지 우리보다 오히려 더 틀리기 쉽다. 그는 불과 이틀 전에 나온 책, 알에서 갓 깨어나 아직 머리에서 껍질도 떨어지지 않은 책에 대한 자기 의견을 말해야 하는 것이다. 그는 독자의 마음에 드리워지는 풍요롭지만 아직 분명하지 않은 감각의 구름에서 벗어나 그것을 구체화하고 요약해야 한다. 십중팔구 그는 때가 무르익기 전에 그 일을 해야 하고, 너무 성급하게, 너무 단정적으로 그 일을 해치우기 마련이다. 〈훌륭한 책이다〉 또는 〈나쁜 책이다〉라고 그는 말하지만, 그 자신도 알다시피 그저 읽는 것으로 만족할 때는 둘 중 어느 쪽도 아니다. 그는 상황의 힘과 또 모종의 인간적 허영 때문에, 책을 읽는 동안 자신을 에워싸던 망설임들과 자신이 〈결론〉이라 부르기로 한 것에 도달하기까지의 우왕좌왕하는 걸음을 숨길 뿐이다. 그리하여 비평가의 견해라는 어설픈 나팔 소리가 시끄럽고 날카롭게 울려 퍼지면, 우리 변변찮은 독자들은 고개 숙여 굴종하는 것이다.

그런 허세와 가식을 잠시라도 내려놓고, 비평이 완성되는 과정을 감춰 주는 위풍당당한 커튼을 끌어내려 보기로 하자. 우리 정신에 새로운 책을 주어 보자. 마치 촉수를 열심히 움직이는 해파리가 든 수조에 생선 한 조각을 떨어뜨리고, 그것이 멈칫하며 그 공격을 심사숙고하는 것을 지켜보자. 어떤 편견이 그 향방을 좌우하는지, 어떤 영향들이 작용하는지 지켜보기로 하자. 그리고 만일 그 과정에서 결론이 다소 덜 결정적이 된다면, 바로 그 이유 때문에 그 결론은 좀 더 진실에 가까워질 것이다. 정신이 가장 먼저 원하는 것은 그 사색의 비상을 시작하기 전에 발 디딜 어떤 사실의 디딤판이다. 사람들의 이름에는 막연한 소문들이 따라붙는다. 헤밍웨이 씨에 대해서도 우리는 그가 프랑스에 사는 미국인이라는 것, 〈진보한〉 작가라는 것, 아마도 모종의 〈운동〉 — 수많은 운동 중에 무엇인지는 모른다고 고백해야겠지만 — 과 연관된 작가라는 것을 들어서 안다. 이런 사실들에 대해 좀 더 확실히 알고 싶다면 먼저 헤밍웨이 씨가 전에 쓴 『해는 다시 떠오른다*The Sun Also Rises*』를 읽어 보는 것이 좋겠다. 그러면 헤밍웨이 씨가 〈진보한〉 작가라 해도, 우리에게 흥미로운 방식의 진보는 아님이 곧 분명해질 것이다. 독자가 고려하면 좋을 편견이 여기서 드러난다. 즉, 이 평자는 모더니스트이다. 그렇다, 이것은 변명이 될 것이다. 왜냐하면 모던한 작가들은 우리가 무의식적으로 느끼는 것을 의식하게 만들기 때문이다. 그들은 우리의 경험에 대해 더 진실하며 심지어 그것을 미리 짚어 내기까지 하니, 이것이 우리에게 독특한 감명을 준다. 그러나 『해는 다시 떠오른다』는 어떤 인물에 대해서도 아무런 새로운 것을 보여 주지 않는다. 그들은 적절한 형태와 비례를 갖추고 정확히 무게 달아져서 우리 앞에 제시된다. 마치 모파상[2]의 인물과도 같다. 그들을 보는 시각은 구태의연한 시각이요, 작가와 인물 사이에서는 구태의연하게 말을 삼가는, 구태의연한 관계가 발견될 뿐이다.

하지만 평자는 새로운 측면, 새로운 시각에 대한 이런 요구가 어쩌면 지나친 것이리라고 생각할 아량쯤은 있다. 그런 요구는 변덕이요 어리석음일 수도 있다. 예술이 독창적인 만큼이나 전통적이어서 안 될 게 뭐란 말인가? 우리는 새로운 것이 주는 감명에 지나친 중요성을 부여한 나머지 — 새로움이 상쾌하다고는 해도 그 자체로서 반드시 가치 있는 것은 아닐 수도 있는데 — 작가의 재능을 간과하는 치명적인 실

2 Guy de Maupassant(1850~1893). 프랑스 소설가.

수를 범하게 되는 것은 아닌가?

어쨌든 헤밍웨이 씨는 우리가 말한 의미에서 모던하지는 않다. 그의 첫 소설로 미루어 보면 그의 모더니티에 대한 소문은 ─ 소설이라는 예술에 대한 그의 이해에 어떤 근본적인 새로움이 있다기보다 ─ 그가 다룬 소재와 그것을 다룬 태도에서 생겨난 것으로 보인다. 그것은 적나라하고 퉁명스럽고 노골적인 작품이다. 1927년 또는 심지어 1928년에[3] 파리에 사는 사람들의 삶이 이 시대의 우리가 삶을 묘사하듯이 공개적으로, 솔직하게, 새침 떨지 않고 묘사된다(이 점에서 우리는 빅토리아 시대를 앞지른다). 하지만 거기에는 아무런 놀라움이 없다. 파리의 부도덕한 면과 도덕적인 면이 우리가 사석에서 듣게 되는 것과 별다르지 않게 묘사될 뿐이다. 그런 솔직함은 그야말로 모던하며 감탄할 만하다. 사람의 자질들은 삶과 예술에서 함께 자라기 마련이니, 이 감탄할 만한 솔직함에는 그에 걸맞은 간결한 문체가 쓰인 것을 보게 된다. 아무도 한두 줄로 그렇게 많은 것을 말할 수 없을 것이다. 어떤 때는 반 줄로도 족하다. 언덕이나 도시가 묘사될 경우(항상 그런 것을 묘사할 필요가 생겨난다), 그것은 세심하게 선택된 얼마 되지 않는 사실들만으로 정확하고 문자 그대로 눈앞에 그려진다. 그 윤곽의 선명함이 최고의 솜씨로 그 점을 입증한다. 그러므로 다음과 같은 몇 마디는 신

3 울프가 이 글을 쓴 것은 1927년이니 1928년은 가까운 미래가 된다.

기한 힘을 갖는다. 〈낟알이 막 익기 시작했고 들판은 양귀비로 가득했다. 목초지는 푸르렀고 나무들이 잘 자라 있었다. 이따금 나무들 사이로 멀리 큰 강과 성들이 보였다.〉 각 단어가 문장 안에서 제 할 일을 한다. 그런데 전반적인 분위기는 섬세하고 예리하기가 마치 빈 나뭇가지들이 하늘을 배경으로 드러나는 겨울날 풍경과도 같다. (하지만 헤밍웨이 씨가 묘사하고자 하는 것, 그리고 때로 성취하는 것을 묘사할 한 문장을 선택해야 한다면, 투우를 묘사한 이런 대목을 인용해야 할 것이다. 〈로메로는 결코 몸을 비틀지 않았다. 그의 동작은 항상 곧고 순수하고 자연스러운 선을 그렸다. 다른 투우사들은 코르크 뽑개처럼 몸을 비틀었고, 황소의 뿔이 지나간 다음에는 팔꿈치를 치켜들며 그 옆구리에 몸을 기대어 짐짓 아슬아슬한 느낌을 연출했다. 그러고 나면 꾸며 낸 모든 것이 맛을 망쳐 기분 나쁜 느낌을 준다. 로메로의 투우는 진짜 감정을 느끼게 했으니, 그는 동작에서 선의 절대적 순수성을 견지하면서 항상 조용하고 차분하게 매번 뿔들이 아슬아슬하게 자신을 스쳐 가게 만들기 때문이었다.〉) 헤밍웨이 씨의 글쓰기도, 그 자신의 표현을 빌어 말하자면, 이따금 진짜 감정을 느끼게 한다. 그의 동작에서 선의 절대적 순수성을 견지하면서 매번 뿔들이(그러니까 진실, 사실, 현실이) 아슬아슬하게 자신을 스쳐 가게 만들기 때문이다. 하지만 무엇인가 꾸며 낸 것 또한 있어서, 맛을 망치고 기분 나쁜 느낌을 남긴다. 시간이 지나면서 그 점도 직면하지 않을 수 없다.

이쯤에서 우리는 잠시 멈추어 우리가 비평적 과정에서 어떤 지점에 이르렀는지 요약해 보아도 좋을 것이다. 헤밍웨이 씨는 인생을 새로운 각도에서 바라본다는 의미로는 〈진보한〉 작가가 아니다. 그가 보는 것은 그런 대로 봐줄 만한 친숙한 광경이다. 맥주병이니 신문 기자니 하는 흔한 것들이 전면을 대부분 채우고 있다. 하지만 그는 숙련되고 꼼꼼한 작가이다. 그는 분명한 목표를 갖고서 두려움이나 에두름 없이 그 목표를 향해 직진한다. 그러므로 그를 평가하기 위해서는, 밀짚으로 거반 채워진 허술한 형체의 불분명한 덩어리 곁에 세워 형태만을 파악할 것이 아니라, 누군가 중요한 작가를 기준으로 재보아야 할 것이다. 우리가 마지못해 이런 결정에 이르는 것은 이런 평가 내지 측정 과정이 비평가의 임무 중에 가장 어려운 것이기 때문이다. 비평가는 방금 읽은 책에서 어떤 것들이 가장 두드러진 점이었는지 정해야 하고, 그것들이 어떤 종류에 속하는지 정확히 분별해야 하며, 비교를 위해 선택된 모델에 견주어 그것들의 결함이나 적절성을 도출해야 한다.

『해는 다시 떠오른다』를 상기해 보면, 몇몇 장면들이 기억에 떠오른다. 투우, 해리스라는 영국인, 사람들 뒤에서 저절로 자라난 것만 같은 작은 풍경, 회초리질로 상황을 단번에 휘말아 내는 것 같은 길고 날렵한 어구. 이따금 이런 어구는 어떤 인물이나 장면을 멋지게 환기하기도 한다. 하지만 인물로 말하자면, 뚜렷하고 실속 있게 그려진 것이 별로 없다. 정말이지 그의 인물들은 어딘가 잘못된 것만 같다. 만일 (그에게 불리한 비교지만) 체호프의 인물들과 비교해 본다면, 그들은 마분지처럼 납작하다. (좀 더 나은 비교로) 모파상의 사람들과 비교한다면, 그들은 사진처럼 어설프다. 만일 (이번에야말로 정당한 비교로) 실제 사람들과 비교한다면, 우리가 견주어 보는 인물들은 비현실적인 타입이다. 그들은 어느 카페에서 으스대며 지나갈 법한, 빠르고 높은 목소리로 슬랭을 말하는 — 슬랭이야말로 그들의 언어니까 — 사람들이다. 그들은 아주 편안해 보이지만, 조금 그 그늘에서 비껴나 바라보면 전혀 편치 않으며 실로 자기 자신이기를 끔찍하게 두려워하는 인물들로, 평범한 음성으로 이런저런 것들을 말할 것이다. 그러니까 꾸민 듯하다고 느껴지는 것은 인물이다. 헤밍웨이 씨는 바로 그 황소의 뿔들을 피한 다음 그 옆구리에 기대는 것이다.

헤밍웨이 씨의 첫 책[4]에 대한 이런 예비적인 고찰을 통해 우리는 특정한 견해 내지 편견을 갖고서 그의 새로운 책 『여자 없는 남자들Men Without Women』에 이르게 된다. 그의 재능은 명백히 다른 노선을 따라 발전할 수 있을 것이다. 더

4　『해는 다시 떠오른다』는 헤밍웨이의 두 번째 소설인데, 울프는 그의 첫 소설에 대해 모르는 듯하다.

넓어지고 충실해지며, 대상, 특히 사람들을 좀 더 깊이 천착하는 데 좀 더 시간을 쓸 수 있을 것이다. 설령 이것이 어떤 에너지나 관점의 희생을 의미하더라도, 그런 교환이 우리의 개인적인 취향에는 더 맞을 것이다. 반대로, 그의 재능은 한층 더 수축하여 단단해질 수도 있을 것이다. 점점 더 과장되게 힘주는 순간에 의존하며, 갈수록 대화를 더 많이 사용하고 서술과 묘사를 거추장스럽다는 듯 내팽개쳐 버릴 수도 있을 것이다.

『여자 없는 남자들』이 단편집이라는 사실은 아마도 헤밍웨이 씨가 두 번째 노선을 택했으리라고 생각하게 만든다. 하지만 새 책을 탐사하기에 앞서, 다들 말하지 않는 것 같은데, 제목의 의미에 대해 한마디 할 필요가 있다. 출판사의 책소개에 따르면 〈훈련, 규율, 죽음이나 상황 덕분인지 여성적인 유연함이 부재한다〉. 이 말을 여성들은 훈련, 규율, 죽음이나 상황을 거칠 수 없다는 뜻이라고 이해해야 할지 어떨지는 모르겠다. 하지만 비평가의 정신의 과정을 드러내고자 하는 우리의 시도를 밀고 나가기로 한다면, 어떤 식이 되든 성에 대한 강조는 위태롭다는 것이 의심할 수 없는 사실이다. 어떤 남자에게 이건 여성의 책이라고 말한다거나 어떤 여자에게 이건 남성의 책이라고 말한다면, 예술과는 무관한 공감이나 반감을 끌어들인 것이다. 위대한 작가들은 성에 대해 어떤 쪽으로든 강조하지 않았다. 비평가는 그런 작가들을 읽을 때 그가 남성인지 여성인지 의식하지 않는다. 그러나 우리 시대에는 성에 관한 의식이 급변하는 덕분에 그런 의식이 문학에서도 성적 특성들에 대한 과장이나 매도를 통해 드러나는데, 어떤 경우에나 불유쾌하다. 자의식적인 남성성을 내보이는 로런스 씨, 더글러스 씨, 조이스 씨[5]의 작품이 여성들에게 탐탁잖은 것도 그래서이다. 그런데 헤밍웨이 씨는 훨씬 덜 심하기는 하지만 그 뒤를 따르고 있다. 우리가 남자이든 여자이든 할 수 있는 것은 그 영향을 인정하고 사실을 정면으로 직시하여 그것이 제풀에 눈길을 돌리게 만드는 것이다.

자, 하던 얘기를 계속하자면, 『여자 없는 남자들』에 실린 단편소설들은 러시아보다는 프랑스 전통에 가깝다. 위대한 프랑스 거장들인 메리메와 모파상은 자신들의 단편소설을 가능한 한 간결하고 치밀하게 만들었다. 삐져나오는 실오라기라고는 눈에 띄지 않는다. 실로 어찌나 치밀한지, 마지막 페이지의 마지막 문장은 불꽃처럼 확 타오르며, 그 섬광 속에서 우리는 이야기의 의미와 그 주변을 한눈에 알아보게 된다. 물론 체호프의 방식은 정반대이다. 모든 것이 모호하고 막연하며, 팽팽히 당겨지기보다 느슨하게 늘어진다. 이야기들은 여름날 구름처럼 천천히 우리의 시야에서 벗어나 버리며, 그것들이 남긴 의미의 자락은 우리 마음속에서 차츰 사

5 D. H. Lawrence(1885~1930), Norman Douglas(1868~1952), James Joyce(1882~1941). 모두 영국 소설가.

라져 버린다. 두 가지 방식 중에 어느 쪽이 더 낫다고 누가 말할 수 있겠는가? 하여간, 헤밍웨이 씨는 프랑스 거장들의 편에 서서 그들의 가르침을 수행하여 상당한 성공에 도달한다.

『여자 없는 남자들』에는 여러 편의 단편이 실려 있는데, 인생이 더 길다면야 한 번쯤 다시 읽어 보고 싶을 만한 것들이다. 그 대부분이 실로 능숙하고 효과적인 데다 군더더기라고는 없으므로, 왜 더 깊은 인상을 남기지 못하는지 의아해하게 된다. 아내를 여읜 소령의 비극적인 이야기인 「또 다른 나라에서In Another Country」라든가, 기차간의 대화로 이루어지는 씁쓸한 이야기인 「딸을 위한 카나리아A Canary for One」, 또는 「패배하지 않는 자The Undefeated」나 「5만 달러Fifty Grand」처럼 투우와 권투의 땀내와 영웅주의로 가득 찬 이야기들 — 이 모두가 간결하고 강렬하게 폐부를 찌르는 잘된 작품들이다. 만일 체호프나 메리메, 모파상 같은 작가들의 망령을 떠올리지 않는다면, 분명 탄복할 만하다. 그런데 실제로는 뭔가 다른 것을 찾아 두리번거리다 찾지 못하고, 은전을 카운터에 떨어뜨려 그 소리를 들어 보는 해묵은 관습으로 돌아가[6] 대체 뭐가 잘못되었는지 묻게 되니 이상한 일이다.

---

6   은화가 실제 은으로 만들어지던 시절에는, 은화를 카운터에 떨어뜨려 그 소리를 들어 보고 순은인지 여부를 판단하곤 했다. 그러니까 어떤 것의 진위를 가려 보는 방법을 말한다.

왜 그런지 그의 단편집은 장편소설만큼 깊이나 풍부함을 약속해 주지 못하는 듯하다. 어쩌면 대화체를 지나치게 사용하기 때문인지도 모른다. 헤밍웨이 씨는 분명 지나치게 대화체를 쓰고 있으니 말이다. 작가는 항상 대화체 사용에 신중해야 하는 것이, 대화체는 독자의 주의력에 강한 압박을 가하기 때문이다. 독자는 대화를 읽어나가면서 알맞은 어조를 떠올리며, 작가로부터의 아무 도움 없이, 인물들이 말하는 것을 가지고 그 배경을 채워 넣어야 한다. 그러므로 허구적인 인물들이 입을 열어 말하는 것은 무엇인가 중요하게 할 말이 있어서, 독자를 자극하여 독서라는 창조 행위에서 평소보다 더 많은 몫을 하게 해야 하는 경우라야 한다. 그러나 헤밍웨이 씨는 우리를 줄곧 대화의 불길 아래로 데려가는데도, 그의 인물들은 대개의 경우 작가가 훨씬 더 경제적으로 해줄 수 있는 말을 할 따름이다. 마침내 우리는 「흰 코끼리 같은 언덕Hills Like White Elephants」의 주인공 여자처럼 〈제발 제발 제발 제발 제발 제발 제발 입 좀 다물어 주겠어요?〉라고 외치고 싶어지는 것이다.

아마도 이 같은 대화체의 지나친 사용이 단편소설 작가를 항시 노리고 있는 또 다른 결점으로 이어질 것이다. 즉, 비례의 결여 말이다. 한 문단만 불필요하게 늘어나도 단편소설이라는 이 작은 배[舟]는 옆으로 기울어 시야를 흐릿하게 만들어 버릴 것이다. 명확함과 정곡을 찌르는 솜씨를 기대하던 독자를 어리둥절하게 만드는 것이다. 이런 잘못들, 불필요한 대화로 페이지들을 넘쳐나게 하는 것과 이야기를 단번에 파악하게 하는 예리하고 틀림없는 정확성의 결여는 모두 헤밍웨이 씨가 엄청나게 노련하기는 하지만 자신의 노련함을 마치 투우사의 케이프처럼 자신과 사실 사이에 휘두르는 데서 비롯된다. 왜냐하면 사실상 단편소설 쓰기는 투우와 비슷한 점이 많기 때문이다. 자신을 코르크 뽑개처럼 비틀어 온갖 뒤틀림을 겪게 함으로써 대중으로 하여금 그가 온갖 위험을 무릅쓰며 현란한 솜씨를 발휘한다고 생각하게 할 수도 있다. 하지만 진정한 작가는 황소에게 바짝 다가서서 그 뿔들이 ─ 그것이 인생, 진실, 현실, 뭐가 되든 간에 ─ 매번 자신을 아슬아슬하게 지나가게 하는 법이다.

그러니까 헤밍웨이 씨는 용맹하고 순박하고 극도로 노련하며, 말들을 자기가 정확히 원하는 곳에 심을 줄 안다. 군더더기 없는 힘찬 아름다움에 도달하는 순간들도 있다. 태도에서는 모던하지만 비전에서는 그렇지 않다. 그는 자의식적으로 남성적이다. 그의 재능은 확장적이라기보다 수축적이다. 그의 장편소설에 비하면 단편들은 다소 무미건조하다. 이렇게 우리는 그를 요약하는 바이다. 그리고 이렇게 우리는 이른바 비평이라는 것을 이루는 편견과 본능과 오류 들의 일부를 드러내는 바이다.

E. M. 포스터의 소설들[1]

I

   동시대인들의 작품에 대한 비평은 하지 말아야 할 이유가 많이 있다. 명백히 불편할 뿐 아니라 — 감정을 상하게 할지도 모른다는 우려가 있다 — 제대로 평가하기도 어렵다. 그들의 책은 한 권 한 권 나올 때마다 커다란 그림의 부분들이 천천히 드러나는 것만 같다. 우리는 기뻐하며 읽지만, 호기심은 더 커진다. 새로운 부분은 이전 그림에 뭔가를 더하는 걸까? 작가의 재능에 대한 우리 이론을 확인해 주는 걸까 아니면 우리가 예견했던 바를 수정해야 할까? 이런 의문들이

---

1 1927년 11월 『애틀랜틱 먼슬리 *The Atlantic Monthly*』에 게재("The Novel's of E. M. Foster", *Essays IV*, pp. 491~502). E. M. 포스터는 블룸즈버리 그룹의 일원으로 울프와 가까운 친구였으며 서로 비평을 주고받았으니, 포스터는 그 전해 4월 『뉴 크라이티어리언 *The New Criterion*』에 「버지니아 울프의 소설들The Novels of Virginia Woolf」이라는 글을 게재한 바 있었다.

매끈해야 할 우리 비평의 표면을 헝클고 새로운 논의와 질문을 불러일으킨다. 포스터 씨처럼 상당히 엇갈리는 평가를 받는 소설가의 경우에는 한층 더 그렇다. 그의 재능에는 무엇인가 이해하기 힘들고 애매한 구석이 있다. 그러니 우리가 구축하는 이론은 기껏해야 한두 해 지나면 포스터 씨 자신에 의해 무너지고 말 수도 있다는 것을 기억하면서, 그의 소설들을 쓰인 순서대로 검토하며 시험 삼아 조심스레 대답을 구해 보기로 하자.

이 작품들은 쓰인 순서가 사실 꽤 중요하다. 왜냐하면 포스터 씨는 시대의 영향에 매우 민감하다는 점이 처음부터 눈에 들어오기 때문이다. 그의 인물들은 세월과 함께 변하는 여건들을 반영한다. 그는 자전거와 자동차, 퍼블릭 스쿨과 대학교, 교외와 시내 등을 날카롭게 의식한다. 사회사가라면 그의 책들에서 흥미로운 정보를 많이 발견할 것이다. 1905년에 릴리아[2]는 자전거 타기를 배워서 일요일 저녁에 하이 스트리트를 달려 내려가며, 교회 곁에서 모퉁이를 돌다가 넘어진다. 그래서 시동생으로부터 싫은 소리를 들으며, 죽을 때까지 그 일을 잊지 못한다. 그런가 하면 소스턴[3]에서는 화요일에 하녀가 응접실을 청소한다. 나이 든 하녀들은 장갑을 벗은 다음 입으로 바람을 불어넣는다. 말하자면 포스터 씨는

2 E. M. 포스터의 첫 소설 『천사도 발 딛기 두려워하는 곳Where the Angels Fear to Tread』의 주인공.
3 위 소설의 배경이 되는 런던 근교의 타운.

자기 인물들을 밀접하게 둘러싸는 환경에 주목하는 소설가이다. 그러므로 1905년이라는 해의 빛깔과 성격은 달력의 어느 연도가 낭만적인 메러디스나 시적인 하디에게 영향을 미칠 수 있는 이상으로 포스터 씨에게 영향을 미친다고 할 수 있다. 하지만 페이지를 넘겨 보면, 그런 관찰 자체가 목적이 아님을 알 수 있다. 그것은 포스터 씨로 하여금 어떤 비참으로부터의 피난처를, 비열함으로부터의 탈출구를 마련하게끔 하는 자극제 같은 것이다. 그리하여 우리는 포스터 씨 소설들의 구조에서 큰 역할을 하는 힘들의 균형에 도달하게 된다. 소스턴은 이탈리아를, 소심함은 거침없음을, 관습은 자유를, 비현실은 현실을 각기 대척점으로 상정한다. 이것들은 그의 많은 작품에서 주인공과 그 적대자에 해당한다. 『천사도 발 딛기 두려워하는 곳』에서 관습이라는 질병과 자연이라는 치료책은 너무나 즉각적인 단순함으로, 너무나 순진한 확신으로 제시되지만, 얼마나 참신하고 매력적으로 그려지는가! 이 첫 소설에서, 조금만 더 양분을 공급받았더라면 풍요롭고 아름다운 결실을 맺었을 재능의 증거를 보는 것은 정말이지 지나친 일이 아닐 것이다. 출간 이후 22년이 지나는 동안 풍자에서는 쏘는 맛이 가시고 전체적 비례에도 변화가 생겼음 직하다. 하지만 그것이 어느 정도 사실이라 하더라도, 포스터 씨가 자전거와 먼지떨이에 민감한 것에 못지않게 집요한 영혼의 탐구자라는 사실은 세월도 퇴색시키지 못했다. 자전거와 먼지떨이 밑에는, 소스턴과 이탈리아, 필립, 해리엇, 애봇 양이라는 표면 밑에는 항상 불타는 핵심이 자리하고 있다. 그것이 영혼이요 리얼리티요 진실이요 시요 사랑이다. 그것은 무수한 형태를 취하며 온갖 변장을 하고 나타난다. 하지만 그는 그 핵심에 도달해야 하며, 물러설 수가 없다. 덤불과 외양간을 넘어, 응접실 카펫과 마호가니 찬장을 넘어, 그는 그것을 추적한다. 물론 그 광경은 때로 코믹하고 자주 지루하다. 하지만 그래도 그가 목표를 손에 넣는 순간들이 있고, 이 첫 소설에도 그런 순간들이 여럿 있다.

　하지만 그런 일이 대체 어떤 때에 어떻게 일어나는지 생각해 보면, 전혀 교훈적이지 않고 전혀 아름다움의 추구를 의식하고 있지 않은 대목들이 가장 훌륭하게 목표를 성취하는 듯하다. 그가 자신에게 휴가를 줄 때 — 라는 표현이 저절로 떠오르는데 — 다시 말해 그가 비전을 잊어버리고 눈앞의 사실과 즐겁게 놀 때, 문화의 사도들일랑 호텔 방에 놔두고 친구들과 카페에 앉아 있는 지노[4]라는 유쾌하고 명랑하고 자연스러운 인물을 만들어 낼 때나, 아니면 「람메르무어의 루치아Lucia di Lammermoor」 — 이거야말로 코미디의 걸작인데 — 공연을 묘사할 때가 바로 그의 목표가 성취되는 때라고 느껴진다. 그러므로 이 첫 작품의 판타지와 통찰과 두드러진 구성미에 비추어, 우리는 포스터 씨가 일단 자

　4　릴리아가 사랑에 빠지는 이탈리아 청년.

유를 얻기만 하면 소스턴의 경계를 훌쩍 넘어 제인 오스틴과 피콕[5]의 후예들 가운데 굳건히 서리라고 생각할 수 있다. 하지만 그의 두 번째 소설『기나긴 여행*The Longest Journey*』은 우리를 당혹케 한다. 진실과 허위, 케임브리지와 소스턴, 순박함과 작위성 등의 갈등 구조는 여전히 같다. 하지만 모든 것이 한층 더 선명해졌다. 그는 좀 더 두꺼운 벽돌로 소스턴을 지었으며, 좀 더 막강한 타격을 가해 그것을 파괴했다. 시와 리얼리즘 사이의 대비가 한층 더 뚜렷해졌다. 이제 우리는 그의 재능이 그에게 어떤 임무를 맡겼는지 좀 더 분명히 보게 된다. 그저 지나가는 기분으로 보였던 것이 실은 신념임을 보게 된다. 그는 소설이란 인간의 갈등에서 어느 한 편을 들어야 한다고 믿는다. 그는 그 누구보다 아름다움에 민감하지만, 그것은 벽돌과 모르타르로 쌓은 요새 안에 갇힌 아름다움이라 거기서 끌어내야만 한다. 그리하여 그는 갇힌 자들을 해방하기에 앞서 항상 새장을 — 다시 말해 복잡다단하고 진부한 사회를 — 먼저 지어야 한다. 버스, 별장, 교회의 저택 등은 그의 그림에서 빼놓을 수 없는 부분이다. 그것들은 그 철창 뒤에 무자비하게 갇혀 있는 불을 가두고 방해하기 위해 필요하다. 동시에『기나긴 여행』을 읽어 가노라면 우리는 그의 진지함을 조롱하는 불경한 정신을 알아차리게 된다. 아무도 사회적 코미디의 미묘한 음영을 그보다 더

5 Thomas Love Peacock(1785~1866). 영국 소설가.

잘 포착하지 못한다. 아무도 목사관의 오찬과 티 파티와 테니스 파티의 코미디를 더 재미나게 표현하지 못한다. 그가 그려 내는 노처녀들과 목사들은 제인 오스틴이 펜을 내려놓은 이래 가장 생생한 인물들이다. 하지만 그는 제인 오스틴에게 없는 것도 갖고 있으니, 바로 시인의 직관이다. 깔끔한 표면이 서정시의 분출로 인해 교란되고 마는 것이다. 『기나긴 여행』에서 우리가 거듭 탄복하게 되는 것은 전원에 대한 절묘한 묘사, 또는 리키와 스티븐이 멀리 다리의 아치 밑으로 자신들이 만든 종이배가 불타며 지나가는 것을 바라보는 장면처럼 잊을 수 없이 아름다운 장면들이다. 여기에는 조화롭게 공존하기 힘든 재능들이 — 풍자와 공감, 판타지와 사실, 시와 새침한 도덕적 감각이 — 한데 모여 있다. 그러니 종종 상충되는 흐름들이 진행을 방해하여, 소설이 우리를 정면으로 덮치고 걸작의 권위로 우리를 압도하지 못하게 한다 해도 놀라운 일은 아니다. 하지만 누구보다도 소설가에게 근본적인 한 가지 재능이 있다고 한다면, 그것은 조합하는 능력, 즉 통합된 비전을 이룩하는 힘이다. 걸작의 성공은 결함의 부재보다는 — 우리는 걸작에 대해서는 더없이 중대한 결함도 기꺼이 받아들인다 — 자신이 선택한 시계(視界)를 총괄하는 정신의 엄청난 설득력에 있다.

II

그리하여 우리는 시간이 지나면서 포스터 씨의 노선을 보여 주는 단서를 찾게 된다. 대부분의 소설가들이 속해 있는 양대 진영 중 어느 쪽인가 하는 말이다. 대체로 말해 소설가들은 톨스토이나 디킨스 같은 설교자 내지 교사 진영과 제인 오스틴이나 투르게네프 같은 순수 예술가 진영으로 갈라진다. 포스터 씨는 동시에 양 진영에 속하려 하는 듯하다. 그에게는 순수 예술가다운 본능과 적성이 있으니, 다시 말해(구식 분류를 따르자면) 정교한 산문 문체와 예리한 코미디 감각, 그저 몇 마디만으로 독특한 자기 세계에 사는 인물을 창조하는 힘 같은 것들이다. 그러면서도 그는 전하고자 하는 뚜렷한 메시지를 갖고 있다. 위트와 감수성의 무지개 뒤에는 그가 우리에게 보여 주기로 작정한 비전이 있는 것이다. 하지만 그의 비전은 독특한 종류의 것이며 그의 메시지는 파악하기 어렵다. 그는 제도에는 별 관심이 없다. 웰스 씨 작품의 특징인 폭넓은 사회적 관심이라고는 보이지 않는다. 이혼법이나 빈민법은 그의 관심 밖이다. 그가 관심을 두는 것은 사적인 삶이며, 그의 메시지는 영혼을 향한 것이다. 〈무한을 비추는 것은 사적인 삶이며, 일상적 시야 너머의 존재를 암시해 주는 것도 개인적 교류뿐이다.〉 우리의 임무는 벽돌과 모르타르로 쌓아 올리는 것이 아니라 보이는 것과 보이지 않는 것을 한데 엮는 것이다. 우리는 〈우리 안의 산문을 열정과 연결시키는 무지개다리〉를 짓는 법을 배워야 한다. 〈그런 다리가 없으면 우리는 의미 없는 파편들이요 반은 수도승에 반은 짐승인 채, 한 인간으로 합쳐지지 못하는 끊어진 아치들일 뿐이다.〉영원한 것은 영혼이라는 이 믿음이 그의 모든 작품을 관통한다. 그것이 『천사도 발 딛기 두려워하는 곳』의 소스턴과 이탈리아 사이의 갈등이며, 『기나긴 여행』의 리키와 애그니스, 『전망 좋은 방 A Room with a View』(1908)의 루시와 세실 사이의 갈등이다. 그것은 시간이 지날수록 더 깊어지고 심해진다. 그 갈등이 그를 비교적 가볍고 기발한 초기 소설들로부터, 기묘한 간주곡이라 할 단편집 『천상의 승합마차 The Celestial Omnibus』를 거쳐 두 권의 대작 『하워즈 엔드 Howards End』와 『인도로 가는 길 Passage to India』로 넘어가게 한다.

하지만 이 두 작품을 살펴보기에 앞서, 잠시 그가 자신에게 부과하는 문제의 본질을 들여다보기로 하자. 중요한 것은 영혼이고, 이미 보았듯이 영혼은 어딘가 런던 교외에 있는 붉은 벽돌집에 갇혀 있다. 그러니 그의 작품들이 맡은 바 소임에 성공하려면 그가 묘사하는 리얼리티는 어느 시점엔가 빛이 나야 한다. 벽돌이 환히 빛나야 하고, 건물 전체가 빛으로 넘쳐야 하는 것이다. 그러면 우리는 런던 교외의 완전한 리얼리티와 영혼의 완전한 리얼리티를 대번에 믿게 된다. 사실주의와 신비주의의 이런 결합에서 그와 가장 가까운 작가는 아마도 입센일 것이다. 입센에게도 같은 사실주의적 능력이 있다. 그에게 방은 방이며, 책상은 책상이고, 휴지통은 휴지통이다. 그렇지만 리얼리티를 이루는 장치들은 어느 순간 무한을 보여 주는 베일로 바뀌어야 한다. 입센이 이를 성취하는 것은 중요한 순간에 어떤 기적적인 술책을 써서가 아니다. 그는 처음부터 우리를 적절한 분위기에 두고 그의 목적에 적합한 재료들을 제공함으로써 소기의 목적을 성취한다. 그는 포스터 씨와 마찬가지로 일상생활의 분위기를 만들어 내지만, 가장 중요하고 유의미한 사실 몇 가지만으로 그렇게 한다. 그래서 조명의 순간이 오면 우리는 그것을 당연한 듯이 받아들이게 되는 것이다. 궁금증도 의아함도 없고, 〈이게 무슨 뜻이지?〉라고 자문할 필요조차 없다. 우리는 그저 우리가 바라보는 사물이 갑자기 빛나면서 그 깊이가 들여다보인다고 느낄 따름이다. 그것은 여전히 그것인 채로 어딘가 달라진 것이다.

포스터 씨도 그와 비슷한 문제에 봉착한다. 즉, 어떻게 실제의 사물을 그 의미와 연결하여 독자의 마음이 단 한 방울도 믿음을 흘리지 않으면서 그 둘 사이의 균열을 뛰어넘을 수 있게 하느냐 하는 것이다. 어떤 때는 아르노강 변에서, 어떤 때는 하트퍼드셔, 어떤 때는 서리에서, 아름다움이 그 껍질을 뚫고 나와 진실의 불이 단단한 지각(地殼)을 뚫는다. 우리는 런던 교외의 붉은 벽돌집이 환히 빛나는 것을 본다. 하지만 우리가 가장 실패를 감지하는 것은 사실주의 소설의 거대한 정교함을 정당화해 주는 이런 훌륭한 장면들에서이다. 바로 이런 대목들에서 포스터 씨는 사실주의로부터 상징주의로 넘어가기 때문이다. 그토록 의문의 여지없이 견고하던 사물이 빛을 내면서 투명해지며, 또는 적어도 그래야 하는 것이다. 그가 실패하는 것은 그의 뛰어난 관찰력이 너무나 훌륭하게 발휘되었기 때문이다. 그는 너무 많이, 너무 사실대로 기록했다. 그래서 한쪽 페이지에는 거의 사진에 가까운 그림을 제시하고, 맞은편 페이지에서는 우리에게 똑같은 경치가 영원한 불로 빛나며 변형되는 것을 보라고 요구하는 것이다. 『하워즈 엔드』에서 레너드 바스트 위로 넘어지는 책장은 고사(枯死)한 문화 전체의 죽은 무게로 그를 압살해야 한다. 『인도로 가는 길』에서 마라바르의 동굴들은 진짜 동굴이 아니라 인도의 영혼처럼 보여야 한다. 퀘스티드 양은 소풍에 나선 영국 처녀에서 동방의 심장으로 헤매어 들어가 그곳에서 실종되는 오만한 유럽으로 변모해야 한다. 그리고 이런 해석은 조심스레 다듬어져야 하는 것이, 우리가 가늠한 것이 정확한지 확신할 수 없기 때문이다. 입센의 『야생 오리*The Wild Duck*』나 『건축가 솔네스*The Master Builder*』가 우리에게 주는 즉각적인 확실성 대신, 우리는 당혹감과 의구심에 빠진다. 〈이건 또 무슨 뜻이지?〉 하고 우리는 자문한다. 〈이 대목은 어떻게 이해해야 할까?〉 그런 주저는 치명적이다. 왜냐하면 사실적인 것과 상징적인 것, 둘 다를 잃게 되기 때문이다. 친절한 노부인인 무어 부인[6]과 예언자인 무어 부인이라는 상이한 두 가지 리얼리티의 결합은 양쪽 모두에 의심을 갖게 한다. 그리하여 포스터 씨 소설들의 핵심에는 애매성이 자리하게 된다. 중대한 순간에 무엇인가를 놓치고 있다는 느낌이 들며, 『건축가 솔네스』에서처럼 단일한 전체를 보는 대신 별개의 두 부분을 보게 되는 것이다.

〈천상의 승합 마차〉라는 제목의 단편집에 실린 이야기들은 포스터 씨가 오래 고민해 왔던 문제, 즉 인생의 시와 산문을 연결시킨다는 문제를 단순화하려는 시도라고 볼 수 있다. 여기서 그는 마법의 가능성을 신중하게, 하지만 결정적으로 인정한다. 승합 마차들은 천상을 향해 달려간다. 덤불숲에서는 목양신의 소리가 들리고, 소녀들은 나무로 변한다. 이 단편들은 아주 매혹적이다. 소설에서는 무거운 짐 아래 깔려 있던 판타지가 단편들에서는 자유롭게 풀려나 있다. 하지만 판타지의 흐름은 작가가 타고난 또 다른 성향들과 맨손으로 드잡이할 만큼 충분히 깊고 강하지 못하다. 그는 요정 나라의 불편한 틈입자라는 것이 느껴진다. 울타리 뒤에서는 항상 자동차의 경적 소리와 지친 행인들의 발 끄는 소리가 들려오며, 그도 곧 그쪽으로 돌아가야 한다. 이 얇은 단편집 한 권

6 『인도로 가는 길』의 등장인물.

에는 그가 자신에게 허용한 순수한 판타지 전부가 담겨 있다. 소년들이 목양신의 품속으로 뛰어들고 소녀들이 나무로 변하는 기이한 세계로부터, 이제 연수 6백 파운드에 위컴 플레이스에서 사는 슐레겔가의 두 처녀[7]에게로 넘어가 보기로 하자.

III

아쉽기는 해도 넘어갈 수밖에 없다. 『하워즈 엔드』와 『인도로 가는 길』 이전의 어떤 작품도 포스터 씨의 능력을 십분 보여 주지 못하기 때문이다. 그에게는 기묘하고 어떻게 보면 모순된 재능들의 조합에 걸맞은, 그러니까 그의 고도로 민감하고 활동적인 지성을 자극하면서도 낭만이나 정열의 극단을 요구하지 않는 주제가 필요했다. 그의 비판적인 정신이 발휘될 소지를 제공하며 탐구를 요하는 주제, 엄청난 수의 세밀한 관찰로 이루어지고 극도로 정직하면서도 동정 어린 마음으로 검증되어야 할 주제, 그리고 이 모든 것에 더하여 마침내 완성되었을 때 황혼의 장엄함과 밤의 광막함을 배경으로 그 상징적 의미가 부각될 만한 주제 말이다. 『하워즈 엔드』에서는 영국 사회의 중하류, 중류, 중상류 계층들이 그렇

7 『하워즈 엔드』의 등장인물.

게 짜임새 있는 전체를 이룬다. 그것은 기왕의 작품들보다 더 큰 규모의 시도이며, 만일 실패한다면 그 원인은 주로 그 규모에 있을 것이다. 실로 우리가 이 정교하고 숙달된 작품의 두께와 그 고도로 세련된 기법과 통찰력, 지혜, 아름다움을 돌아볼 때면, 도대체 무슨 기분으로 우리가 이 작품에 대해 실패 운운하게 되는 것일까 하는 의문이 들지 않을 수 없다. 어느 모로 보나, 그리고 그것을 처음부터 끝까지 읽어 나갈 때의 흥미진진함으로 보나, 우리는 그것을 성공이라 불렀어야 할 것이다. 실패의 이유는 아마도 우리가 이 작품에 쏟는 칭찬들 속에 암시되어 있을 터이다. 정교함, 기술, 지혜, 통찰, 아름다움, 이 모든 것이 다 있지만, 융합되어 뭉치지 못하는 것이다. 전체로서의 힘이 부족하다. 슐레겔가, 윌콕스가, 바스트가, 그리고 이들이 나타내는 계층과 환경의 모든 것이 극도로 정확하게 드러나지만, 전체적인 효과는 그보다 훨씬 빈약하면서도 아름다운 조화를 이루는 『천사도 발딛기 두려워하는 곳』보다 못하다. 또다시 우리는 포스터 씨의 재능에는 무엇인가 괴팍한 데가 있어서 그 많은 다양한 재능들이 서로서로 발목을 잡는 것이 아닌가 하는 생각이 든다. 만일 그가 덜 신중하고 덜 정확하고 모든 경우의 상이한 측면들을 덜 민감하게 의식한다면, 오히려 어느 한 가지 점에 더 큰 힘으로 집중할 수 있을 것이다. 지금 같아서는 그의 힘이 낭비되고 있다는 느낌을 지울 수 없다. 그는 마치 얕게

잠든 사람 같아서 방 안의 소음 때문에 끊임없이 잠이 깨는 것만 같다. 시인은 풍자가에게 가로막히고, 코미디언은 도덕가에게 방해받는다. 그는 결코 아름다움에 대한 순수한 기쁨이나 있는 그대로의 사물에 대한 흥미 속에 자신을 완전히 놓아 버리지 못한다. 그렇기 때문에 그의 작품에서 서정적인 대목들은 종종 그 자체로는 대단히 아름다운데도 문맥 가운데서 정당한 효과를 내지 못하는 것이다. 사물 자체에 내재하는 아름다움과 흥미가 넘쳐나서 자연스럽게 흘러가는 대신 ― 가령 프루스트의 작품에서처럼 ― 그런 대목들은 뭔가에 자극되어 생겨난 것 같고, 추한 것에 대해 보상하려는 정신 작용처럼 느껴진다. 그 아름다움은 그렇듯 반발에서 생겨난 것이므로 어딘가 신경질적인 데가 있다.

하지만 『하워즈 엔드』에는 걸작을 만드는 데 필요한 모든 장점들이 녹아 있다. 인물들은 아주 리얼하게 느껴진다. 이야기를 진행하는 솜씨도 대가답다. 정의할 수 없지만 극히 중요한 요소인 작품의 분위기도 지성으로 빛난다. 한 점 협잡도 한 알갱이의 거짓도 허락되지 않는다. 그리고 다시, 싸움터가 좀 더 확대되긴 했지만, 포스터 씨의 모든 소설에서 일어나는 투쟁이 벌어진다. 중요한 것들과 중요치 않은 것들, 진짜와 가짜, 진실과 거짓 사이의 투쟁 말이다. 다시금 절묘한 코미디에 흠잡을 데 없는 관찰이 펼쳐진다. 하지만 또다시, 우리가 상상력의 즐거움에 잠겨 있노라면, 뭔가 움쯤 우리를 깨어나게 하는 것이 있다. 누군가가 어깨를 두드린다. 이것에 주목하고, 저것에 주의해야 한다는 것이다. 마거릿이나 헬렌은 단순히 그녀 자신으로서 말하는 것이 아니며, 그녀의 말에는 또 다른, 더 큰 의도가 담겨 있다는 것이다. 그래서 그 의미를 알아내려 긴장하면서, 우리는 마음껏 활보하던 상상력의 요술 나라로부터 지성만이 충실하게 기능하는 이론의 박명 지대로 물러나고 만다. 그런 환멸의 순간들은 포스터 씨가 가장 진지해지는 절정의 순간에 찾아오곤 한다. 그럴 때 책장이 넘어지거나 검이 떨어지는 것이다. 앞서도 보았듯이, 그런 순간들은 〈위대한 장면들〉과 중요한 인물들이 갖는 기묘한 비물질성을 가져온다. 하지만 코미디에는 그런 순간이 전혀 없다. 그래서 우리는 비록 어리석은 소원이지만, 포스터 씨의 재능을 다르게 안배하여 그로 하여금 희극만을 쓰게 했으면 하는 바람을 갖게 된다. 그가 자기 인물들의 행동에 대해 책임을 느끼기를 그치는 즉시, 자기가 온 우주의 문제를 해결해야 한다는 것을 잊어버리는 즉시, 그는 더없이 흥미로운 소설가가 되기 때문이다. 『하워즈 엔드』에서도 기특한 티비와 친절한 먼트 부인은 비록 코믹한 인물로 등장하지만 신선한 바람을 불어넣는다. 그들은 작가로부터 벗어나 원하는 대로 얼마든지 돌아다닐 수 있을 것만 같은 느낌을 준다. 마거릿, 헬렌, 레너드 바스트 같은 인물들은 자기들끼리 알아서 사태를 해결하고 작가의 이론을 뒤엎을 수 없게끔 모두 작가에게 단단히 매여 있고 감시당한다. 반면 티비와 먼트 부인은 가고 싶은 곳에 가고 말하고 싶은 대로 말하고 하고 싶은 일을 한다. 포스터 씨의 소설들에서는 덜 중요한 인물들과 덜 중요한 장면들이 더 공들인 인물이나 장면들보다 오히려 더 생동감을 갖는다. 하지만 이 진지하면서도 흥미진진한 대작과 헤어지기에 앞서, 그것이 또 다른 대작의 전주곡이 될 법한 작품, 완전히 만족스럽지는 않아도 중요한 작품임을 말하지 않는다면 부당한 일이 될 것이다.

IV

여러 해가 지난 후에 『인도로 가는 길』이 나왔다. 그사이에 포스터 씨가 기술을 한층 더 발전시켜 자신의 기발한 정신을 좀 더 수월하게 표현하고, 자기 안에 있는 시정과 판타지를 좀 더 자유롭게 풀어놓기를 바랐던 사람들은 실망했다. 작가의 태도는 이전과 정확히 똑같았다. 인생이 마치 정문이 있는 집이라도 되는 것처럼 걸어 들어가, 복도의 탁자 위에 모자를 내려놓고 방마다 차례대로 둘러보는 단호한 태도 말이다. 집은 여전히 영국 중류층의 집이다. 하지만 『하워즈 엔드』와 달라진 점이 있다. 지금껏 포스터 씨는 마치 자기 집을 안내하며 손님들에게 여기는 계단이 있고, 저기는 외풍이 든다고 설명하고 주의를 주는 세심한 안주인이라도 되는 것처럼 자기 책의 도처에서 나타나곤 했다. 하지만 이제, 어쩌면 손님들에 대해서나 자기 집에 대해서나 다소 실망한 탓인지, 그는 그런 배려를 내려놓은 듯하다. 우리는 그 엄청난 대륙을 거의 혼자서 쏘다녀도 된다. 우리는 마치 실제로 그 나라에 있기나 한 것처럼 저절로, 거의 우발적으로 사물들과 마주친다. 이제 우리 눈길을 사로잡는 것은 때로는 그림 주위를 날아다니는 참새들이며, 때로는 이마에 색칠을 한 코끼리, 또 때로는 집들이 엉망으로 들어서 있는 거대한 언덕들이다. 사람들, 특히 인도인들도 마찬가지로 무심하면서도 그럴 법하게 그려져 있다. 그들은 어쩌면 그 땅만큼 중요하지 않을 수도 있지만, 그래도 살아 있고 민감하다. 우리는 영국에서처럼 그들이 작가의 이론을 뒤엎지 않게끔 여기까지만 가고 더는 가면 안 되도록 되어 있다고 느끼지 않는다. 아지즈는 자신의 의지대로 행동하는 인물이다. 그는 포스터 씨가 지금껏 창조한 가장 상상력이 풍부한 인물이며, 그의 첫 작품 『천사도 발 딛기 두려워하는 곳』의 치과 의사 지노를 생각나게 한다. 정말이지 자신과 소스턴 사이에 대양을 둔 것이 포스터 씨에게 도움이 된 듯하다. 잠시 케임브리지의 영향 너머에 있는 것이 휴식이 되었던 것이다. 그에게는 여전히 섬세하고 정교한 비평의 대상으로 삼을 모형 세계를 짓는 것이 필요하지만, 그 모델은 좀 더 규모가 커졌다. 영국 사회와 그 모든 쩨쩨함과 저속함과 일말의 영웅주의의 기미가 좀 더 크고 더 음울한 배경에 놓이게 된 것이다. 중요한 지점들에 모호함이 있고, 불완전한 상징주의가 불거지는 대목들, 상상력이 다룰 수 있는 이상으로 집적된 사실들이 있는 것은 여전히 사실이지만, 이전 작품들에서 혼란을 주던 이중적인 비전이 점차 통일되어 가는 듯이 보인다. 전체적인 밀도도 훨씬 높아졌다. 포스터 씨는 조밀한 관찰에 영적인 빛으로 활기를 주는 기술을 거의 터득한 것 같다. 이 작품은 피곤과 환멸의 기미를 보인다. 하지만 명료하고 당당한 아름다움이 담긴 대목들도 많고, 무엇보다도 우리에게 궁금증을 안겨 준다. 이제 그의 다음 작품은 어떤 것이 되려나?

영화[1]

사람들은 말하기를 우리 안에는 더 이상 야만인이 살고 있지 않다고 한다. 우리는 문명의 토끝에 와 있으며, 모든 것이 이미 말해졌고, 야심을 갖기에는 너무 늦었다고 말이다. 하지만 이런 철학자들은 아마 영화를 잊은 모양이다. 영화 구경을 하는 20세기의 야만인들을 본 적이 없는 모양이다. 그들 자신은 스크린 앞에 앉아 보지도 않았고, 옷을 입고 두터운 카펫이 깔린 실내에 있으면서도 화면 위의 눈빛 형형한 야만인들과 별로 멀찍이 떨어져 있지 않다는 생각을 해본 적도, 그 벌거벗은 야만인들이 쇠몽둥이를 맞부딪치며 싸우는 소리에서 모차르트 음악을 예감해 본 적도 없나 보다.

물론 이 경우 쇠몽둥이는 너무나 공들여 다듬어진 것이고 이질적인 재료가 덧씌워진 것이라 분명한 소리를 듣기는 아

1 1926년 6월 뉴욕의 『아츠*Arts*』에 게재된 후, 7월 3일 『네이션 앤드 애시니엄』에 「영화와 리얼리티The Movies and Reality」라는 제목으로 게재("The Cinema", *Essays IV*, pp. 348~354).

주 어렵지만 말이다. 모든 것이 부글부글 와글와글 혼란스럽다. 뭔가 조각난 것들이 끓고 있는 듯이 보이는 가마솥이 가장자리 너머로 들여다보일 뿐인데, 가끔씩 커다란 형체가 들썩거리며 혼돈으로부터 솟아날 것 같을 때면 우리 안의 야만인은 환호하며 달려든다. 하지만, 일단 영화라는 예술은 단순하고 심지어 어리석은 예술처럼 보인다는 것부터 인정하기로 하자. 〈저건 왕이 축구 팀과 악수하는 거야. 저건 토머스 립턴 경의 요트이고, 저건 잭 호너가 그랜드 내셔널에 우승하는 거네.〉[2] 눈은 그 모든 것을 단번에 빨아들이고, 뇌는 기분 좋은 자극을 받으며 굳이 생각하는 수고를 할 필요 없이 눈앞에서 일어나는 일들을 지켜본다. 평범한 눈, 영국인의 별로 심미적이지 않은 눈은 극히 단순한 기관이라, 몸이 석탄 구덩이에 빠지지 않도록 주의하거나, 뇌에 그것을 즐겁게 할 만한 장난감과 사탕 과자를 제공하거나 할 뿐이다. 뇌가 깨어날 시간이라는 결론에 도달하기까지, 눈은 유능한 간호사처럼 행동하리라고 신용할 만하다. 그런데 그렇듯 나른한 졸음 가운데서 갑자기 흔들어 깨워지면 얼마나 놀라겠는가? 눈은 곤경에 처해 뇌에게 말한다. 〈내가 전혀 이해할 수

---

2 영국 왕 조지 5세는 1926년 웸블리 경기장에서 열린 풋볼 연맹 도전배 결승전에서 볼튼 원더러스 팀이 맨체스터 팀에 이겼을 때 양 팀의 선수들과 악수를 했다. 토머스 립턴Thomas Lipton(1859~1931) 경은 식료품상으로 부자가 된 인물로 요트 경기 선수로도 유명했다. 잭 호너란 경주마 이름으로, 1926년 3월 그랜드 내셔널 경마에서 우승했다.

없는 일이 일어나고 있어. 네가 필요해.〉 그래서 그 둘은 함께 왕과 요트와 말을 보며, 뇌는 그것들이 단순히 실제 삶을 찍은 사진이 아니라는 사실을 대번에 알아차린다. 그것들은 그림이 아름답다는 의미로 더 아름다워지지는 않았으며, 우리는 그것이 더 〈리얼〉하다고(한심하게 어휘가 딸린다), 우리가 일상생활에서 지각하는 것과는 다른 차원의 리얼리티로 리얼하다고 말할 것이다. 우리는 우리가 실제로 그곳에 있지 않을 때도 그것들을 볼 수 있다. 실제로 참여한 적이 없는 장면들을 참관한다. 그렇게 바라보노라면, 우리는 실제 삶의 사소함과 그 근심과 관습으로부터 벗어나는 듯하다. 말[馬]은 우리를 내동댕이치지 못할 것이다. 왕은 우리와 악수하지 않을 것이다. 파도는 우리 발을 적시지 않을 것이다. 그렇게 유리한 고지에서 우리 종(種)의 생뚱맞은 행동들을 지켜보면서, 우리는 여유만만하게 연민과 재미를 느끼고 일반화하고 한 사람에게 종족 전체의 속성들을 부여할 수 있다. 배들이 항행하는 것과 파도가 부서지는 것을 바라보면서 아름다움을 향해 우리 정신의 돛을 활짝 펴고 이 기묘한 감각을 — 우리가 바라보든 말든 아름다움은 계속 아름다우리라는 — 수용할 수 있다. 게다가 그 모든 장면은 10년 전 것이라는 말도 듣는다. 우리는 이미 파도 속으로 사라져 버린 세계를 보고 있는 것이다. 웨스트민스터 사원에서 신랑 신부가 걸어 나오고, 들러리들이 부산을 떨고, 어머니들은 눈물을 글썽이고, 손님들은 즐거워하고, 그 모든 것이 다 지나간 일이다. 그 모든 무구한 사람들의 발밑에 전쟁의 심연이 갈라졌던 것이다. 하지만 우리는 저렇게 웃고 떠들며 춤추었고, 저렇게 태양은 빛났고, 구름은 흘러갔다. 마지막까지. 눈이 화면에서 보는 것에 뇌가 이 모든 생각들을 보탰다.

하지만 영화 제작자들은 이런 명백한 흥밋거리 — 세계의 경이로운 광경들, 갈매기의 비상, 템스강의 배들, 현대 생활의 매혹, 마일스 엔드 로드, 피커딜리 서커스 같은 것들 — 로는 만족하지 못하는 모양이다. 그들은 자신들의 기술을 계속 개선하고 고쳐서 예술을 만들고 싶어 하는데, 그 기술로 할 수 있는 일이 그토록 많아 보이니 당연하기도 하다. 처음에는 다른 많은 예술도 기꺼이 도움을 줄 수 있을 듯했다. 가령 문학만 하더라도 그렇다. 세상의 모든 유명한 소설과 그 인물들과 장면들을 영화로 옮기기만 하면 되었다. 그보다 더 쉽고 간단한 일이 어디 있겠는가? 영화는 엄청난 기세로 그 먹이에 달려들었고, 지금껏 주로 그 불운한 희생 제물을 포식하고 있다. 하지만 그 결과는 영화와 문학 모두에 재난이었다. 그 둘의 결합은 자연스럽지 않다. 눈과 뇌는 협조하려 애쓰지만 냉혹하게 어긋날 뿐이다. 눈은 〈여기 안나 카레니나가 있어〉라고 말하며, 검은 벨벳 드레스에 진주를 단 탐스러운 여인이 눈앞에 나타난다.[3] 하지만 뇌는 〈저건 빅토리아 여왕이 아니

---

3 톨스토이의 『안나 카레니나』는 1915년 J. 고든 에드워즈 James Gordon

듯 안나 카레니나도 아니야!)라고 외친다. 뇌는 안나의 마음속을, 그녀의 매력과 정열과 절망을 거의 다 알기 때문이다. 그런데 화면에서 강조되는 것은 그녀의 치아와 진주와 벨벳이다. 영화는 계속된다. 〈안나가 브론스키와 사랑에 빠진다〉는 것은 검은 벨벳 드레스의 여인이 제복 차림 신사의 품에 안기고 그들이 열렬한 키스를 한다는 뜻이다. 아주 잘 꾸며진 서재에 있는 소파 위에서 연기를 하며 치밀하게 계산된 농염한 키스를 하는 것이다. 그런 식으로 우리는 명작 소설들을 어설프게 가로지른다. 마치 그 소설들을 글 모르는 학동이 끼적여 놓은 외마디 음절들로 읽는 것만 같다. 〈키스는 사랑이야. 의자를 부수는 것은 질투, 씩 웃는 것은 행복이고. 영구차는 죽음이지.〉 이런 것들은 톨스토이가 쓴 소설과 전혀 관련이 없으며, 영화를 책과 연관 짓기를 단념한 뒤에야 이따금 어떤 장면에서 — 가령 정원사가 바깥에서 잔디를 깎는다거나, 햇볕 속에서 나뭇가지가 흔들린다거나 하는 — 영화가 제 힘으로 무엇을 할 수 있을지를 짐작하게 된다.

영화는 제 힘으로 무엇을 할 수 있을까? 영화가 다른 예술에 기생하기를 그만둔다면, 그것은 어떤 식으로 독립할 수 있을까? 현재로서는 그저 우연히 눈에 뜨인 기미들에서 추측해 볼 수 있을 뿐이다. 가령 얼마 전 「칼리가리 박사」[4]의

Edwards(1867~1925) 감독에 의해 영화화된 이래, 무성영화 시절에만도 수차 영화화되었다. 울프가 그중 어느 것을 보았는지는 알려지지 않았다.
4 1924년 런던에서 상영된 공포 영화 「칼리가리 박사의 실험실Das

상영 때는 화면 한구석에서 갑자기 올챙이 모양의 그림자가 나타났다. 그것은 거대한 크기로 부풀더니 떨리며 불거졌다가 도로 꺼지듯 사라졌다. 한순간 그것은 광인의 머릿속에 든 어떤 기괴하고 병적인 상상을 형상화한 것처럼 보였다. 한순간 어떤 생각은 말보다 형태에 의해 훨씬 더 효과적으로 전달될 수 있을 듯했다. 그 기괴하게 떨리는 거대한 올챙이는 〈나는 두렵다〉는 진술이 아니라 공포 그 자체인 것만 같았다. 실상 그 그림자는 우연히 생긴 것이었고, 그 효과도 의도하지 않은 것이었다. 하지만 만일 어느 한순간 그림자가 실제 연기보다, 두려움에 사로잡힌 남녀 배우들의 말보다 훨씬 더 많은 것을 암시할 수 있다면, 영화는 지금껏 표현되지 못했던 감정들을 무수한 상징들로 표현할 수 있을 것이다. 공포는 그 평범한 모양 외에 올챙이 모양을 하고서 싹이 터 불거지고 떨리다가 사라진다. 분노는 성난 벌레처럼 몸을 뒤틀며 흰 화면 위에 검은 지그재그를 그릴 것이다. 안나와 브론스키는 더 이상 울부짖거나 인상을 쓸 필요가 없다. 그 대신 그들은…… 하지만 여기서 상상력은 멈칫거리며 더 나아가지 못한다. 생각이 지닌 어떤 특징들이 말의 도움 없이 시각적으로 전달될 수 있을까? 가령 생각은 빠르거나 느릴 수 있고, 화살처럼 곧장 나아가거나 연기처럼 에두르거나 할 수도 있다. 특히 감정적 순간들에는 자신과 나란히 달려가는

Cabinett des Dt Caligari」을 말한다.

이미지들을 만들고, 생각한 사물과 닮은꼴을 지어내는 못 말릴 경향이 있다. 마치 그럼으로써 감정에서 아픈 것을 제거하거나 그것을 아름답고 이해할 수 있는 것으로 만들기나 하는 듯하다. 주지하듯이 셰익스피어 작품에서 가장 복잡한 관념들, 가장 강렬한 감정들은 일련의 이미지들을 이루며, 그것들이 아무리 급속하고 완전하게 변하더라도 우리는 나선 계단을 빙글빙글 돌며 올라가듯이 그 이미지들을 통과한다. 하지만 물론 시인의 이미지들은 청동으로 본을 뜰 수도 없고 연필과 물감으로 그릴 수도 없다. 그것들은 무수한 암시로 들어 차 있으며, 그중에서 시각적인 것은 가장 먼저, 가장 뚜렷이 떠오르는 것일 뿐이다. 〈내 사랑은 유월에 새로 핀 붉고 붉은 장미 같아라〉[5] 하는 극히 단순한 이미지도 우리에게 사랑의 감정을 시사하는 리듬에 실린 꽃잎의 부드러움과 촉촉함과 따스함과 붉은빛을 떠올리게 한다. 말로는 가능하고 오직 말로만 가능한 이 모든 것을 영화는 피해야만 한다.

하지만 우리 생각과 감정의 그렇게 많은 부분이 보는 것과 연관되어 있다면, 예술가나 화가-시인이 미처 포착하지 못한 시각적 감정의 어떤 잔재가 영화를 기다리고 있을지도 모른다. 그런 상징들이 우리 눈앞에 보이는 실제 사물들과 사뭇 다르리라는 것은 얼마든지 있을 법한 일이다. 무엇인가 추상적인 것, 움직이는 것, 전달되기 위해 말이나 음악으로

5 영국 시인 로버트 번스Robert Burns(1759~1796)의 시.

부터 아주 적은 도움밖에 요구하지 않는 것 — 영화는 장차 그런 움직임, 그런 추상으로 이루어질 것이다. 일단 이 주된 어려움이 해결되고 나면, 즉 생각을 표현하는 새로운 상징이 발견되고 나면, 영화 제작자는 엄청난 자원을 손에 넣게 될 것이다. 물리적인 리얼리티, 해변의 자갈이나 입술의 떨림이 그의 표현 수단이 될 것이다. 그의 브론스키와 그의 안나가 거기 온전히 살아 있다. 만일 이 리얼리티에 그가 감정과 생각을 더할 수 있다면, 그는 노획물을 마구마구 거둬들이기 시작할 것이다. 그러면 마치 연기가 베수비오 화산에서 솟아나는 것이 보이듯이, 우리는 사납거나 사랑스럽거나 기괴한 생각들이 드레스 셔츠 차림의 남자들, 머리를 짧게 깎은 여자들로부터 피어나는 것을 보게 될 것이다. 그런 감정들이 서로 섞이고 영향을 미치는 것도 보게 될 것이다. 그것들이 서로 충돌하여 일어나는 과격한 감정 변화도 보게 될 것이다. 더없이 환상적인 대조들이 글을 쓰는 작가로서는 도저히 만들어 낼 수 없는 속도로 우리 눈앞을 스쳐 갈 것이다. 과거가 펼쳐지고 공간적 거리는 아무것도 아니게 것이다. 톨스토이가 안나의 이야기에서 레빈의 이야기로 넘어가야 할 때면 불가피하게 일어나는 그 단절감이 가령 어떤 풍경 같은 장치로 극복될 수 있을 것이다. 우리는 두 인생에 공통된 어떤 사물의 반복을 통해 인생의 지속성이 눈앞에 유지되는 것을 보게 될 것이다.

이 모든 추측과 아직 알려지지 않은 기능들에 대한 서투른 가정은 어쨌든 우리가 아는 예술로부터 우리가 짐작할 수 있을 뿐인 예술로 가는 방향을 가리킨다. 그것은 온갖 종류의 장애물이 널린 길을 가리켜 보인다. 영화 제작자는 화가와 작가와 음악가들이 그랬던 것처럼 자기 예술을 스스로 만들어 나가야 한다. 자신이 우리에게 보여 주는 것이 비록 환상적일지라도 우리 삶의 주요한 얼개들과 관계가 있음을 우리로 하여금 믿게 만들어야 한다. 그는 그것을 우리가 즐겨 리얼리티라 부르는 것과 연관 지어야 한다. 우리로 하여금 우리의 사랑과 증오도 그쪽에서 찾아질 것을 믿게 만들어야 한다. 그것이 얼마나 더딘 과정이 될지, 어떤 고통과 조롱과 무관심에 부딪힐지는 쉽게 예상할 수 있다. 새로운 것이 얼마나 고통스러운지, 오래된 나무에서 자라난 가장 잘다란 가지조차도 적절함에 대한 우리의 감각에 얼마나 도전이 되는지를 기억한다면 말이다. 그런데 영화는 새로운 잔가지 정도의 문제가 아니라 새로운 뿌리가 박히고 새로운 둥치가 자라나는 일이다.

하지만 비록 요원해 보일지라도, 감정들이 축적되고 있으며 때가 오고 있다는, 영화 예술이 태어나려 한다는 전조들이 없지는 않다. 군중을 지켜보노라면, 딱히 아무것도 하지 않으면서 느긋한 태도로 길거리의 혼돈을 지켜보노라면, 때로 움직임과 색채, 형태와 소리가 한데 어우러져서 누군가가 그것들을 포착하여 그 에너지를 예술로 만들어 주기를 기다리는 것만 같다. 그러고는 미처 포착되지 않은 그것들은 다시금 뿔뿔이 흩어지고 만다. 영화에서는 잠시 무관한 감정들의 안개를 통해, 기민함과 효율성이 극대화된 가운데, 그 속에 든 무엇인가 생생한 것을 엿보게 된다. 하지만 인생의 발길질은 더 큰 기민함과 효율성으로 이내 감추어진다.

영화는 방향을 거꾸로 하여 태어났다. 기계적 기술이 그것을 통해 표현되고자 하는 예술보다 한참 앞섰다. 마치 야만 종족이 갖고 놀 쇠몽둥이를 발견하는 대신 바닷가에 흩어져 있는 바이올린과 플루트, 색소폰, 에라르나 베흐슈타인[6] 그랜드 피아노를 발견한 것만 같다. 그래서 엄청난 에너지로, 하지만 음악이라고는 전혀 모르는 채 동시에 이것저것 소리를 내보기 시작한 것만 같다.

---

6 Sebastian Erard(1752~1831), Friedrich Wilhelm Carl Bechstein (1826~1900). 둘 다 유명한 피아노 제작자이다.

역자 해설

비평가로서의 독자

울프의 서평 내지 비평 활동의 출발점이 〈보통 독자 common reader〉로서의 책 읽기였다는 사실은 본서 제2권의 해설에서 소개한 바와 같다. 〈비평가나 학자와는 달리, 남을 가르치기 위해서가 아니라 자신의 즐거움을 위해 책을 읽는 사람〉이라는 것이 그 우선적인 정의이지만, 곰곰이 들여다보면 〈보통 독자〉의 독서도 만만한 작업은 아니다. 그 대목을 다시 한번 인용해 보면 이렇다.

보통 독자란, 존슨 박사가 암시하듯이, 비평가나 학자와는 다르다. 교육도 그렇게 잘 받지 못했으며 타고난 재능도 대단치 않다. 그는 지식을 전달하거나 다른 사람들의 의견을 교정하기 위해서가 아니라 자신의 즐거움을 위해 책을 읽는다. 무엇보다도 그는 자신이 만나는 어떤 잡동사니를 가지고든 본능적으로 일종의 전체를 창조하기에 이른다. 그것이 한 인간의 초상이든 한 시대에 대한 묘사이든 글쓰기에 대한 이론이든 간에 말이다. 그렇듯 그가 책을 읽으면서 부단히 만들어 내는 구조물은 허술하고 엉성할망정 애정과 웃음과 논쟁을 허락할 만한 진짜 물건처럼 보이기에 충분해서 일시적이나마 만족감을 준다. 그는 성급하고 부정확하고 피상적이라, 여기서는 이 시를 한 토막, 저기서는 낡은 가구 한 토막을 끌어다 쓰며, 그것이 자기 목적에 부합하고 자기 구조물을 완성하는 데 도움이 되는 한 자신이 그것을 어디에서 얻었는지 또는 본래 그것이 어떤 것인지도 개의치 않는다. 그러므로 비평가로서의 그의 결함은 너무나 명백하여 일일이 지적할 필요조차 없다. 그러나 존슨 박사의 주장대로, 보통 독자가 문학 작품의 가치를 평가하는 일에 적으나마 발언권을 갖는다고 한다면, 그 자체로서는 하찮을지언정 그토록 중요한 결과에 기여하는 약간의 사색과 의견을 적어 보는 것도 의의가 있는 일일 것이다.

그러니까 그녀가 말하는 〈보통 독자〉는 주어진 책을 수동적으로 읽는 데 그치지 않고 적극적으로 새로운 구조물을 만들어 내는 사람이다. 그는 〈자신이 만나는 어떤 잡동사니를 가지고든 본능적으로 일종의 전체를〉 만들어 내며, 그 구조물을 바탕으로 즉 책에 대한 자신의 평가를 내린다. 그녀가 인용하는 존슨 박사의 말에 따르면, 〈고도의 세련된 감수성이나 학문적 독단〉보다도 〈문학적 편견에 물들지 않은〉 그런 독자의 〈상식적 판단〉이야말로 작품의 〈가치에 대한 최종적 평가〉가 될 수 있는 것이다. 이런 생각은 비슷한 시기에 쓰인 다른 글 「책은 어떻게 읽을 것인가?How Should One Read a Book?」(1932, 본서 제2권)에서도 재확인할 수 있다. 모든 독자가 〈비평가라는 드문 존재에 속하는 영광을 얻으려 해서는 안 되지만〉 〈독자로서의 책임과 중요성〉이 있으며, 〈그저 독서의 기쁨을 위해 책을 읽는 사람들〉도 더 좋은 책이 쓰이는 데 기여할 수 있다는 것이다.

〈교육도 그렇게 잘 받지 못했으며 타고난 재능도 대단치 않다〉, 〈허술하고 엉성하다〉, 〈성급하고 부정확하다〉, 〈비평가로서의 결함은 너무 명백하여 일일이 지적할 필요도 없다〉 등등 겸양의 말로 자신을 수식했던, 감히 비평가의 영광을 구할 수 없다던 이 〈보통 독자〉는 15년 후에는 좀 더 확신에 찬 어조가 되는 것을 볼 수 있다. 1940년의 강연인 「기우는 탑The Leaning Tower」(1940, 본서 제2권)에서 그녀는 교육이 일부 계층의 전유물이던 옛 세계와 좀 더 평등한 새로운 세계, 두 세계 사이의 구렁에 다리를 놓는 일이 〈도서관에서 책을 빌려 읽는 일반(보통) 독자〉의 몫이라고 말하고 있다. 그리고 그러기 위해서는 〈문학을 이해할 수 있도록 스스로를 가르쳐야〉 한다. 요컨대 모든 〈보통 독자〉가 〈비평가가 될 필요가 있다〉는 것이다. 나아가, 글쓰기 또한 식자층의 전유물이 아니니, 비평가가 된 〈보통 독자〉는 자신의 글을 쓰는 작가가 되기도 할 것이다.

　우리는 영국이 우리에게 빌려주는 책을 빌려 비평적으로 읽음으로써 두 세계 사이의 구렁에 다리를 놓도록 도울 수 있습니다. 우리는 문학을 이해할 수 있도록 스스로 가르쳐야 합니다. 돈이 우리를 대신하여 생각해 주던 때는 지났습니다. (……) 우리는 스스로 배워서 분별할 수 있어야 합니다. 어떤 책이 두고두고 즐거움의 배당금을 지불해 주겠는지, 또 어떤 책이 2년만 지나면 한 푼도 지불해 주지 못하겠는지 말입니다. 새 책이 나오는 대로 여러분도 시험 삼아 오래갈 책과 금방 사라질 책을 평가해 보십시오. 쉬운 일은 아니지요. 우리가 비평가가 되어야 하는 또 한 가지 이유는, 장래에는 소수의 유복한 젊은이들, 우리에게 나눠 줄 세상 경험이라고는 털끝 만큼밖에 없는 그들에게만 글쓰기를 맡기지 않을 터이기 때문입니다. 우리는 우리 경험을 보태어 우리 자신의 기여를 할 것입니다. 이것은 한층 더 어려운 일이지요. 그러기 위해서도 우리는 비평가가 될 필요가 있습니다. 작가는 다른 어떤 분야의 예술가보다도 비평가가 되어야 하는 것이, 언어란 워낙 일상적이고 친숙한 것이라 정말로 영구적인 예술이 되기 위해서는 체로 치고 망으로 걸러야 하기 때문이지요.

울프의 에세이 중에서는 이처럼 성실한 독자로서 쓴 서평 내지 비평에 속하는 글이 단연 많이 눈에 뜨이며 — 그녀는 「서평 쓰기Reviewing」(1929, 본서 제2권)에서는 서평과 비평을 구별하여 전자는 동시대적인 작품, 비평은 고전 작품에 대한 것이라고 정의하고 있지만, 그 둘을 엄밀히 구별하지 않는 때도 많다 — 레너드 울프가 편집한 4권짜리 에세이 전집에 실린 것만 하더라도 140여 편 중 절반 정도가 개별 작가 및 작품에 관한 글이다. 다루어진 작품을 모르고서는 이해하는 데 어려움이 있을 것 같아 처음 본 선집을 엮을 때는 그런 글들을 제외했었으나, 그렇게 큰 비중을 차지하는 글들을 제외하는 것은 울프의 여러 면모를 고루 보여 주려는 선집의 의도에 어긋나리라 생각되어 애초 3권으로 구상했던 선집에 1권을 추가하게 되었다. 그래서 본서 제2권에는 그녀의 문학 에세이 중 비교적 원론에 해당하는 글들을, 제3권에는 좀 더 구체적인 서평 및 비평, 즉 작품 및 작가에 관한 글들을 싣는다는 구분이 생겨난 것인데, 물론 그 둘 사이의 구분이 언제나 명확하지는 않다. 가령 제2권에 실은 「현대소설Modern Fiction」(1919), 「베넷 씨와 브라운 부인Mr. Bennett and Mrs. Brown」(1923) 등도 상당 부분이 개별 작가들에 대한 고찰로 이루어져 있고,「현대 에세이Modern Essay」(1922),「전기라는 예술The Art of Biography」(1939) 등은 서평으로 쓰인 글들이다. 하지만 이런 글들에서 개별 작품이나 작가가 다루어진 것은 소설, 에세이, 전기 등 장르 자체에 접근하기 위한 예라고 할 수 있다. 또한, 제3권에 실은「소설 다시 읽기On Re-reading Novels」(1922) 같은 글은 오히려 원론에 가깝지 않을까 싶기도 하지만, 구체적인 작품의 이해를 보여 준다는 점에서, 또 창작보다 감상 측면에서의 논의라는 점에서 제3권에 실었다. 두 권 사이의 경계선은 보기에 따라 달리 그어질 수도 있을 터이다.

울프가 쓴 서평 내지 비평들을 모으면 얼추 문학사를 재구성해 볼 수 있을 것 같기도 하다. 고대 그리스 문학에 대한「그리스어를 알지 못하는 것에 대하여On Not Knowing Greek」(1925)로 시작하여 초서, 밀턴, 셰익스피어를 거쳐 존 던, 디포, 리처드슨, 스턴, 스콧, 새커리, 디킨스 등등으로 이어지고, 프랑스, 미국의 작가들을 아우르는 역사 말이다 (울프는 독일어도 배웠다는데, 독일이나 이탈리아 등 다른 나라 작가들에 대한 글은 좀처럼 눈에 띄지 않는다). 하지만 막상 찾아보면 그 모든 작가들에 대해 고르게 깊이 있는 글이 갖춰진 것은 아니고, 또 글이 있다 해도 — 그녀의 독서 이력을 보여 준다는 점에서는 흥미롭지만 — 역시 해당 작가나 작품에 대한 지식 없이는 잘 이해되지 않는 경우가 많다. 그래서 되도록 영문학 전공자가 아닌 독자들도 관심을 가지고 읽을 만한, 해당 작품을 직접 읽어 보지 않고서도 웬만큼 이해할 수 있을 만한, 그러면서도 울프 특유의 면모들을 보여 줄 수 있는 글들을 골라 보기로 했다.

맨 처음에 고른 글이 「몽테뉴Montaigne」(1924)이다. 몽테뉴는 울프가 개인적 에세이의 원조로 꼽은 작가로,[1] 이 글에서 울프는 이른바 공감 비평의 예를 잘 보여 준다. 굳이 인용 부호로 표시한 인용문이 아니더라도 문면의 상당 부분이 몽테뉴 문장의 다시 쓰기일 정도로 원문에 심취하는 한편, 그런 대목들에 자신의 공감을 불어넣어 자기화하고 있는 것을 볼 수 있다. 그래서 『에세』의 가장 큰 주제라 할 죽음에 대한 사색이 어느새 삶에 대한 열정의 표백으로 바뀌는 것은, 울프가 같은 무렵에 『댈러웨이 부인』을 쓰고 있었다는 사실과도 무관하지 않을 것이다. 이듬해 봄 친지의 부음을 들었을 때도 그녀는 이렇게 썼다. 〈점점 더 나는 내 식의 몽테뉴를 되뇌게 된다. 중요한 것은 죽음이 아니라 삶이라고〉.[2] 울프 내외는 둘 다 몽테뉴를 좋아해서 — 레너드 울프는 그를 〈최초의 근대인〉이라 일컬었다 — 1931년 4월 프랑스 여행 때는 몽테뉴 성을 직접 방문하기도 했다.

1 「에세이의 퇴락The Decay of Essay-Writing」(1905)이라는 글에서 언급한 바 있다.
2 1925년 4월 8일 일기 및 편지.

뒤이어 몽테뉴(1533~1592)와 비슷한 시기인 셰익스피어(1564~1616)나 존 던(1572~1631)에 대한 글을 실었으면 했지만, 셰익스피어에 대한 글은 마땅한 것이 없었다. 또, 존 던에 대한 글은 너무 길기도 하고 많은 독자들에게 아무래도 생소하리라 생각되어, 그 대신 대표적인 영문학 작품인 『로빈슨 크루소』의 작가 디포(1660~1731)에 대한 글(1919)과 찰스 디킨스(1812~1870)의 『데이비드 코퍼필드』에 대한 글(1939)을 골랐다. 그러면서 건너뛴 시인, 작가들이 적지 않으니 아쉽다. 또한 디킨스보다 조금 전이거나 비슷한 시기의 여성 작가들인 제인 오스틴, 브론테 자매, 조지 엘리엇 등은 제1권에 실어야 할지 아니면 제3권의 이 대목에 실어야 할지 오래 망설였는데, 여성 작가들을 따로 분리하는 것이 마땅찮기는 했지만 여성의 글쓰기라는 맥락 속에서 읽는 편이 낫겠다고 생각되었다.

18세기 후반 이후의 이런 소설들은 의식적으로 표방했건 하지 않았건 간에 대체로 사실주의의 범주에 드는 것으로, 울프가 그 전통적 방식에 답답함을 느끼고 리얼리티의 인식 및 재현에 대한 재반성을 촉구했다는 것은 앞서 제2권의 「현대 소설」이나 「베넷 씨와 브라운 부인」 등에서 살펴본 바와 같다. 한편 그 무렵에는 소설의 기법에 관한 관심이 대두되기 시작했으니, 퍼시 러복의 『소설의 기예』(1921)는 이른바 형식주의 비평을 선도한 책이다. 인칭, 시점 등에 관한 논의를 통해 소설의 독해 및 창작에 대해 새로운 시각을 도입한 이 책을 울프는 그러나 썩 반기지 않았던 것 같다. 그에 대한 서평 「소설 다시 읽기에 대하여On Re-reading Novels」 (1922)에서 그녀는 〈이 책을 읽고도 전처럼 소설에 대해 막연하게 말하게 된다면 그것은 러복 씨가 아니라 우리 자신의 잘못일 것〉이라며 일단 책의 중요성을 인정하지만, 소설에 〈책 그 자체라고 할 만한 것〉이 있으며 그것이 곧 〈형식 form〉이라는 러복의 주장에 대해서는 이의를 제기하고, 그러면서 플로베르의 「순박한 마음」을 읽어 가는 방식을 구체적으로 보여 준다.

울프가 러복에 반대하는 이유는 크게 보아 두 가지로 요약될 수 있을 것이다. 우선, 러복은 〈소설가들이 자기 작품의 최종적이고 지속적인 구조를 축조하는 방법〉을 논하는데, 실제 창작 과정이 그렇듯 〈미리 정한〉 형식과 구조에 따라 이루어지지 않는다는 사실이 그 하나이고[3] 다른 하나는 러복이 말하는 형식이나 구조에서 감정이 배제되어 있다는 점이다. 그녀는 정작 독서의 과정에서 이해의 단서가 되는 것은 〈감정emotion〉이라고 주장한다. 각 작품에 고유한 〈형식〉이란 〈특정한 감정들이 옳은 상호 관계에 놓인 것〉을 의미한다는 것이다. 형식주의적 접근이 비평의 한 요소로 당연

---

3 이 점에 대해서는 자신이 『댈러웨이 부인』을 쓸 때 이른바 〈터널 파기〉의 방법을 발견하는 데 1년가량의 암중모색이 필요했나는 점을 반증으로 들고 있다. 1923년 10월 15일 일기.

하게 받아들여지는 오늘날에는 울프의 이런 반발이 다소 의아스럽게 느껴지기도 하지만, 「책은 어떻게 읽을 것인가?」의 강연 원고(1926)[4] 뒷부분에는 울프가 생각했던 독해의 과정이 좀 더 소상히 소개되어 있다. 그에 따르면, 소설 읽기에는 〈실제 읽기actual reading〉와 〈나중 읽기after reading〉이라는 두 개의 과정이 동시에 진행된다. 실제 읽기에서 수용된 다양한 인상과 감정들은 독자의 의식 속에서 어떻게인가 제자리를 잡아 전체적인 〈형태shape〉로 완성된다. 그래서 기억 속에는 마치 옷장 속의 옷들처럼 다양한 작품들이 제각각의 〈형태〉로 걸리게 된다는 것이다. 이런 설명을 보면 울프 역시 각 작품에 〈형태〉 또는 〈형식〉이 있다는 생각 자체에 반대한 것은 아니었으니, 다만 그 〈형식〉 또는 〈형태〉가 어떤 것이냐 하는 생각이 러복과 달랐던 셈이다.

울프는 그 후 E. M. 포스터의 『소설의 여러 측면Aspects of the Novel』(1927)에 대해서도 서평을 쓰는 등 소설에 관한 비평적 논의에 계속 참여했던 것으로 보이지만, 자신의 이론을 수립하지는 않았다. 「소설이란 무엇인가?What is a Novel?」(1927) 같은 글에서는 〈프루스트, 키플링 씨, (……) 하디 씨, 웰스 씨 등은 모두 소설가지만, 그들의 책은 그레이하운드가 불독과 다른 만큼이나 다르다〉면서 〈소설이라는

---

4 본서 제2권에 실은 같은 제목의 글은 강연 원고를 다시 정리한 글로, 조금 다르다.

것은 없다〉고 단언하며, 「소설의 변화상Phases of Fiction」
(1929)에서는 다양한 경향의 소설들을 제시한 후 소설이란
아직 〈젊은〉 장르로서 천변만화할 가능성을 지닌 것임을 재
천명함으로써 결론을 삼는다.[5] 한마디로 그녀는 소설을 어
떤 식으로도 규정하기를 거부했던 것인데, 이런 태도는 아마
도 그녀가 소설을 통해 표현하려 했던 것, 그녀가 말하는 삶
의 〈리얼리티〉라는 것이 ─ 그것을 인간의 〈내면〉이라 하든
〈영혼〉이라 하든 간에 ─ 그렇듯 규정하기 어려운 것이었기
때문이 아닌가 싶다. 「현대 소설」에서 그녀는 영국 소설의
전통에서는 찾아볼 수 없었던 〈영혼과 마음에 대한 이해〉를
러시아 소설에서 발견했다고 말하며, 특히 체호프의 단편 하
나를 예로 들고 있거니와, 그녀가 러시아 소설에서 본 것이
무엇이었는지는 「러시아인의 관점The Russian Point of
View」(1925)에서 좀 더 읽을 수 있다.

　이 글의 서두에서 〈영국인들이 러시아 문학에 아무리 열
광한다 해도 제대로 이해할 수 있을지〉에 대한 의구심을 말
하며 〈그 작품들에 대한 우리의 평가는 러시아어라고는 한
마디도 하지 못하고 러시아를 본 적도 없으며 심지어 원어민

　5　이 두 편의 글 「소설이란 무엇인가?」와 「소설의 변화상」은 ─ 전자는
너무 짧고 후자는 너무 길어서 ─ 선집에 싣기에 적합하지 않으므로, 후자의
일부만을 발췌하여 〈심리 소설가들〉이라는 제목으로 실었다. 소설이라는 장
르의 무한한 가능성을 내다본 글로는 「시, 소설, 그리고 미래」(본서 제2권) 같
은 글도 있다.

이 말하는 그 언어를 들어 본 적도 없는, 그래서 번역가들의 작업에 맹목적으로 무조건적으로 의존해야 했던 비평가들에 의해 형성되어 왔다〉는 한계를 지적하는 것을 보면, 외국 문학을 대부분 번역으로 접하는 우리의 입장을 새삼 돌아보게 된다. 울프는 러시아 문학 외에도 외국 문학을 많이 접했는데, 항상 러시아어에 대해서와 같은 장벽을 겪었던 것은 아니다. 「그리스어를 알지 못하는 것에 대하여」 같은 글은 실제로 그리스어를 모른다는 뜻이 아니라, 그리스어를 외국어로서 접할 수밖에 없는 한계를 전제하고 고대 그리스 비극을 논한 글이다. 「프랑스어를 알지 못하는 것에 대하여On Not Knowing French」(1929) 역시 프랑스어를 모른다는 뜻이 아니라 ─ 울프는 몽테뉴, 플로베르 등을 프랑스어로 직접 인용하고, 프루스트도 프랑스어로 읽었다 ─ 외국어로서의 프랑스어 및 프랑스 문학에 대한 글인데, 다루어진 작품은 오늘날 거의 읽히지 않는 것이지만, 영국 문학에서 프랑스 문학으로 넘어갈 때면 〈진창길과 젖은 관목 숲을 터덜터덜 걸은 후에 마치 크리스털 샹들리에 아래 윤나게 닦인 마룻바닥 위를 사뿐사뿐 걷는 것만 같다〉든가 〈프랑스어는 일상적인 말조차도 와인을 머금은 듯 반짝거리며 맛이 난다〉든가 하는 울프의 느낌이 사랑스러워 소개해 본다.

「미국 소설American Fiction」(1925)은 그에 비해 좀 더 진지한 글이다. 울프는 「프랑스어를 알지 못하는 것에 대하여」에서 헨리 제임스가 〈원어민보다 더 정교한 영어를 쓴다〉고 하여 〈헨리 제임스가 원어민이 아니라면 누가 원어민인가?〉하는 반발을 불러일으키기도 했지만, 미국식 영어나 그 문학에 대해 다분히 이질감을 갖고 있었던 모양이다. 셔우드 앤더슨과 싱클레어 루이스를 예로 들어 각기 미국인으로서의 정체성이나 미국 문화에 대한 자의식의 표출이 그들의 문학에 적잖은 부담이 되었음을 지적하고, 전혀 그런 의식 없이 자유로운 또 다른 부류의 작가들에 찬사를 보낸다. 이런 가치 평가는 여성 작가가 여성으로서의 억울함이나 원망이라는 질곡에서 탈피해야 한다, 남성 작가 역시 남성성을 지나치게 의식할 때 부자연스러워진다, 작가는 성별이나 국적 등에서 자유로워야 한다는 울프의 평소 문학관에 비추어 이해할 수 있을 것이다.

울프가 이런 견지에서 헤밍웨이나 조이스를 비판한 예는 「비평의 시도An Essay in Criticism」(1927) 같은 글에서 찾아볼 수 있다. 헤밍웨이에 대해 쓰고 있지만, 어떤 작품이 비평가의 정신 속에서 일으키는 반응을 살펴보겠다고 하면서 문제의 작가 내지 작품에 대한 반응은 어디까지나 〈편견〉일 수 있다는 식으로 에두른 글이다. 그럼에도 헤밍웨이가 남성성에 대한 지나친 자의식을 내보인다는 점을 그 자신이 쓴 투우 장면의 묘사에 빗대어 비꼬았으니, 헤밍웨이는 파리의 〈셰익스피어 앤드 컴퍼니〉 서점에서 이 서평을 읽고 화가 난 나머지 램프 하나를 박살 냈다고 한다. 하지만, 울프가 샬럿 브론테를 그렇게 높이 평가하고 좋아하면서도 — 〈샬럿 브론테가 제인 오스틴보다 더한 천재성을 지녔다〉든가 〈단둘이서 시간을 보낼 상대로 오스틴보다 샬럿 브론테를 택할 것〉이라든가 — 샬럿이 〈여성으로서의 입장〉을 극복하지 못했다면서 〈항상 사랑에 빠져 있고 항상 가정 교사라는 것은 눈가리개를 하고 세상을 돌아다닌다는 것이다〉라고 신랄하게 비판했던 것을 감안한다면, 헤밍웨이에 대한 평가가 그리 심하다고만은 할 수 없을 것이다.

한편, 에머슨, 로웰, 호손 등에 대해서는 〈이들에 갈음하는 작가들은 우리 문학에도 있고, 사실상 이들은 우리 책들에서 자양을 얻은 셈〉이라며 간단히 치워 버리는 느낌인데, 이들과 달리 울프가 유독 매혹되었던 작가는 소로이다. 「소로 Thoreau」(1917)는 〈그의 강인하고도 고귀한 책, 모든 말이 성실하고 모든 문장이 작가의 기량을 보여 주는 책〉, 즉 『월든』과 그의 전기를 참조하여 쓴 글로, 둘 중 어느 책의 서평이라기보다 소로라는 인물의 초상이라 할 것이다. 세상의 윤리나 가치에 구애되지 않고 야생의 자연 속에서 오직 자신의 본성에 따라 살며 〈삶의 근본적인 진실〉을 추구했던, 그러면서도 사회 정의에 앞장섰던 소로는 한마디로 울프의 이상인 〈아웃사이더〉가 아닌가. 나아가, 월든 호숫가의 작은 집과 몽크스 하우스의 작은 별채를 생각해 보면 울프가 소로에게 느꼈던 심정적인 공감마저 짐작할 수 있을 듯하다.

울프가 그렇듯 공감을 보이는 또 다른 작가는 조지 기싱이다. 기싱은 소설가였지만 소설로는 성공하지 못하고 『헨리 라이크로프트의 수기』(1903)라는 반(半)자전적인 작품으로 더 유명해진 작가인데, 울프는 이 불우한 작가에게 관심이 있었던 듯 그에 관해 여러 편의 글을 남겼다. 그중에서 『헨리 라이크로프트의 수기』에 대한 서평(1907)과 기싱의 사후에 발간된 가족 간의 서한집에 관한 서평을 통해 그의 면모를 더듬어 본 「조지 기싱George Gissing」(1927)을 함께 싣는다. 오래전부터 번역본이 나와 있던 『헨리 라이크로프트의 수기』 외에, 근래에는 기싱의 소설들도 국내에 소개되었으므로, 그에 관한 글들을 생소하지 않게 읽을 수 있을 것이다.

이상은 대부분 개관하는 글이므로, 좀 더 자세히 특정 작가의 작품들을 일일이 고찰한 글로 「토머스 하디의 소설들 The Novels of Thomas Hardy」(1928)과 「E. M. 포스터의 소설들 The Novels of E. M. Forster」(1927)을 골라 보았다. 하디는 울프보다 한 세대 이상 전의 작가로 전혀 다른 세계를 전혀 다른 기법으로 그리는 작가이지만, 울프는 하디야말로 그 멜로드라마적인 전개나 남녀 인물의 전형성을 넘어 인간 조건 자체와 드잡이하는, 〈영국 소설가들 중에 가장 위대한 비극 작가〉라고 그의 위대성을 짚어 낸다. 〈가장 슬픈 순간에도 엄정한 강직함으로 자신을 버티며 가장 분노로 내몰린 순간에도 타인의 고통에 대한 깊은 연민을 잃지 않는〉〈강력한 상상력과 심오하고 시적인 천재성을 지닌, 온화하고 인간적인 영혼이 바라본 세계와 인간 운명의 비전〉이라는 것이 하디 문학에 대한 울프의 평가이다.

그런가 하면 E. M. 포스터는 블룸즈버리 그룹 중에서도 울프와 친하게 지냈던 멤버로, 서로의 작품을 평가해 주는 사이였다. 피차 감정을 상하게 할 우려가 있고 또 아직 쓰이지 않은 작품들이 어떻게 달라질지 모른다는 가능성이 있으므로 〈동시대인들의 작품에 대한 비평은 하지 말아야〉 한다면서 조심스럽게 내놓는 이 글을 통해, 우리는 울프의 눈으로 포스터를 읽으며 같은 시대 같은 계층의 사회를 살면서도 전혀 달랐던 두 소설가 사이의 거리를 가늠해 보게 된다. 한쪽은 〈기우는 탑〉에, 다른 쪽은 탑의 바깥에 있었던 데서 오는 차이일까?

뜻밖에 발견한 「루이스 캐럴Lewis Carroll」은 굳이 말하자면 진지한 작가들 사이에서 마치 이상한 나라에서 온 토끼 신사처럼 등장하는 듯하여, 어디에 넣으면 좋을지 망설여졌다. 연배로 말하자면 울프의 아버지 레슬리 스티븐과 같은 나이, 그러니까 하디보다 더 손위였지만, 어쩐지 시대를 초월하여 아주 가까이 있는 것만 같은 작가가 아닌가.

이런 식으로 책을 뒤적이며 울프와 함께 이런저런 작가들을 읽어 보는 것은 흥미로운 일이지만, 지면 관계상 더 그럴 수 없는 것이 아쉽다. 「소설의 변화상Phases of Fiction」 (1929)은 애초에 단행본으로 기획되었던 것으로, 여러 시대 여러 작가를 〈진실을 말하는 이들〉, 〈낭만주의자들〉, 〈인물을 만드는 이들과 희극 작가들〉, 〈심리 소설가들〉, 〈풍자 및 판타지 작가들〉, 〈시인들〉 등으로 나누어 다양한 종류의 소설들을 살펴본 긴 글인데, 그 중에서 「심리 소설가들 Psychologists」만을 발췌하여 싣는 것은 울프의 관심사인 〈인간의 마음〉을 다룬 작가들 — 헨리 제임스, 프루스트, 도스토예프스키 — 이 다루어지고 있기 때문이다. 세 작가의 다른 면모를 간략히 비교한 것이므로 다소 깊이는 덜하지만, 울프가 프루스트에 대해 쓴 글을 싣고 싶었는데 이보다 더 긴 글이 없기도 했다.

제3권의 끝에는 문학 이외의 예술에 대해 쓴 글의 일례로 「영화The Cinema」(1926)를 실었다. 울프는 소설이 젊은 예술이요 〈영국 시에 비교하자면 셰익스피어 시대쯤 될 것〉 (「소설의 변화상」)이라고 하지만, 젊기로야 20세기에 갓 태어난 영화만 하겠는가. 이 글로 미루어 짐작컨대 울프는 명작 소설들이 영화화되기 시작하는 시대에 살았던 모양이다. 단순히 소설의 줄거리를 어설프게 화면에 옮기는 이상으로 움직이는 영상이 갖는 효과와 추상적 표현 가능성 등을 예감하며 영화 예술의 미래를 추측과 가정과 짐작으로 내다보았던 울프가 오늘날 컴퓨터 그래픽 영화를 접한다면 어떤 반응을 보일지 궁금해진다.

최애리

옮긴이 최애리 서울대 인문대학 및 동 대학원에서 프랑스 문학을 공부했고, 중세 문학 연구로 박사 학위를 받았다. 크레티앵 드 트루아의 『그라알 이야기』, 크리스틴 드 피장의 『여성들의 도시』 등 중세 작품들과 자크 르 고프의 『연옥의 탄생』, 슐람미스 샤하르의 『제4신분, 중세 여성의 역사』 등 중세사 관련 서적, 기타 여러 분야의 책을 번역했다. 버지니아 울프의 작품으로는 『댈러웨이 부인』, 『등대로』, 『밤과 낮』을 번역했다. 서양 여성 인물 탐구 『길 밖에서』, 『길을 찾아』를 집필했고, 그리스도교 신앙시 100선 『합창』을 펴냈다.

버지니아 울프 산문선 3

어느 보통 독자의 책 읽기

발행일 2022년 6월 10일 초판 1쇄

지은이 버지니아 울프
옮긴이 최애리
발행인 홍예빈·홍유진
발행처 주식회사 열린책들

경기도 파주시 문발로 253 파주출판도시
전화 031-955-4000 팩스 031-955-4004
www.openbooks.co.kr

ISBN 978-89-329-2259-1 04840
ISBN 978-89-329-2256-0 (세트)